ALEXANDRA
CORDES

Nach all diesen Jahren

AC

ALEXANDRA CORDES

Nach all diesen Jahren

Roman

Alexandra Cordes Edition
Schneekluth

Sonderausgabe des
Schneekluth Verlages, München
Schneekluth, ein Verlagsimprint der Weltbild Verlag GmbH, Augsburg

Einbandgestaltung und Aquarell: Andrea Schmidt
Gesamtherstellung: Presse-Druck Augsburg
Printed in Germany 1997
ISBN 3-7951-1494-2

1

Das erste, was in ihren Schlaf drang, war das Tappen nackter Füße, die sich bemühten, lautlos zu sein.

Ihre Lider waren noch von Träumen schwer, schrecklichen Träumen, die sie auf ein Karussell der Angst gefesselt hatten.

Sie streckte unwillkürlich ihre Hand aus, tastete über das noch warme Kissen, die noch warmen Laken auf der anderen Seite des Bettes.

Der Schlaf trug sie noch einmal fort, und ihre Hand verhielt in der Bewegung, die Innenfläche wie bittend nach oben gekehrt.

Georg Camberg blieb lächelnd vor dem Bett stehen.

Ein Dreieck von Giselas runder Stirn war unter dem warm leuchtenden, honigfarbenen Haar zu sehen, dann ihr schmaler bräunlicher Arm, noch so fest wie der eines jungen Mädchens. Und ihre Hand, die schlanken Finger mit den runden Kuppen und den farblos lackierten Nägeln.

Georg Camberg beugte sich hinunter und legte die Perlen in diese Hand; eine einzelne Schnur mit einem Rubinschloß versehen. Es waren die schönsten Perlen, die er in der Frankfurter City gefunden hatte.

Gisela bewegte den Kopf, und die Flut des Haares gab ihr Gesicht frei – die kurze Nase, die Lider mit den langen, ungetuschten Wimpern, den weichen Mund.

»Guten Morgen«, sagte Georg.

»Guten Morgen«, murmelte Gisela, und sie begann zu lächeln, noch ehe sie ihre Augen öffnete.

Aber dann war sie von einer Sekunde zur anderen hellwach. Sie setzte sich auf, blickte ihren Mann an und dann die Perlen in ihrer Hand.

»Georg!« Ihre Augen wurden tief grün, wie immer, wenn sie sich über etwas freute. »Georg, was ist denn das?«

»Eine Perlenkette«, sagte er mit harmlosem Gesicht, aber nicht ohne Stolz.

Und dann ließ er Gisela schnell allein. Er ging ins Bad, feixte sich selbst im Spiegel zu.

Er fuhr sich über das verwuschelte schwarze Haar, das eigentlich schon grau war, bleckte die Zähne; er war stolz darauf, daß sie noch fest und weiß waren und kein einziger davon falsch. Pfeifend begann er sich zu rasieren.

Gisela kam herein und umschlang ihn mit beiden Armen. Sie rieb ihr Gesicht an seinem Rücken.

»Danke«, murmelte sie, »Perlen zu unserem Hochzeitstag.« Sie blickte ihm über die Schulter, und ihre Augen waren ein bißchen feucht. »Ach, Lieber, sind es wirklich schon zwanzig Jahre?«

Er drehte sich um und nahm sie in seine Arme. Er preßte sie an sich und spürte durch den dünnen Stoff ihres Schlafanzuges die Wärme ihres schlanken Körpers.

Sie standen eine lange Weile so, bis ein Geheul sie auseinanderschrecken ließ.

»Petty«, sagte Gisela mit einem Seufzer. »Man sollte nicht meinen, daß sie bald zwanzig wird.«

»Mach uns nicht älter, als wir sind, Weib!«

Sie lachte. Sie warf rasch ihren weißen Bademantel um, knotete den Gürtel fest, lief nach draußen.

Die Kinder hatten ihr eigenes Bad. Es sah darin aus, als wäre jemand mit einem Schaumlöscher am Werk gewesen.

Die Wände, der Spiegel und Petty waren über und über

mit weißem Rasierschaum bedeckt, den der zehnjährige Dax – es würde ihnen immer ein Rätsel bleiben, warum er so sommersprossig und rothaarig war – aus einer Sprühdose generös verteilte.

»Aufhören!« schrie Gisela gegen das Gezeter ihrer großen Tochter an. »Hört sofort auf!«

Dax ließ die Sprühdose sinken, und Petty überfiel ihn mit Klauen und Zähnen.

»Aua«, schrie Dax.

»Das hast du davon«, schimpfte Petty. Zornig begann sie zu weinen. »O Mami, Mami, mein Haar ist ganz verdorben!«

»Bürste es aus und bind es zum Pferdeschwanz«, sagte Gisela. »Und du, Dax, hol ein Leder und einen Scheuerlappen und mach das Bad sauber.«

»Na, was war's diesmal?« fragte Georg, als Gisela ins Schlafzimmer zurückkam.

»Rasierschaum«, sagte sie. »Dax hat sich als Schaumlöscher betätigt.«

Sie warf rasch ihren Bademantel ab, schlüpfte aus dem Schlafanzug.

Aber an der Tür zum Bad drehte sie sich noch einmal um. »Du –«, sagte sie, und es wurde ihr erst jetzt bewußt, »was hast du denn an?«

»Alte Cordhosen und mein ältestes Pulloverhemd«, sagte Georg.

»Darf man erfahren, wozu?«

»Ich will dich in Wald und Feld entführen!«

»Du gehst nicht ins Büro?«

»Bin ich denn verrückt? An unserem zwanzigsten Hochzeitstag?« Er tippte sich an die Stirn. »Also, beeil dich, Weib, und laß sehen, ob Jeans dir noch passen.«

Gisela Camberg konnte es sich trotz ihrer einundvierzig Jahre noch leisten, Jeans zu tragen. Ihre Hüften waren schlank wie eh und je, und die Beine ließen auch nichts zu wünschen übrig.

Sie hätte sogar ihr Haar zum Pferdeschwanz aufbinden können wie Petty, aber das unterließ sie dann doch lieber, des Spottes ihrer erwachsenen Tochter gewiß.

Zwanzig Jahre verheiratet, und Petty neunzehn, bald zwanzig, Rolf, siebzehn, der gerade auf einer Studienreise in London war, und der Nachzügler Dax schon zehn geworden.

Man sah ihr weder die zwanzig Jahre Ehe noch die erwachsenen Kinder an.

Ein paar Fältchen hier und da natürlich, aber was tat's, solange Georg sie Lachfältchen nannte?

Seine Hand lag auf ihrem Knie, und ihr Arm lag um seine Schultern, als sie eine knappe Stunde später hinaus in den Taunus fuhren.

Ohne Petty und ohne Dax. Nur sie beide.

Es war ein gestohlener Festtag mitten in der Woche.

Georg ließ den Wagen in einer Waldschneise ausrollen. Die Sonne entzündete das Laub der hohen Buchen in ein flammendes Rot.

Sie liefen wie Kinder durch den Wald. Sie sammelten goldgelbe Pfifferlinge und rehbraune Birkenpilze. Sie brieten sie später auf einem kleinen Reisigfeuer in der mitgebrachten Pfanne. Und sie fielen wie Kinder über das kalte Huhn und die Tomatensandwiches her, die sie mitgenommen hatten. Sie tranken leichten weißen Wein dazu; Georg hatte die Flasche tief in die feuchte Walderde gegraben, so war der Wein kühl geblieben.

Später lagen sie faul im Gras der kleinen Lichtung. Sie

beobachteten ein Eichhörnchen, das den glatten, rostroten Stamm einer Kiefer hinaufturnte.

Sie sahen den ziehenden Wolken nach, lauschten dem Rauschen des Windes in den Baumkronen, und sie waren zufrieden.

Sie waren glücklich wie am ersten Tag.

Das Telegramm lag in der Diele auf dem Telefontisch. Sie entdeckten es beide sofort.

Sie sahen sich an, Schrecken in den Augen.

»Es ist doch – nicht von Rolf?« murmelte Gisela verstört. »Bitte, mach du es auf.«

Georg öffnete das Telegramm. Sie sah, wie er blaß wurde unter der Sonnenbräune, wie dann Röte langsam in seine Wangen kroch.

Er drehte sich zu ihr um, und in seinen Augen war ein Glanz, wie ihn Fieber verleiht.

»Es ist –«, er mußte sich räuspern. »Das Telegramm ist von John Martin.«

»John Martin?« wiederholte Gisela verständnislos.

»Du weißt doch – hab' ihn in Zürich getroffen. Im letzten Jahr. Bei der Neobau-Messe. Gisela –« Das Telegramm fiel aus Georgs Hand, flatterte wie ein verwelktes Blatt zu Boden. »Gisela, Martin bietet mir an, nach Amerika zu kommen. Er baut einen Staudamm in Wyoming. Ich soll das Projekt leiten!«

Georg hatte ihre Arme gefaßt, sie spürte seine Finger hart und schmerzhaft.

»Weißt du, was das bedeutet?« fragte er wie jemand, der ein Geheimnis mitzuteilen hat. »Es ist *die* Chance meines Lebens!«

»Ja«, murmelte Gisela, und sie dachte, sie müßte an diesen Worten ersticken, »es ist die Chance deines Lebens.«

»Aber Liebes, schau mich doch nicht so entsetzt an«, er nahm sie in seine Arme.

»Ich bin nicht entsetzt. Ich freue mich für dich, es ist nur ..., es kommt so überraschend. Ich meine, du hast vorher nie etwas davon erwähnt.«

»Komm«, er führte sie ins Wohnzimmer, drückte sie in den hochlehnigen Sessel vor dem Kamin, zündete Kerzen an, holte für sie beide ein Glas Sherry, setzte sich auf die solide Armlehne, schlang wieder seinen Arm um ihre Schultern.

»Ich will es dir erklären«, begann er, »ich weiß, was ich bei Weininger habe, aber ich weiß auch, daß ich dort nicht mehr weiterkommen kann. Denn Weininger tritt nicht mir zu Liebe mit sechzig in den Ruhestand. Und dann ist da sein Sohn, mit dem ich mich leider nicht allzugut verstehe. Unsere Ansichten von Planung und Ausführung der einzelnen Projekte gehen einfach zu weit auseinander. Und in Zürich, da fiel das John Martin auf. Er wollte sich damals noch nicht festlegen. Aber er fragte konkret, ob ich bereit wäre, für zwei Jahre nach Amerika zu kommen.«

»Und du hast ja gesagt?«

»Ich habe zugegeben, daß es mich reizen würde.«

»Zwei Jahre.« Sie sah zu ihm auf, sein Gesicht wirkte fremd. Sein Blick wich ihr nicht aus, ging eher über sie hinweg, und darin war ein fernes, sehnsüchtiges Leuchten.

»Ich glaube, jeder Techniker, jeder Ingenieur wünscht sich, einmal in seinem Leben im Land der unbegrenzten Möglichkeiten zu arbeiten. Es geht dabei nicht ums Geld. Es geht um die Erfahrungen, die man sammeln kann – und es geht darum, daß man mit solchen Erfahrungen nicht unbedingt bei einem mittelgroßen Unternehmen wie Weininger bleiben muß.«

»Du wolltest sagen, versauern, nicht wahr?«

Er schluckte und sah sie endlich an. »Ja, versauern. Ich wollte es nicht so sagen, aber, wenn du es aussprichst ... Läßt du mich gehen, Gisela?«

»Allein?«

»Ich muß allein gehen. Martin besteht darauf, daß seine Mitarbeiter bei solch großen Projekten unbelastet von Familienangelegenheiten sind. Aber er ist auch großzügig. Ich werde zwei Monate Urlaub bekommen, und ich werde es schon so einrichten, daß er in die Ferienzeit der Kinder fällt und ihr mich besuchen kommt. Stell dir doch vor, dann kann ich dir Amerika zeigen. Wir mieten uns einen riesigen Wohnwagen und kutschieren kreuz und quer. Die Niagarafälle werde ich dir zeigen und alles, was du willst. Und in New York den Broadway und die Fifth Avenue, und bei Tiffany's werde ich dir den schönsten Brillantring kaufen, den wir finden. Ach, Liebes, jetzt freu dich doch mit mir. Bitte, freu dich doch.«

Sie zog seinen Kopf zu sich herab und küßte ihn. Und sie sah eine solch große Dankbarkeit in seinen Augen wie noch nie zuvor, nie in all den langen, guten Jahren ihrer Ehe.

Beim Abendessen sagte Georg es dann den Kindern.

Dax warf vor lauter Begeisterung seinen Stuhl um, stimmte ein schrilles Indianergeheul an und umtanzte den Tisch mit grotesken Verrenkungen, daß sogar Gisela lachen mußte.

»Mensch, Paps«, sagte Petty bewundernd, »daß du das geschafft hast. So ganz jung bist du ja nicht mehr, und normalerweise –« Sie verstummte errötend, was bei ihr wahrhaftig selten vorkam. Auch sie sprang auf, lief den Atlas holen, und nur Gisela sah, wie groß Wyoming war, sah es mit Erschrecken, sah es mit Angst. »Tolles Land muß das sein«, sagte sie gegen ihren Willen. »So riesig und sicherlich abenteuerlich!«

»Ganz Amerika ist ein Abenteuer«, verkündete Dax. »Da gibt es Pumas und Hurrikane und in schlimmen Wintern auch noch Wölfe und Bären, so groß wie ein Haus. Und Trapper und Goldsucher und Gangster in Chikago, die sich gegenseitig die Bäuche aufschlitzen und sich an Fleischerhaken aufhängen. Und –«

»Es reicht«, sagte Gisela. »Iß jetzt bitte deine Orange, und dann bringe ich dich ins Bett.«

»Nee«, Dax stemmte die Fäuste in die Hüften. »Heute abend nicht! Was, Paps? Heute abend spendierst du eine Flasche Sekt. Mensch, wir müssen doch feiern!«

Georg lachte, aber als er Gisela ansah, wichen seine Augen ihr doch jetzt schnell aus. Er holte die Flasche Sekt, und auch Dax bekam ein Glas, obwohl er eigentlich noch zu klein dafür war.

Nachdem Dax es mannhaft mit einem Nicken zu seinem Vater hin geleert hatte, ging er auf ihn zu, ergriff seine rechte Hand, schüttelte sie kräftig und sagte: »Du bist 'ne tolle Type, Paps, echt toll. Ich bin richtig stolz auf dich.«

Und während er sich ein paar Minuten später die Zähne putzte, das mußte Gisela immer noch überwachen, genauso wie das Waschen des Halses, murmelte er schon schlafmüde: »Bloß blöde, daß er uns nicht direkt mitnehmen kann, aber wart's nur ab, ich schreibe ihm jeden Tag, so lange, bis er uns rüberholt. Ich kann doch auch in Amerika zur Schule gehen. Dann lern' ich eben zwei Sprachen auf einmal. Wär' doch toll, was?«

»Ja, das wäre toll«, sagte Gisela, aber sie dachte, er holt uns nicht, er holt uns nicht, und sie begriff selbst nicht, warum sie dessen so sicher war.

Sie blieb bei Dax sitzen, bis er eingeschlafen war, was nicht lange dauerte, und dann auch noch, weil sie sich aus ihrer Angst nicht lösen konnte; Angst, Georg zu verlieren, den sie mehr liebte als ihre Kinder. Sie dachte es und erschrak auch davor, denn war es nicht so, daß Kinder vor allem die Liebe ihrer Mutter brauchten? Aber sie liebte ihre Kinder ja, liebte sie sehr – nur: mehr noch, mehr als alles andere liebte sie Georg.

Sie ging zu ihm in das große Wohnzimmer mit dem Blick auf den spätsommerlichen Garten. Georg hatte die Terrassenleuchten eingeschaltet, und so konnten sie die Rosen sehen, ihr blasses graues Rot, das wie kostbarer Samt wirkte, und die rund- und kleinblütigen Astern in ihrem jetzt auch bleich scheinenden Blau und Violett.

Georg hatte ein Feuer im Kamin angefacht, die Lichter im Raum ausgeschaltet.

So friedlich war es hier; wie oft hatte er gesagt, daß hier, wenn er abends nach Hause komme, zu ihr und den Kindern, sein eigentliches Leben beginne – und was dachte er jetzt?

Sie blieb zögernd neben ihm stehen. Er zog sie zu sich auf seine Knie, sie lehnte ihre Wange an seine Wange, und er streichelte ihr Haar.

»Wie sehr ich das vermissen werde«, sagte er leise. »Du ahnst ja gar nicht, wie sehr.«

»Warum gehst du dann?«

»Du weißt es doch. Einmal, ein einziges Mal nur möchte ich mich auch wirklich in meinem Beruf bewähren. Einmal etwas schaffen – etwas wirklich Großes.«

Sie schloß die Augen. Hatte sie das Recht, ihm zu widersprechen? Durfte sie ihn unsicher machen? In den zwanzig Jahren ihrer Ehe hatte er ihr nur Liebe und Verständnis gegeben, bei jeder Entscheidung immer nur an sie und die Kinder gedacht. Jetzt würde er zum erstenmal etwas für sich selbst tun.

»Ich liebe dich«, sagte sie, »und zwei Jahre sind doch nicht eine so lange Zeit, wenn ich daran denke, wie lange wir im Krieg und danach noch getrennt waren.«

»Du verstehst mich also, du läßt mich ohne Groll gehen?«

»Natürlich«, sagte sie und hoffte nur, daß es heiter klang. »Du kommst ja wieder, nicht wahr?«

»Ich gehe zwar von dir fort, Gisela, aber mein Herz und meine Gedanken bleiben hier. Ich weiß schon jetzt, wie sehr ich mich nach dir sehnen werde, in jeder Minute, in der ich nicht arbeite.«

Sie schlang die Arme fest um seinen Hals. Nach einer Weile stand er auf, schob sie sanft von sich, ging zu der Tür, die auf die Diele führte, und schloß sie ab.

»Petty?« murmelte sie.

Er schüttelte stumm den Kopf.

Er zog sie auf das weiche weiße Fell, das vor dem Kamin lag, und er zog sie mit der gleichen behutsamen und beinahe schüchternen Zärtlichkeit aus, wie vor so vielen Jahren, als er sie, das junge, unerfahrene Mädchen, zum erstenmal geliebt hatte, in der Wohnung eines Freundes, in einem Zimmer, das auch nur vom Flackerlicht eines offenen Kamins erhellt gewesen war.

In ihrem Zimmer lag Petty mit unter dem Kopf verschränkten Händen und weit offenen Augen.

Sie lauschte auf die Laute der Nacht, die durch das offene Fenster drangen, die dünnen schläferigen Stimmen der Vögel, die doch Wachsamkeit verrieten – ein Flugzeug zog niedrig zwischen Himmel und Erde dahin –, das ferne Brummen des Verkehrs, das im Laufe der Jahre von der

City in die Vororte gedrungen war, sich in Schleifen und Bahnen weiter vortastete und bald auch den Neu-Isenburger Forst ganz durchdringen würde.

Sie dachte: Es ist schön, wie meine Eltern sich lieben; ich weiß ja, wie selten so was ist, kann's ja sehen bei den Eltern meiner Freunde. Da gibt's mehr Krach als gute Worte, fast immer geht's ums Geld, und dann das Mißtrauen und die Eifersucht.

Hoffentlich wird Paps in Amerika nicht enttäuscht. Hoffentlich kriegt er wirklich seine große Chance. Und hoffentlich kommt er gesund zu uns zurück.

Sie wollte ihm etwas zum Abschied schenken, nein, nicht zum Abschied, sondern als Glücksbringer – sie würde ihr Sparkonto plündern und ihm einen goldenen Kugelschreiber mit seinen Initialen schenken, damit er damit alle seine Verträge unterschreiben konnte und dabei auch ein bißchen an sie dachte. Oh, verdammt, dachte sie, jetzt heule ich doch, und ich hatte mir doch so fest vorgenommen, es auf keinen Fall zu tun.

Gisela saß vor dem Toilettentisch und ließ langsam die Bürste durch ihr Haar gleiten. Sie betrachtete ihr Gesicht im Spiegel. Es wirkte blasser und müder als sonst.

Sie legte die Bürste aus der Hand und begann, ihren Hals zu massieren.

Sie vermied es, auf die Uhr zu schauen; auch so wußte sie, daß es auf elf Uhr zuging.

Und Georg war immer noch nicht aus dem Büro zurück.

Natürlich nicht, dachte sie, er spricht heute mit Weininger wegen der Beurlaubung, und wenn es glattgeht, werden sie Georgs Berufung nach Amerika kräftig begießen. Irgendwo in einer Bar. Ich kenne Weininger doch, er nützt jede Chance, einen Trinkkumpan zu finden.

Normalerweise hätte Gisela nichts dagegen gehabt, aber die Zeit verging so schnell, viel zu schnell. Noch vier Tage blieben bis zu Georgs Flug nach New York.

Noch vier Tage – und dann zwei Jahre lang allein. Zwei Jahre ohne Georg – es war unvorstellbar.

»Mami, es ist ein prima Krimi im Fernsehen, komm doch –« Unsicher verstummte Petty, sie blieb unschlüssig in der Tür stehen. »Mami«, sagte sie leise, »du weinst ja schon wieder!«

»Ach was«, Gisela schüttelte den Kopf. »Mir ist Maskara in die Augen gekommen.«

»Sieh mal, Mami ...«, Petty kam näher, betastete den seidenen Überzug des breiten Bettes, nahm ein Flakon vom Toilettentisch, schnupperte daran. »Es ist doch wirklich eine tolle Chance für Papa. Es sind doch bloß zwei Jahre. Und du kannst ihn doch zwischendurch besuchen. Und überhaupt – ich meine, du brauchst dir doch keine Sorgen zu machen. Du kennst doch Papa. Der ist doch treu wie Gold.«

Gisela sah in den Spiegel, sah das mädchenhaft-unschuldige Gesicht ihrer Tochter und dachte: Was verstehst du schon davon? Was weißt du, wie es ist, wenn man zwanzig Jahre lang mit einem Menschen den Tag und die Nacht geteilt hat und dann auf ihn verzichten soll, von heute auf morgen?

»Zwei Jahre sind eine lange Zeit«, sagte sie.

»Na und?« Petty zuckte mit den Schultern. »Das Ganze ist eine einmalige Chance für Paps. Er wird einen Riesenstaudamm bauen! Es wird in allen Zeitungen stehen. Paps wird richtig berühmt werden, und du weißt doch, er hat so oft gesagt, daß er hier in Frankfurt versauert, weil er an keine großen Aufgaben herankommt.«

»Jaja, ich weiß«, murmelte Gisela, und sie dachte: All

das stimmt. Es ist die Wahrheit. Aber für mich gibt es noch eine andere Wahrheit: meine Falten und meine grauen Haare – wieviel mehr werden es in zwei Jahren sein? Und was kann sonst noch alles in zwei Jahren passieren?

»Also, kommst du nun zu dem Krimi oder nicht?« fragte Petty.

»Ja, gut.« Gisela erhob sich. Sie zog den Gürtel ihres hellgrünen Seidenanzuges enger, als gebe ihr das mehr Halt. Sie folgte ihrer Tochter ins Wohnzimmer und kuschelte sich neben Petty auf die Couch.

Sie zündete sich eine Zigarette an und spürte den begehrlichen Blick des jungen Mädchens darauf.

»Ja, du darfst rauchen«, sagte Gisela mit einem flüchtigen Lächeln, »heimlich tust du's ja sowieso. Und mach uns was zu trinken zurecht. Ein Cola mit einem Schuß Cognac, ja?«

Georg traf seine beiden Frauen – wie er Petty und Gisela nannte – in einem Dunst von blauem Zigarettenrauch bei Beatmusik vom Plattenspieler und einer gut zu einem Drittel geleerten Flasche Cognac an.

Verblüfft blieb er auf der Schwelle stehen, stemmte die Hände in die Hüften und fragte: »Was feiert ihr denn?«

»Wir probieren aus, wie es sein wird, wenn du nicht mehr hier bist«, lachte Gisela, aber es klang gar nicht nach einem Scherz.

Sie erhob sich, ging zu ihm und umschlang seinen Nakken mit ihren Armen.

Sie küßte ihn auf den Mund; etwas, das sie nur sehr selten vor den Kindern tat.

»Nun, was hat Weininger gesagt?« fragte sie.

»Alles okay.«

Ich muß Englisch lernen, sofort, dachte Gisela und fing

an zu kichern. Ich darf doch nicht hinter meinen klugen Kindern zurückstehen.

»Was sagst du?« fragte Georg, und in seiner Stimme mischten sich mit einemmal deutlich Müdigkeit und Ärger.

»Ach nichts.« Gisela wandte sich ab. Er sollte die Tränen nicht sehen, deren sie sich selbst schämte.

»Möchtest du noch was essen?« fragte sie.

»Nein, danke«, sagte er. »Petty, es ist Zeit für dich, ins Bett zu gehen. Für uns alle übrigens«, er räusperte sich, »denn ich fliege morgen schon.«

»Nein!« Gisela wirbelte herum. Sie preßte die Hand vor den Mund.

Petty ging still hinaus.

»Martin hat mich heute im Büro angerufen. Es hat irgendwas mit einer Aktionärsversammlung zu tun, zu der ich übermorgen schon in New York sein soll.« Georg zündete sich eine Zigarette an, und Gisela sah, daß seine Hände zitterten.

»Sonst noch was?« fragte sie, und ihre Stimme gehorchte ihr kaum.

»Nein!« Sein Kopf fuhr hoch. Er stieß heftig den Rauch aus. »Mein Gott, Gisela, meinst du, mir fällt es leicht, so von heute auf morgen hier alles liegen- und stehenzulassen?«

»Warum tust du's dann?« Sie schrie es fast. Und gleich darauf fügte sie leise hinzu: »Bitte, entschuldige, ich habe es nicht so gemeint. Wirklich nicht. Ich freue mich ja für dich, über deine Chance, meine ich. Aber es ist natürlich für mich auch ein bißchen –« Sie versuchte vergeblich, es zu erklären, hob nur die Schultern in einer hilflosen Geste; sie hatte zum erstenmal in ihrer Ehe das Gefühl, nicht mit ihrem Mann Schritt halten zu können.

Sie sah ihn plötzlich mit ganz anderen Augen, sah, daß

er sich schon verändert hatte. Er trug einen der neuen Anzüge, die er sich für Amerika gekauft hatte, dunkelgrau, aus Mohair, ganz leicht, das Richtige als Fluggepäck, wie ihnen der Verkäufer versichert hatte.

Er trug auch eine der neuen Krawatten, modisch in violett und grau, forscher geknotet als sonst, und sein Gesicht darüber, dieses Gesicht mit den hellen Augen, schien ebenfalls forscher, kühner als sonst. Die satten Linien der Zufriedenheit eines Mannes in den mittleren Jahren war daraus verschwunden.

»Warum siehst du mich so an?« fragte er.

»Ich werde dich lange nicht sehen.«

»Gisela, mach es uns beiden nicht so schwer.«

»Nein«, sie schüttelte den Kopf. »Ich will es uns ja gar nicht schwer machen. Nur, Georg, ich – ich habe dich schrecklich lieb.«

Seine Hände streichelten ihren Nacken unter dem schulterlangen Haar, glitten über ihren Rücken, legten sich um ihre Taille.

»Ich tue es doch auch für euch«, sagte er. »Für dich und die Kinder. Wenn ich dieses Projekt erfolgreich beende, stehen mir hier alle Türen offen. Alle.«

»Ich weiß«, murmelte Gisela gegen seinen Hals.

»Wenn die Kinder hier versorgt wären, könntest du mit mir kommen«, sagte er. »Ich würde Martin gegenüber einfach darauf bestehen.«

Wenn – dachte sie, aber sie sind es nicht. Petty braucht mich, und Dax erst recht, von Rolf ganz zu schweigen, der uns genug Kummer macht.

»Wann fliegst du – morgen?« fragte sie. »Ich muß doch deine Koffer packen.«

»Nein«, sagte er. »Heute abend nicht mehr. Morgen früh ist noch Zeit genug.«

Er nahm sie auf seine Arme und trug sie hinüber ins Schlafzimmer. Und sie dachte: Es ist wie damals. Im Winter 44/45, er wollte mir nicht sagen, wann er wieder an die Front mußte, und als ich morgens aufwachte, war er schon fort.

Er ließ sie sanft aufs Bett gleiten, und sie drehte ihr Gesicht so, daß ihr Haar darüberfiel, damit er ihre Tränen nicht sah.

»Wein nicht, bitte, Gisela, wein nicht«, sagte er.

Sie schüttelte den Kopf, aber sie konnte nichts dagegen tun.

»Ich werde dir oft schreiben«, sagte er. »Und einmal im Monat telefonieren wir miteinander, und ich kriege ja auch Urlaub, zwei Monate Urlaub zwischendurch.«

Er löschte das Licht, und sie hörte, wie er sich auszog. Und auch sie zog sich aus und kroch unter die Decke, und sie fror jetzt, fror so wie in jenem letzten Kriegswinter, als sie fürchten mußte, Georg nie mehr wiederzusehen.

Sie dachte an die letzten Bombennächte, Georg an der Front und sie schwanger mit Petty, dachte an die Hitze der Flammen in den brennenden Straßen und an die Eiseskälte, wenn die Feuer erloschen, dachte an die Nächte in Kellern und Bunkern und an die jungen Mädchen, die wie alte Frauen aussahen mit ihren erloschenen Augen, an die jungen Männer, die Soldaten, die wie Greise wirkten mit der Niederlage dieses sinnlosen Krieges auf ihren Schultern. Dachte an den Hunger, aber schlimmer als der Hunger war die Sehnsucht gewesen und die Angst um Georg. Ein einziges Wort von ihm, bitte, schenk mir doch ein einziges Wort von ihm, betete sie immer und immer wieder.

Aber es dauerte zwei Jahre, ehe er aus Wien zurückkam, zwei Jahre nachdem der Krieg schon zu Ende war, und

Petty konnte schon lange laufen und lief auf ihn zu und klammerte sich an seine Knie und strahlte glücklich und nannte ihn Papam, Papam.

Zwei Jahre der Einsamkeit damals und der Hoffnungslosigkeit.

Und nun wieder zwei Jahre, in denen er nicht bei ihr sein würde.

Aber wenigstens war kein Krieg mehr, und wenigstens brauchte sie nicht mehr um sein Leben zu fürchten. Und er würde ja schreiben und anrufen, und er bekam auch Urlaub, zwei Monate; dieses Mal brauchte sie doch keine Angst um ihn zu haben. Sie mußte doch nur daran denken, daß er endlich seine große Chance bekam.

Aber sie hatte Angst um ihn, gegen jede Vernunft, und nicht einmal seine Umarmung konnte sie trösten.

Die letzte Umarmung, dachte sie, die letzte, die letzte, und sie haßte sich selbst wegen ihrer Kleinmütigkeit.

»Du wirst ihn nicht wiedersehen«, sagte Angela. »Ich kenne die Männer. Sie sind alle gleich.«

»Georg schreibt mir jeden Tag«, widersprach Gisela. Sie vergaß, ihre Zigarette anzuzünden, zerkrümelte sie in der Hand.

»Natürlich, im Anfang, um dich in Sicherheit zu wiegen. Meinst du, Fritz hätte das nicht getan? Er schrieb mir Postkarten, rief mich abends von unterwegs an. Aber was tat er anschließend? Jede Nacht war er mit einer anderen im Bett.«

»Bitte«, sagte Gisela. »Sprich wenigstens leise. Die Kinder können dich ja hören.« Sie stand rasch auf, schloß die Wohnzimmertür.

»Meinst du, deine Tochter weiß noch nicht, wo's langgeht?«

»Bitte«, wiederholte Gisela, und sie wünschte, Angela würde gehen. Sie ist einsam und verbittert, und sie hat mir noch nie mein Glück gegönnt. Georg hat sie nie gemocht.

»Ich war immer skeptisch, was Georg angeht«, sagte Angela. »Von Anfang an. Was war er denn schon, ein schneidiger Fahnenjunker, der dir den Kopf verdreht hat – und das ist er geblieben. Ich hab' dich immer vor ihm gewarnt, weil ich es gut mit dir meine. Jetzt –«

»Du machst meine Kinder und meinen Mann schlecht, und das nennst du gut meinen?« unterbrach Gisela sie.

»Ich will dich doch nur warnen. Du bist noch so naiv. Dich hat das Leben bisher ja bloß mit Samthandschuhen angefaßt. Aber ich hab' all das schon mitgemacht, was dir noch bevorsteht: die Scheidung, der Verlust der Kinder, die sich auf die Seite ihres erfolgreichen Vaters schlagen. Mir kann keiner mehr was vormachen. Du behauptest, Georg schreibe dir jeden Tag. Warum siehst du dann so schlecht aus, warum sieht man dir plötzlich deine einundvierzig Jahre an?«

Unwillkürlich fuhren Giselas Hände zu ihrem Gesicht hoch, tasteten über die Schläfen. Ja, sie konnte es sogar spüren – die Haut um ihre Augen war schlaffer geworden.

»Nun gib's doch schon zu«, sagte Angela. »Wann hast du das letztemal von Georg gehört?«

»Vor drei Wochen«, flüsterte Gisela. Sie wandte sich hastig ab, griff nach einer Zigarette.

»Seit drei Wochen also«, wiederholte Angela. Es klang seltsam befriedigt und mitfühlend zugleich.

»Er schreibt, daß er eine Unmenge zu tun habe. Er schreibt, daß New York irrsinnig interessant sei –«

»Natürlich ist New York interessant.« Angela erhob sich. »Besonders für einen Mann wie Georg. – Na ja, ich muß jetzt gehen!«

Sie wartete vergeblich, daß Gisela widersprach.

Sie beugte sich herunter, küßte Gisela rasch auf die Wange. »Tschüs, mein Armes. Ruf mich an, wenn du mich brauchst.«

Gisela brachte ihre Freundin nicht hinaus.

Wenig später kamen Dax und Petty zu ihr herein.

»Was wollte die denn?« fragte Petty.

»Nichts Besonderes. Mich besuchen«, sagte Gisela mit dem vergeblichen Versuch zu lächeln.

»Tante Angela hat mir zwei Mark geschenkt«, sagte Dax. »Sie schenkt mir immer zwei Mark. Deswegen mag ich sie aber noch lange nicht leiden.«

»Dax, geh spielen!« sagte Petty.

»Nee!« Der Zehnjährige blieb mit gespreizten Beinen stehen, stemmte die Fäuste in die Taschen seiner Jeans. »Ich will Fernsehen gucken.«

»Paps hat verboten, daß du dir das Werbefernsehen anguckst«, sagte Petty streng.

»Paps ist ja nicht da.«

»Gerade deswegen mußt du gehorchen«, verlangte Petty. »Nicht, Mami?«

»Laß ihn nur«, sagte Gisela. Sie war mit einemmal sehr müde. Sie ging hinaus, in ihr Schlafzimmer.

Ich werde Georg anrufen, dachte sie. Ich muß wissen, warum er mir so lange nicht geschrieben hat.

Sie saß auf dem Bett, und ihre Gedanken gingen zurück in die Vergangenheit.

Nach dem Krieg hatte sie zwei Jahre lang nichts von ihm gehört. Sie wußte nur, er war zwei Jahre lang in Wien gewesen, mehr wußte sie nicht. Erst nach zwei Jahren hatte er geschrieben: »Ich lebe, mir geht es gut.« Und dann war er zurück nach Frankfurt gekommen, zu ihr.

Er hatte sein langes Schweigen nie erklärt und nie von Wien erzählt. Er war auch nie mit ihr nach Wien gefahren, obwohl sie es sich so sehr gewünscht hatte.

Über das, was Georg allein erlebt, spricht er nicht, dachte Gisela. Denn nie hatte er über den Krieg und seine Gefangenschaft gesprochen.

Aber jetzt das mit dem Staudamm in Wyoming, das ist doch etwas anderes. Er muß doch wissen, daß ich mir Sorgen um ihn mache.

Ich dreh' noch durch, wenn ich nicht endlich erfahre, was mit ihm los ist. Der Haushalt geht mir auf die Nerven, die Kinder. Alles.

Sie nahm den Telefonhörer auf, wählte das Fernamt. Ihre Stimme zitterte, als sie das Gespräch nach New York anmeldete.

New York im Oktober.

Tage, an denen der Himmel tiefblau über den Straßenschluchten hängt. Nächte, in denen der Frost spürbar wird, der den Winter bringt.

Schon laden die großen Kaufhäuser in der City mit riesigen Lichtreklamen, Leuchtfeuer auch am Tage, zu Weihnachtseinkäufen ein; schon dudelt es aus tausend Lautsprechern, übertönt das Brüllen des Verkehrs: »I am dreaming of a white Christmas.« Aber noch ist der Herbst golden über dem Hudson River.

Von all dem bekam Georg nur einen flüchtigen Eindruck.

Seit zwei Monaten war er in New York. Schon zwei Monate jagte eine Besprechung die andere. Seit zwei Monaten fiel er abends todmüde ins Bett.

Oft zu erschöpft, um zu denken, zu ausgelaugt, um an Gisela zu schreiben.

Die Faszination, die von der Millionenstadt und ihrem Tempo ausging, war längst verblaßt unter der Last der Verantwortung, die John Martin ihm aufbürdete.

Die Chance seines Lebens wurde Georg nicht geschenkt. Und vielleicht war es das, was einzugestehen er fürchtete, wenn er an Gisela schrieb?

Also verschob er auch an diesem späten Abend den längst fälligen Brief.

Er lag auf seinem Bett in dem komfortablen, mit Fernsehgerät, Bar und Klimaanlage ausgestatteten Appartement im Hotel ›Montfour‹.

Er hatte die Schuhe ausgezogen, den Kragen seines Hemdes geöffnet und nippte an einem Whisky.

Nein, Gisela sollte nichts von seinen Schwierigkeiten erfahren.

Zum Beispiel davon, daß er bei Weininger in Frankfurt gekündigt hatte, weil Weininger sich nicht auf einen zweijährigen, wenn auch unbezahlten Urlaub, eingelassen hatte. Oder daß John Martin schwierig war; ein Mann, der jeden Dollar seines Vermögens selbst ›gemacht‹ hatte und die Verwendung jedes einzelnen Dollars auch selbst bestimmte.

Die Pläne für den Staudamm waren daher bis in die kleinsten Einzelheiten auszuarbeiten, und dafür war Georg Camberg mit seiner deutschen Tüchtigkeit geholt worden.

Das Telefon schrillte, riß ihn vom Bett hoch.

»Hello, George?«

Natürlich John Martin. Selbst am Sonntagabend um elf konnte er ihn nicht in Frieden lassen.

»Hello, John«, sagte Georg. »Was kann ich für Sie tun?«

»Ziehen Sie ihr Dinnerjacket an und kommen Sie runter. Erwarte Sie in der Bar. In zehn Minuten.«

Klick machte es, und die Leitung war tot.

Georg fluchte, während er sich anzog. Er hatte keine

Lust, herunterzugehen und wieder in einer Bar zu sitzen und wieder über den Staudamm zu reden und wieder den stahlgrauen Blick von John Martin auf sich zu spüren, der ihn zum geistigen Handlanger seiner Pläne erkoren hatte.

Ja – das bin ich, dachte Georg und blieb abrupt vor dem Spiegel stehen, die Smokingschleife in der Hand halb erhoben.

Und wenn irgend etwas in meinen Berechnungen nicht stimmt? Wenn irgend etwas schiefgeht.

Er verspürte plötzlich eine nagende Unsicherheit.

Die seltsame, völlig unbegründete Ahnung eines kommenden Unheils.

Da klingelte wieder das Telefon, und diesmal war die kühle Stimme eines der Mädchen aus der Zentrale am Apparat: »Mister Camberg? Mister Martin erwartet Sie seit zwölf Minuten in der Bar, Sir.«

»Ich komme«, sagte Georg und knallte den Hörer auf.

Er band rasch die Smokingschleife, fuhr sich mit allen zehn Fingern durch das kurze grauschwarze Haar. Dann fuhr er mit dem Lift achtzehn Stockwerke hinab, stand in der hell erleuchteten Halle des ›Montfour‹.

Eis klinkerte in den Martini- und Whiskygläsern auf den niedrigen Marmortischen. Augen glänzten unter farbenprächtigen Lockenhelmen, Augen rund und schwarz umschattet, wie es die derzeitige Mode vorschrieb; sie folgten Georg, dessen Gang und Haltung deutlich den Nicht-Amerikaner verrieten. Kühl registrierte Georg die Blicke, er hatte sich schon daran gewöhnt.

Er betrat die von sanftem Licht erfüllte Bar; Frank Sinatra sang von den Strangers in the Night.

Georg sah John Martins breiten, mitternachtsblauen Smoking-Rücken, den schmalen Nacken darüber unter dem schlohweißen Haar.

In diesem Augenblick wandte die Frau an Martins Seite sich um.

Und Georg sah nur noch sie. Er konnte nicht anders, konnte nichts dagegen tun.

Sie war keine Frau, sie war noch ein Mädchen. Mit Haar, das ganz unmodisch glatt das Gesicht umrahmte, eine Silberkappe, wie aus Seidenfäden gesponnen.

Er sah die Augen, groß und doch schmal geschnitten, nachtschwarz. Er sah ihren Mund, blaß und ungeschminkt, sich in einem zögernden Lächeln öffnen.

Und dann wandte John Martin sich um, und der Traum zerriß unter seinem dröhnenden, jovialen Lachen, das die Bar zu sprengen schien.

»Hello, George, da sind Sie ja endlich!« Und mit einem Blick auf die Uhr an seinem Handgelenk: »Drei Minuten zu spät!«

Das Mädchen lächelte nicht mehr, sah ihn nur an mit diesen schmalen schwarzen Augen, und da war plötzlich Erwartung in ihnen, Erwartung und – etwas wie Hunger.

»Das ist Jill«, sagte John Martin, und er legte ihre Hand in Georgs Hand. »Jill, meine einzige Tochter.«

»How do you do, Miß Martin«, sagte Georg und hielt ihre Hand, bis die schmalen, heißen Finger zu zucken begannen.

»Überraschung, wie?« John Martin schlug ihm auf die Schulter. »Ja, Jill ist das genaue Ebenbild ihrer verstorbenen Mutter. Von mir hat sie nichts!«

»Doch Daddy«, sagte das Mädchen ernsthaft und blickte ihren Vater an, »deinen Charakter.«

»Ja, das stimmt. Sie kriegt, was sie will. Das hat sie von mir!« John Martin lachte. »Na, George, was trinken Sie?«

»Einen Bourbon mit viel Eis«, sagte Georg. Er zwang sich, seine Augen von dem Gesicht des Mädchens zu lösen.

»Zwei Bourbon mit viel Eis und eine White Lady für Miß Martin!«

Der Barmixer lächelte devot.

»So, George, nun zum Geschäft«, sagte John Martin, nachdem sie den ersten Schluck ihrer Drinks genommen hatten. »Sie fliegen morgen früh nach Wyoming. Es sind da Schwierigkeiten bei einem Stück Land aufgetaucht, das wir unbedingt brauchen. Der Kerl verlangt plötzlich das Doppelte des ausgemachten Preises. Jill fliegt Sie mit ihrer Maschine hin. So sind Sie unabhängig und können, wann immer es notwendig ist, zwischen Purpleheart und New York hin und her gondeln.«

»Aber es war doch ausgemacht –«

»Was denn, was denn!« John Martin ließ Georg nicht ausreden. »Haben Sie sich immer noch nicht an unseren way of business gewöhnt? First things first! Wir haben nie Zeit zu verlieren. – Oh«, er blickte auf die hauchdünne Platinuhr von Tiffany's an seinem breiten, blondbehaarten Handgelenk, »ich muß weg. – Sehe dich morgen früh vor dem Abflug, Jill. Alles Gute, George!« John Martin küßte seine Tochter auf die Stirn, schlug Georg auf die Schulter, dann verließ er mit weit ausgreifenden Schritten die Bar.

Georg kippte seinen Whisky. So ist das also, dachte er, Martin schickt mir seine Tochter als Aufpasser mit, seine Tochter, die den gleichen Charakter hat wie er. Ein Eisberg mit einem Elfenbeingesicht.

»Es tut mir leid«, sagte Jill leise, »ich habe es nicht gewollt.«

»Was?« Georg blickte auf, sah direkt in diese schwarzen, schmalen Augen.

»Können wir woanders hingehen?« fragte sie. »Ich hasse Bars. Ich habe auch Ihre Pläne noch nicht gesehen.«

»Die Pläne sind in meinem Zimmer.«

»Dann gehen wir doch nach oben.« Jill glitt von dem Barhocker und war jetzt mehr als einen Kopf kleiner als Georg, sehr schmal, sehr zerbrechlich in dem champagnerfarbenen Breitschwanzmantel, der hoch über ihren Knien endete. Sie sah aus wie ein Schulmädchen, das sich verkleidet hat – und doch war sie die eleganteste Frau, die er je gesehen hatte.

Jill ging, einen halben Schritt ihm voraus, zum Aufzug. Sie sagte kein Wort mehr, bis sich die Tür seines Appartements hinter ihr schloß.

»Ich möchte jetzt auch einen Bourbon, mit viel Eis«, und sie lächelte ihn zum erstenmal voll an. »Es ist das einzige, was mein Vater mir nicht erlaubt – keine harten Getränke.«

Sie wandte sich ab, entdeckte das Foto von Gisela auf dem Kaminsims. »Ihre Frau?«

»Ja«, sagte Georg. Er fügte wie in Abwehr hinzu und schämte sich dessen im gleichen Moment: »Wir sind seit zwanzig Jahren glücklich verheiratet.«

»Ich weiß!« Jill lachte leise auf. »Ich weiß alles von Ihnen. Sie leben in einem Vorort von Frankfurt in einem Sechszimmerhaus. Sie haben drei Kinder, Dax und Petty und den etwas schwierigen Rolf. Ihre Frau heißt –«

»Woher wissen Sie das?«

»Mein Vater besitzt eine Akte über Sie. Eine sehr dicke sogar. Sooo dick!« Sie zeigte es mit Daumen und Zeigefinger. »Und nun hat er mich zu Ihrem Aufpasser bestellt!«

»Warum verraten Sie mir das?« Georg ging zu ihr hinüber, reichte ihr das halb mit Whisky gefüllte Glas.

Jill schwieg, lächelte, hob das Glas an ihre Lippen.

»Warum, Jill?«

»Ich mag Sie«, sagte sie einfach.

Bevor er etwas erwidern konnte, summte die Klingel an der Appartementtür.

»Das werden die Akten sein, die mein Vater Ihnen geben wollte. Er hat es vergessen«, sagte Jill.

»Entschuldigen Sie mich.« Georg ging schnell hinaus.

Der Page in der violetten Uniform überreichte ihm eine flache schwarze Aktentasche und ein Couvert. Georg riß es auf. Ein Scheck rutschte ihm entgegen.

Ein Scheck über 10 000 Dollar. Eine Karte war daran geheftet: »Für die bisherige gute Zusammenarbeit – Martin.«

Der Hund! Das war das erste, was Georg dachte. Das ist wieder typisch: Zuckerbrot und Peitsche. Erst Jill als Aufpasser – dann der Scheck!

Weder das eine noch das andere annehmen.

Weder Jill noch den Scheck.

Nach Hause fliegen. Schluß machen mit dem amerikanischen Abenteuer, ehe es zu spät ist.

Wozu zu spät?

Die Gedanken rasten durch seinen Kopf. Warnend und verführerisch zugleich.

Jill. Der Staudamm. Die Chance meines Lebens.

Aber um welchen Preis?

Georg hörte nicht das Klingeln des Telefons in seinem Appartement.

Aber Jill hörte es. Sie stand ja direkt daneben.

Und in der Erwartung, daß es ihr Vater sei, nahm sie den Hörer ab.

Aber es war ein Überseegespräch. Aus Frankfurt.

Überraschend schnell, überraschend klar fragte eine Frauenstimme: »Georg? Georg bist du da? Georg, verstehst du mich?«

»Sorry, one moment please, Mister Camberg –«

Aber Jill brauchte nicht weiterzuspechen; denn da wurde auf der anderen Seite schon aufgelegt.

2

In New York war es zwölf Uhr nachts.

Zwölf Uhr nachts – und in Georgs Appartement hatte ihr eine Mädchenstimme geantwortet.

Eine seidenweiche Mädchenstimme.

Gisela tastete sich zu ihrem Bett.

Ein Mädchen um Mitternacht in Georgs Zimmer.

Ich habe es geahnt. Ich habe es gewußt.

Zwanzig Jahre – und nun ist alles vorbei.

Ich weiß es. Ich spüre es.

Und sie begann hilflos zu weinen.

Sie hatte nicht verstanden, was die Mädchenstimme gesagt hatte, hatte kein Wort begriffen. Sie hatte nur gehört, wie weich und wie jung diese Stimme klang.

Seit drei Wochen hatte Georg ihr nicht mehr geschrieben, seit drei Wochen hatte sie Tag um Tag auf eine Nachricht von ihm gewartet.

Gisela stand auf. Sie strich automatisch die cremefarbene Seidendecke glatt, die über das Bett gebreitet war.

Das Bett, das sie zwanzig Jahre lang mit Georg geteilt hatte, in dem sie keinen Schlaf mehr fand, ohne ihn. Im Wohnzimmer auf der Couch konnte sie manchmal schlafen, oder auf dem weißen Fell vor dem Kamin. Aber sie sorgte immer dafür, daß sie morgens wie früher aus dem Schlafzimmer kam – der Kinder wegen.

Ihr Blick glitt über den grünen Velour des Bodens; wie oft hatte es sie geärgert, daß Georg, aus dem Bad kommend, nasse Fußstapfen darauf hinterließ. Und wie oft hatte er ihren Ärger hinweggelacht.

»Es gibt noch grüne Velourböden, wenn es uns längst nicht mehr gibt! Und ein Haus ist zum Wohnen da, Liebling, nicht zu Ausstellungszwecken!«

War sie vielleicht zu hausbacken für ihn gewesen, zu einfach? War sie nicht mitgewachsen, wie man es nannte?

Sie betrachtete sich im Spiegel. Eine Einundvierzigjährige. Noch schlank, mit straffen Brüsten und Hüften und straffen Beinen.

Sie sah ihr Gesicht, versuchte, es mit Georgs Augen zu betrachten. Es war ein Gesicht, an das man sich gewöhnen konnte, mit einfachen, klaren Linien. Vielleicht hatte er sich zu sehr daran gewöhnt?

Das Telefon klingelte. Sie stürzte hin, riß den Hörer hoch.

»Camberg?«

»Mutter, bist du's?« fragte eine zögernde Stimme.

»Rolf!«

Nicht Georg – die Enttäuschung schwappte Bitternis in ihren Mund.

Nicht Georg – sondern Rolf. Das schwierigste ihrer Kinder. In keiner Schule hatte er es ausgehalten. Einen Aufenthalt in London hatte er von ihnen erpreßt.

»Rolf, wieso rufst du an? Es ist erst sieben Uhr in der Früh! Was ist passiert? Wo bist du?«

»Ich –« er räusperte sich, »ich bin in Aachen.«

»Wieso Aachen?«

»Ich – mir ist die Pen – ich meine, das Geld ist mir ausgegangen. Ich – ich bin bei 'nem Kumpel hier.«

»Wieso bist du nicht mehr in London? Was ist passiert?«

»Das möchte ich dir lieber später erklären. Kannst du mir Geld schicken, für die Bahnfahrt?«

»Ich komme dich abholen. Mit dem Wagen«, sagte Gisela.

»Aber das ist doch – ich meine, was wird Vater dazu sagen?«

»Vater ist nicht hier«, sagte sie. »Er ist in Amerika. Wieso weißt du das nicht? Ich hab's dir geschrieben.«

»Ich erklär's dir später«, wiederholte Rolf. »Wann – wann kommst du mich abholen?«

»Ich fahre gleich los. Ich werde etwa drei Stunden brauchen. Wo finde ich dich?«

»Im ›Bit am Graben‹, ist 'ne Kneipe. Findest du leicht. Also tschüs denn.«

Gisela legte den Hörer auf.

Und wenn Georg nun aus New York anruft, während ich weg bin, dachte sie. Wenn er nun versucht, mir zu erklären, was keine Erklärung braucht.

Denn ein Mädchen nachts um zwölf Uhr im Zimmer eines Mannes – dafür gibt es nur eine Erklärung.

Nein, dachte sie. Ich bleibe nicht hier. Ich werde nicht auf Georgs Anruf warten.

Ich fahre nach Aachen, ich hole Rolf ab – und wenn ich es auch nur tue, um auf andere Gedanken zu kommen.

Aber Georg rief nicht an.

Denn er erfuhr nichts von Giselas Versuch, mit ihm zu sprechen. Jill verschwieg ihm den Anruf. Sie tat es instinktiv, sie gehorchte immer ihrem Instinkt.

»Nun?« fragte sie und lächelte mit diesen blassen Kinderlippen, als Georg zurückkam, den Aktenkoffer in der einen, den Scheck über 10 000 Dollar in der anderen Hand.

»Ihr Vater versteht es immer wieder, mich zu überraschen«, sagte er sarkastisch.

»Mein Vater hat eine Vorliebe für Überraschungen«, antwortete Jill sanft.

Und dann übergangslos mit einem leisen Auflachen: »Was haben Sie eigentlich schon von New York gesehen?«

»Nichts!« sagte Georg.

»Dann wird es aber Zeit. Ich werde Ihnen New York zeigen. Wir haben noch eine halbe Nacht.«

Jill fuhr einen silbergrauen Jaguar, ein Geburtstagsgeschenk ihres Vaters.

Sie chauffierte den Wagen mit einer sicheren Gelassenheit, die in seltsamem Kontrast zu ihrer Zerbrechlichkeit stand.

»Wir lassen den Wagen hier stehen. Haben Sie schon den Hudson bei Nacht gesehen?«

Sie schlenderten den Kai entlang. Der Fluß war breit und dunkel, gefleckt von den Millionenlichtern der Stadt wie mit Phosphorpunkten.

Jill hatte den Kragen ihres Mantels hochgeschlagen; ihr Haar hob sich kaum von dem champagnerfarbenen Pelz ab. »Wenn ich in New York bin, gehe ich oft nachts hier spazieren. Ich habe die Schreie der Möwen gern.«

»Und wo sind Sie, wenn Sie nicht in New York sind?« fragte Georg.

Sie zuckte mit den Schultern. »Mal hier, mal dort. Immer da, wo mein Vater mich braucht. Ich bin seine dritte Hand.«

»Und das macht Ihnen Spaß?«

»Was macht einem schon Spaß?« fragte Jill zurück. Sie blieb stehen und hob ihr Gesicht.

Ihre Augen waren ausdruckslos, und dennoch meinte er, Trauer darin zu lesen.

»Sie sind so jung, Jill, in Ihrem Alter findet man das Leben gemeinhin wunderbar.«

»Ich bin einundzwanzig, und ich betrachte Jugend nicht als einen Vorzug.«

»Jede Frau, die älter ist, würde Ihnen das Gegenteil sagen«, lachte Georg.

Und dann dachte er: Auch Gisela? Mein Gott, Gisela. Ich habe ihr wieder nicht geschrieben. Seit drei Wochen habe ich ihr nicht mehr geschrieben.

Da war Sehnsucht mit einemmal, Sehnsucht nach der Ruhe, der Ausgeglichenheit, die Gisela ihm stets gegeben hatte, und der Wunsch, aus dem Traum zu erwachen, dem Traum mit Jill; denn er kannte Frauen wie Jill, hatte eine gekannt, in Wien vor zwanzig Jahren, und er wußte um die Gefahr.

»Wir sollten unsere Entdeckung New Yorks auf ein andermal verschieben«, sagte er und hörte selbst, wie kalt, wie abwehrend es klang.

Nichts regte sich in Jills Gesicht. Aber dann senkte sie den Kopf und nahm seine Hand.

Sie führte ihn über die Straße. Blieb vor einer dunkelgrünen, von blanken Messinglampen flankierten Tür stehen.

»Nehmen wir noch einen Abschiedsdrink?« fragte sie, und ihre Stimme war die eines bittenden, eingeschüchterten Kindes.

»Na gut«, sagte er in einem Ton, als müsse er sich für etwas entschuldigen. Dafür entschuldigen, daß er in Jills Anwesenheit an Gisela gedacht hatte?

Er begriff sich selbst nicht, verstand nicht, wie er auf dieses Mädchen, das er seit knapp zwei Stunden kannte, so reagieren konnte, als sei sie Zentrum seines Lebens.

Sie betraten das kleine, mit weißen Holztischen und mit Bastgeflecht bezogenen Stühlen möblierte Lokal.

Es war weder eine Bar noch ein Restaurant.

Es war wie eine der Kneipen im Hafen von Lissabon, in denen man über Holzkohlen gebratene Sardinen aß und Vinho Verde dazu trank.

Sie nahmen in einer Nische Platz, und der Wirt kam selbst zu ihnen herüber, ein großer, schwartiger Mann in einem feierlichen schwarzen Anzug.

»Zwei Medronho«, bestellte Jill.

Und dann lächelte sie wieder zu Georg auf und sagte: »Ich hätte Ihnen etwas typisch Amerikanisches zeigen sollen, nicht wahr? Aber hier, ›bei Rodriguez‹, fühle ich mich wohl. Hier komme ich hin, wenn ich allein bin.«

Da war sie wieder, die Einsamkeit, die Jill zu umgeben schien und sie zu dem Traumgeschöpf machte, das sie für Georg war.

Noch keine Frau und doch kein Mädchen mehr.

»Sind Sie immer noch böse?« fragte Jill, als sie den zweiten Medronho getrunken hatten. Ihre Augen glänzten jetzt bläulich im Schein der Kerzen. »Ich meine, weil ich Sie nach Purpleheart begleiten soll?«

»Natürlich nicht«, sagte Georg – und er dachte jäh, ich wünsche es mir ja!

Jill ließ es nicht bei diesem Besuch in Rodriguez' Kneipe bewenden.

Eine halbe Stunde später fand sich Georg am Rande einer wild zuckenden, wild stampfenden Masse von jungen Leuten wieder, in Greenwich Village, in einem Beatlokal, wo wirbelnde Farbkreisel die Lampen ersetzten.

Einmal war Jills Gesicht in Blau und dann in Violett und dann in purpurnes Rot getaucht.

Sie tanzte nah vor ihm, für ihn allein, in ihrem Mantel, der sie wie eine Glocke aus champagnerfarbenem Schnee umgab; und doch konnte er jede Muskelbewegung ihres schmalen, gelenkigen Körpers sehen.

»Jill, ich muß ins Hotel zurück«, sagte er und wollte vernünftig sein. »Wir müssen beide morgen früh raus.«

Sie kam folgsam zu ihm wie ein Kind.

Sie saßen wieder im Wagen, und sie atmete noch schnell von dem Tanz, den sie für ihn getanzt hatte.

»Sie wollen in Ihr Hotel zurück?« fragte sie.

»Ja. Ich brauche Schlaf«, sagte er.

Jill ließ den Wagen vorwärtsschießen, fuhr jetzt viel schneller als vorher, schnitt die Kurven, nahm nie den Fuß vom Gaspedal.

Sie hielt mit rutschenden Bremsen vor dem Portal des ›Montfour‹.

»Gute Nacht, Jill«, sagte Georg und stieg aus.

»Gute Nacht«, sagte sie und sah ihn nicht an.

Der Jaguar schoß davon.

Im Luftzug der Drehtür des Hotels merkte Georg, daß sein Hemd unter dem Dinnerjacket schweißnaß war.

Oben, in seinem Zimmer, versuchte er, an Gisela zu schreiben.

Es blieb bei der Anrede – »Mein Liebes«.

Er trank einen Whisky und noch einen, aber es half nicht; schließlich zerknüllte er das leere Briefblatt, zornig auf sich selbst und – mehr als das – voller Scham.

Er ging zu Bett, aber er konnte nicht schlafen.

Er dachte an Gisela, aber sie hatte Jills Gesicht.

Auf der Autobahn von Frankfurt bis Köln reihte sich eine Baustelle an die andere.

Und dazu Montagmorgen-Verkehr, ein Laster hinter dem anderen, Wolken giftiger Abgase. Hupen und das Plärren des Martinshorns, zwei Auffahrunfälle und ein brennender Tankwagen auf der Höhe von Neuwied.

Gisela spürte die Anstrengung des Fahrens wie eine stählerne Faust im Nacken.

Sie bereute längst die spontane Eingebung, ihren Sohn selbst in Aachen abzuholen.

Aber auf dem Rückweg konnte er sie beim Fahren ablösen. Und vielleicht war es auch gut, einmal mit Rolf allein zu sein, weder von Petty noch Dax gestört, die ihren an sich selbst und seiner Umwelt zweifelnden Bruder nicht verstanden.

Rolf – das Sorgenkind vom ersten Tag seiner Geburt an; kränkelnd, nervös – sie schlief nächtelang nicht, weil er schrie.

Vielleicht ist das so, weil wir ihn eigentlich nicht wollten, weil wir meinten, uns kein zweites Kind leisten zu können.

Petty war schon genug, das quirllebendige kleine Ding in dem einen Zimmer, das Georg und sie damals ihr Zuhause nannten.

Damals dachte ich nicht, daß unsere Ehe halten würde. Damals glaubte ich, daß Georg eines Tages, wenn er fortging, ohne zu sagen, wohin, einfach nicht mehr zurückkehren würde.

Ich habe ihn nie gefragt, wohin er ging. Ich hatte einfach nicht den Mut dazu. Ich hatte Angst vor der Antwort.

Ich ahnte ja nicht, daß er jeden Abend zu Weininger ging und in dem Gewächshaus der früheren Gärtnerei saß, das ihnen als erster Arbeitsraum diente.

Da entwarf er für Weininger das erste Projekt, den ›Sonnenhof‹ gleich am Ufer des Mains, in dem wir dann unsere erste richtige Wohnung bezogen.

Drei Zimmer und Küche und ein eigenes Bad! Wir kamen uns wie Könige vor.

Und ich schrieb abends, wenn die Kinder schliefen, Manuskripte für einen Jugendbuchverlag ab.

Pro Seite dreißig Pfennige, aber wir konnten die Raten unserer Möbel davon bezahlen.

An jedem Ersten stellten wir unser Haushaltsbudget auf – zwanzig Mark Taschengeld fielen für mich dabei ab und dreißig Mark für Georg.

Und von diesen dreißig Mark kaufte Georg die ersten Nylons für mich. Mein Gott, war ich stolz darauf. Nachtschatten hieß die Farbe, und sie waren dunkelgrau und todschick und natürlich noch mit Nähten, die immer verrutschten.

Es war ein Laut zwischen Schluchzen und Lachen, der aus Giselas Kehle kam.

Ja, damals waren wir glücklich. Richtig rundum glücklich. Es ging immer nur bergauf. Über ganz gemächliche Hänge, die wir uns einen nach dem anderen eroberten.

Und dann kam unser zehnter Hochzeitstag.

Georg fährt mit mir morgens raus, und er sagt: »Ich muß dir was zeigen.«

In Sachsenhausen, denke ich noch, was will er mir in Sachsenhausen zeigen, wo es nach den gebratenen und gekochten Rippchen und dem Appelwoi der vergangenen Schwofnacht riecht?

Aber dann liegt Sachsenhausen hinter uns, und er biegt in eine neue Straße ein. Die Bogenlampen sind noch nicht lackiert, und das Pflaster der Bürgersteige ist gerade erst verlegt. Da knirscht noch Sand unter unseren Schritten, als wir auf das Haus zugehen.

Es ist ein flaches weißes Haus, und es hat ein grausilbernes Schieferdach.

»Der Schiefer war sehr teuer«, sagt Georg, »eigentlich konnten wir uns das nicht leisten, aber ich hab' es dann woanders eingespart.«

»*Wir?*« frage ich und kriege das eine Wort kaum heraus.

»Wir!« sagt Georg und bleibt vor der Haustür stehen.

Er zieht einen hellblinkenden Schlüssel aus der Tasche und sagt: »Schließ du die Tür auf!«

Komisch, da kann ich ihn gar nicht angucken, aus Angst, gleich vor lauter Glück loszuheulen, und er räuspert sich, als meine Hand so zittert, während ich die Tür aufschließe. Dann nimmt er mich auf die Arme und trägt mich über die Schwelle.

Unser Haus – unser eigenes Haus.

Da ist der Bruchsteinmarmor im Wohnzimmer, und ich sehe schon die Felle darauf liegen.

Da ist das Bad mit seinem großen Fenster zum Garten hin, genauso, wie ich es mir gewünscht habe.

Da sind die Zimmer der Kinder und unser Schlafzimmer.

Und da ist der kleine Raum mit dem gläsernen Dach, der Georgs Studio wird. Da liegen seine Pläne schon herum, und ein grober Tisch steht da und ein Bett; das Feldbett, das unser erstes in unserer Ehe war.

Drei Monate später weiß ich, daß ich wieder ein Baby erwarte. Und wir nennen den Jungen Dax, noch ehe er geboren wird.

Dax, der zu unserer aller Überraschung rothaarig und sommersprossig wird.

Manchmal denke ich, daß Georg an ihm am meisten hängt.

Und ich – ja ich auch.

Gisela hielt vor dem roten Licht einer Kreuzung. Ein Mann am Rande des Zebrastreifens starrte mit vorgerecktem Kopf in ihren Wagen herein.

Und erst da merkte sie, daß sie weinte, immer noch weinte. Sie nahm rasch die Sonnenbrille aus dem Handschuhfach, setzte sie auf.

Ich bin so glücklich mit Georg gewesen, dachte sie, und doch habe ich so oft an ihm gezweifelt. Lieber Gott, gib, daß auch diesmal meine Zweifel ungerechtfertigt sind.

Das Ampellicht sprang auf Grün, Gisela fuhr weiter, die breite Straße hinab auf den Graben zu, Aachens Hauptgeschäfts- und Flanierstraße.

Sie fand das ›Bit am Graben‹ leicht. Es war nicht zu übersehen.

Und sie fand auch Rolf leicht, denn auch er war nicht zu übersehen. Er trug ein violettes Hemd, und das schwarze Haar fiel ihm in einer ungebärdigen Tolle in die Stirn.

Es gab Gisela einen heftigen Stich – das schmale Gesicht beherrscht von den großen grauen Augen, die ihr skeptisch entgegensahen. So hatte Georg ausgesehen, damals, als er aus Wien kam. Als er endlich nach Hause kam.

Rolf hatte allein in einer Ecke an einem kleinen Tisch gesessen. Jetzt kam er ihr entgegen; größer, als sie ihn in Erinnerung hatte, nach seiner dreimonatigen Abwesenheit. Viel zu mager, zu dünn.

»Mami«, sagte er und griff nach ihrer Hand und drückte sie mit beiden Händen. Seine Augen forschten schnell in ihrem Gesicht, suchten nach den Vorwürfen, den Vorhaltungen, die sie ihm gewiß machen würde.

Als er aber nichts dergleichen entdeckte, schob sich ein Lächeln um seine Mundwinkel.

»Du machst ja schöne Sachen«, sagte sie, »man glaubt dich in London, und dann tauchst du plötzlich hier in Aachen auf.«

»Ich werd's dir erklären«, versprach er hastig, und sie nickte nur.

Sie setzte sich ihm gegenüber an den kleinen Tisch, auf dem ein halb geleertes Bierglas stand. Ein Teller stand dabei, auf dem eine Käserinde lag, außerdem eine zerknüllte Packung Gauloises.

»Du – du möchtest doch sicher was trinken?« fragte Rolf, und die Muskeln seiner Wangen zuckten. »Bloß – du mußt leider für dich selbst bezahlen. Ich bin völlig blank.«

»Ja, und du siehst hungrig aus«, sagte sie.

»Ach was!« Aber er winkte zu hastig ab.

Gisela ließ sich die Speisekarte kommen, bestellte für sie beide eine Fleischbrühe, für Rolf noch ein Schnitzel, dazu ein Bier, für sich selbst eine Cola.

»Was ist das mit Vater? Wieso ist er in Amerika?«

»Er hat den Auftrag bekommen, in Wyoming einen Staudamm zu bauen.«

Rolf pfiff durch die Zähne. »Mensch, das bringt aber 'ne Stange Geld.«

»Zuerst einmal eine Menge Arbeit und Verantwortung«, sagte Gisela. »Er ist seit zwei Monaten in New York. Wir hatten es dir auch geschrieben.«

»Ja, das sagtest du schon.« Rolf strich sich die schwarze Haartolle aus der Stirn. »Ich habe den Brief nicht mehr bekommen. Da hatte ich schon mein Zimmer aufgegeben. Das war kurz, nach, nach –«, er verstummte, fiel über die dampfende Fleischbrühe her, die der Ober vor ihn hingestellt hatte.

»Wonach?« fragte Gisela.

»Ich bin in einen Unfall verwickelt worden«, sagte Rolf. »Ein Mädchen ist mir in den Wagen gelaufen. Ich hatte den Wagen nur geliehen, von einem Freund, und ich hatte Angst, daß – vor der Polizei.« Er schwieg wieder, aß mit Gier seine Suppe.

»Du hast also Fahrerflucht begangen?« fragte Gisela tonlos.

»Ja! Ich bin abgehauen. Ich hab' dann auch mein Zimmer aufgegeben. Hab' dann mal hier und mal da in einem Hotel oder bei Freunden gewohnt. Die Zeitungen haben über den Unfall berichtet. Dabei kam heraus, daß das Mädchen vollgepumpt war mit LSD. Ich hätte also gar keine Angst vor der Polizei zu haben brauchen.«

Gisela war froh, daß sie noch die Sonnenbrille trug, war froh, daß ihr Sohn ihre Augen nicht sehen konnte. Sie war von einem jähen Zorn auf ihn erfüllt, der ja aber doch nichts ändern konnte.

Rolf war feige gewesen. Oder hatte er die Nerven verloren? Man las so etwas ja jeden Tag in den Zeitungen. Die Jungen standen nur ungern für ihre Taten ein.

Aber Georgs Sohn – Georgs Sohn dürfte doch nicht so sein.

»Und dann –«, murmelte Rolf, »hatte ich plötzlich von England die Schnau – ich meine, die Nase voll. Ich bin rüber über den Kanal. Ich bin durch Frankreich getrampt. In Paris bin ich ein paar Tage hängengeblieben. Paris ist schrecklich teuer. Da bin ich mein letztes Geld losgeworden.«

»Und gearbeitet hast du wohl nicht?« fragte Gisela.

»Doch – ich hab' geschrieben.«

»Was?«

»'n paar Geschichten und ein paar Gedichte.«

»Und dein Sprachkurs? Sprichst du jetzt perfekt Englisch?« fragte Gisela sarkastisch, denn es hatte sie und Georg einen monatlichen Wechsel von achthundert Mark gekostet.

»Ich habe natürlich kein Examen«, wich Rolf aus, »aber das kann ich ja irgendwo hier nachholen.«

»Ja«, sagte Gisela, »das glaubst du so einfach, nicht wahr?«

»Warum denn nicht, Mami?« fragte Rolf verblüfft.

Plötzlich verlor Gisela die Geduld, plötzlich war die Unduldsamkeit gegen Rolfs Indifferenz stärker als alles andere.

Da saß dieser Siebzehnjährige, der noch nie in seinem Leben etwas wirklich durchgehalten hatte, keine Schule und keine Lehrstelle und jetzt auch den Sprachkurs in London nicht. Da saß er und glaubte, daß wieder die liebe Mama für alles Verständnis haben und mögliche Schwierigkeiten aus seinem Weg räumen würde.

»Hör zu«, sagte sie. »Du wirst dein Abschlußexamen in Englisch machen, aber das kostet Geld. Und das wirst du dir verdienen. Du kannst bei Weininger arbeiten, meinetwegen als Laufbursche, aber du mußt arbeiten! Und wenn du dein Examen hinter dir hast, wirst du dir eine Stellung suchen. Als Übersetzer oder Dolmetscher. Firmen, die solche Leute brauchen, gibt es in Frankfurt genug. Aber du wirst das alles ohne irgendwelche Unterstützung von mir tun. Du wirst arbeiten, Rolf, hart arbeiten, das verlange ich von dir! – Mein Gott, dein Vater ist dreiundvierzig, und er hat noch den Sprung nach Amerika gewagt, um weiterzukommen. Dabei hätte er bei Weininger bleiben und ein Leben in Zufriedenheit führen können. Aber er hat die Energie und den Mut aufgebracht, noch einmal neu anzufangen. Was aber hast du getan? Nimm dir endlich ein Beispiel an deinem Vater!«

Rolf schwieg. Er war sehr blaß geworden. Seine langbewimperten Lider, viel zu zarte Lider für einen jungen Mann, verbargen seine Augen.

»Nun?« fragte Gisela und hörte selbst, wie scharf es klang.

»Und wenn ich es nicht schaffe?« fragte Rolf.

»Mein Gott, du mußt es ja zuerst einmal versuchen!«

»Na schön, Frau Generalin, ich werde es versuchen«, versprach er mit einem mageren Lächeln.

Gisela fuhr auch die ganze Strecke über die Autobahn nach Frankfurt zurück. Neben ihr hockte ihr siebzehnjähriger Sohn, in sich zusammengesunken, stumm.

Jetzt müßte Georg bei mir sein, dachte sie deprimiert. Ich brauche ihn doch so sehr. Denn sie war gar nicht so sicher, daß sie allein mit Rolf fertig werden konnte.

Wyoming.

Wind River Range und Bighorn Mountains.

Georg wußte nicht, was er sich vorgestellt hatte. Aber gewiß nicht dies: Eine Landschaft, deren grandiose Schönheit einem den Atem nahm; Berge, schroff und steil, Wälder, von einem tiefen, satten Schwarzgrün; sanfte Täler, mit goldenem Gras angefüllt, wie eine Schatzkammer.

Der Purple River trug zu Recht seinen Namen, denn die untergehende Sonne verwandelte ihn in einen Purpurstrom.

Dort, wo er durch die graubasaltene Schlucht floß, würde er gestaut werden; die steilen Bergwände bildeten hier ein natürliches Becken, das durch die Staumauer geschlossen werden sollte.

Ein riesiges Wasserreservoir. Georg sah es schon, sah die blauspiegelnden Wasser, sah auch die Industrie, die sich an seinem Rande niederlassen würde, die Stadt, die in Windeseile entstehen würde – Hochhäuser, breite, baumbestandene Boulevards, elegante Wohnviertel –, sah dies alles wie in einer Zukunftsvision. Ihn, den Techniker, den Ingenieur, schreckte es nicht.

»Eigentlich ist es schade«, sagte Jill leise neben ihm. »Schade, daß die Menschen wie Ameisen auch diesen Garten Eden überfallen werden.«

Sie strich sich die silbrigblonden Haarfransen aus der Stirn. »Bald werden Hochhäuser und riesige Fabriken die Berge verspotten, und der Purple River wird gar nicht mehr purpurn, sondern von Abwässern giftiggelb verseucht sein. Warum müßt ihr Männer das tun?«

Sie zerdrückte ihre Zigarette im Aschenbecher, warf den Gang rein, steuerte den Jeep weiter über die holprige, noch im Bau befindliche Straße, über die schon in wenigen Wochen die Lastwagen mit tausenden Tonnen von Baumaterialien heranrollen würden; eine endlose Kolonne, Tag und Nacht im Wettlauf mit den Terminen, die John Martin bestimmt hatte.

Etwa fünf Meilen weiter machte die Straße einen Knick, verengte sich, wurde zu einem schmalen, nicht asphaltierten Weg.

Und dann lag Purpleheart vor ihnen. Tief im Tal, vergleichbar einem verschlafenen Dorf im Bayerischen Wald. Vergleichbar einer Handvoll Spielklötze, die ein Riesenkind achtlos verstreut hat.

Vor dem ersten Haus, einem niedrigen, rötlich verputzten Gebäude, empfing sie das Ortsschild in der Form eines Herzens: ›Willkommen im Purpleheart‹.

Es war das einzige Willkommen, das ihnen zuteil wurde, denn Purpleheart war längst von seinen Bewohnern geräumt.

Die Türen der leeren Häuser standen offen, hier und da wehte ein vergessener Fenstervorhang im Wind.

Ein Wagen stand, seiner Räder beraubt, vor der ehemaligen Bürgermeisterei.

Jill steuerte den Jeep bis ans Ende des Dorfes. Als sie anhielt, den Motor abstellte, wurde es beklemmend still, und Georg konnte sich eines jähen Gefühls der Bedrücktheit nicht erwehren.

»Na?« fragte er. »Was haben Sie denn hier mit mir vor?« Es sollte leicht dahingesprochen sein, aber das war es nicht.

»Helfen Sie mir beim Ausladen«, sagte Jill. Sie sprang vom Jeep, in den Khakihosen und dem dünnen beigefarbenen Männerhemd, weiblicher aussehend denn je.

Sie begann Bündel und Kasten von den Hintersitzen des Jeeps zu zerren, die dort unter einer Zeltplane festgezurrt waren.

Kochgeschirre kamen zum Vorschein, Wolldecken, eine Eiskiste mit Getränken und eine andere mit Lebensmitteln.

Wortlos packte Georg mit an, schleppte all dies in das letzte kleine Haus von Purpleheart.

Sein früherer Besitzer mußte ein Ire gewesen sein. Die beiden Räume des Hauses muteten an wie die einer Bauernkate der Grünen Insel. Sie waren niedrig und durch eine Kaminwand aus Felsbrocken voneinander getrennt. Statt einer verputzten Decke schimmerte silbrig zwischen den dunkelbraunen Dachbalken verblichenes Stroh.

In jedem Raum gab es eine einfache Bettstelle, einen Stuhl und einen Tisch.

»Waschen müssen wir uns hinter dem Haus am Brunnen«, sagte Jill, während sie die Essensvorräte in einem eingebauten, honiggelben Schrank verstaute.

Minuten später hatte sie ein Feuer im offenen Kamin entzündet, und wiederum wenig später nahmen sie ihren ersten Drink.

»Bourbon mit viel Eis.« Jill lächelte zu Georg hoch, als sie ihm das Glas reichte. »Ich habe dieses Haus für uns ausgesucht, bis die Unterkünfte auf der Bear Range fertig sind, weil es das älteste und hübscheste von Purpleheart ist. Aber wenn Ihnen natürlich ein anderes besser gefällt?«

»Nein – bestimmt nicht.«

Was hätte er auch sonst sagen sollen?

Er nippte an seinem Drink, vermied es, Jill anzuschauen. Er starrte in die Flammen, gelb und rot und grüngefleckt züngelten sie den rußigen Kamin hoch.

Er war einsilbig, nachdenklich, er wurde das Gefühl der Beklommenheit nicht los.

Gibt es so etwas, daß man weiß, die kommende Nacht wird über das ganze weitere Leben entscheiden? Und man weiß gleichzeitig, daß diese Entscheidung nicht in der eigenen Hand liegt?

Es war lächerlich. Es gab gar keinen Anlaß, so zu denken. Er war hier in Purpleheart, war an der Stelle, wo er bald mit seiner Arbeit beginnen würde.

Zugegeben, Jill war bei ihm, die verführerische Kindfrau. Aber sie war auch John Martins Tochter. Und ihm, Georg, nur als Aufpasser beigegeben.

Nicht er hatte die Verhandlung mit dem widerspenstigen Hubert Bower in Atlantic City am frühen Morgen geführt, sondern Jill. Und Jill hatte Bower wieder auf den ursprünglich akzeptierten Preis für sein Land hier in Purpleheart gedrückt, mit eiskaltem Charme. Aber später, im Jeep, hatte sie zu weinen angefangen. »Mein Vater ist ein Gauner, das Land ist viel mehr wert, und er weiß das ganz genau. Aber er beutet die Leute aus. Er wird auch Sie ausbeuten, Georg, wenn Sie nicht aufpassen.« Und er, Georg, hatte sie getröstet, hatte sie in seinen Armen gehalten wie ein Kind.

Wie ein Kind?

Er hatte nicht den Mut, sich selbst die Antwort darauf zu geben.

»Ich trink' noch einen zweiten Whisky«, sagte er, und Jill füllte ihm das Glas, sah ihn an mit ihrem geheimnisvollen Lächeln.

»Wir hätten natürlich auch in Atlantic City bleiben können«, sagte Jill; das war viel später, nachdem sie zu Abend gegessen hatten, ein vorzügliches Steak mit einem vorzüglich auf französische Art gewürzten Salat.

Jill stand in der schmalen Tür zu dem anderen Raum. Die verglimmende Glut warf rötliche Lichter auf ihr helles Haar.

»Aber ich wollte Sie kennenlernen, George. So kennenlernen, wie eine Frau einen Mann kennenlernt, mit dem sie allein ist. Ganz allein. Ich habe es mir vom ersten Augenblick, als ich Sie in der Bar des ›Montfour‹ sah, gewünscht.«

Jill kam auf ihn zu, mit kleinen zögernden und doch zielbewußten Schritten.

Und er stand wie gebannt im Lächeln ihrer schmalen schwarzen Augen.

Als sie die Arme hob und um seinen Hals legte, erkannte er die Gefahr, aber er wußte auch, warum er ihr nicht ausweichen würde.

3

Georg lag auf der schmalen Bettstelle, sah das verglimmende Feuer im Kamin, und er spürte Jills Atem auf seiner Schulter, hörte ihre kleinen Seufzer im Schlaf, und er bereute nichts.

Aber es ist Wahnsinn, dachte er. Ich habe eine Frau und Kinder. Ich bin dreiundvierzig Jahre alt, und mit dreiundvierzig erlebt man keine Abenteuer mehr, ohne sie später zu bereuen.

Jill. Jill Martin. Ein Abenteuer mit der Tochter meines Chefs.

Ich bin verrückt. Ich habe den Verstand verloren.

Wenn John Martin davon erfährt ...

Georg spürte den Schweiß auf seiner Stirn. Angstschweiß. Ganz klar, dachte er zynisch, ich bin ein Idiot.

Da gibt mir das Leben noch einmal die Chance, von der Mittelmäßigkeit meiner beruflichen Laufbahn abzuweichen, einen Staudamm in Wyoming zu bauen, und was tue ich?

Seine Hand preßte sich in den Arm des Mädchens.

Mit einem Laut des Erschreckens erwachte Jill, richtete sich auf.

»Zieh dich an«, sagte er.

Sie sah ihn mit ihren schmalen schwarzen Augen an, in denen er jetzt nichts lesen konnte.

Er schob sie von sich weg, stand hastig auf, warf den Bademantel über, der auf dem Stuhl neben dem Bett lag.

»Es tut mir leid«, sagte er. »Alles.«

Er zündete sich eine Zigarette an. »Was heute abend geschehen ist, hat nichts zu bedeuten, hörst du? Rein gar nichts!«

Er fuhr herum. »Ich bin verheiratet. Ich liebe meine Frau. Ich liebe Gisela, hörst du!«

Jill saß wie ein Kind auf dem Bett, das Laken eng um sich gezogen.

»Warum sagst du nichts?« schrie Georg sie an. »Sonst hast du doch auf alles so kluge Antworten!«

Er warf die Zigarette auf den Boden, trat sie aus. Er ballte die Hände zu Fäusten. »Ich liebe Gisela, hörst du! Ich liebe meine Kinder, und ich geh' nach Deutschland zurück. Ich schmeiß' den Kram hier hin. Soll doch jemand anders den verfluchten Staudamm bauen! Soll doch jemand anders – «

»Sei still, bitte«, sagte Jill leise.

Er schwieg.

»Du bist nicht der erste Mann in meinem Leben«, sagte sie. »Du hast nur getan, was ich wollte. Verstehst du, ich wollte es. Ich wollte, daß du mich liebst, auch wenn es nur für eine Nacht oder – «, sie senkte den Kopf, »für eine Stunde wäre.«

Und dann fügte sie auf deutsch hinzu: »Es ist vorbei, Georg, und wir werden nie wieder darüber sprechen.«

Jill glitt vom Bett. Das Laken schleifte hinter ihr her, während sie in das andere Zimmer hinüberging, und es machte sie zu einer kleinen, verlorenen Gestalt.

Leise schloß sie die Tür hinter sich. Und dann blieb es dahinter still, die ganze Nacht.

Georg konnte nicht schlafen; er lag ruhelos, stand auf, wanderte umher, rauchte unzählige Zigaretten, trank Whisky, ohne die geringste entspannende Wirkung des Alkohols zu spüren, legte sich wieder hin.

Ruhelos, weil er jetzt schon wußte. Es ist nicht vorbei. Alles beginnt ja erst.

Man kann einer Frau wie Jill nicht begegnen und sie nehmen und vergessen.

Mit einer Frau wie Jill ändert man sein Leben.

Der Brief sprach von den hektischen Konferenzen in New York, von der Planungsarbeit, die wie ein Sturzbach über ihn hereingebrochen war.

Georg schilderte die Fahrt nach Purpleheart, wo der Staudamm entstehen sollte. Er beschrieb die verlassene Bauernkate eines Iren, die ihm zum vorläufigen Heim geworden war.

Der Brief fragte nach den Kindern und ihrem eigenen Wohlergehen. Ich sehne mich nach deiner Ruhe und Ausgeglichenheit, nach deinem Verständnis.

Das war der letzte Satz.

Darunter sein Namenszug, er war kaum leserlich.

Liebe? – Liebe ist nur ein Wort.

Aber nach fast fünf Wochen Schweigen hätte es gutgetan, dieses Wort zu lesen – und nicht nur von der Ruhe und Ausgeglichenheit und dem Verständnis, das er vermißte.

Gisela legte die drei engbeschriebenen Seiten weg. Die Enttäuschung war wie eine Droge, die gefühllos macht.

Sie wandte sich der anderen Post zu, die auf ihrem kleinen Schreibtisch lag: ein paar Rechnungen, ein paar Prospekte. Ein Bankauszug ihres persönlichen Kontos.

Sie kniff verblüfft die Augen zusammen, als sie die Haben-Summe las: vierzigtausend Mark.

Ein Buchungsfehler. Es mußte ein Buchungsfehler sein!

Sie griff nach dem Telefon, rief die Bank an.

Nein, so erfuhr sie, es handelte sich nicht um einen

Buchungsfehler. Ihr Mann hatte die Summe von zehntausend Dollar auf ihr Konto überwiesen.

Der Schock ließ ihre Hände zittern.

Georg hatte nichts davon in seinem Brief erwähnt. Kein Wort.

Es ist – es ist wie eine Abfindung, dachte sie spontan.

Sie lief in das Zimmer ihrer Tochter. Petty lag noch im Bett und schlief.

Gisela rüttelte sie wach.

»Rainer«, Petty fuhr hoch, »wie spät –«

Sie erkannte ihre Mutter, verstummte, und Röte schlug ihr ins Gesicht. »Mami du – ich ...«, sie stotterte, rutschte unwillkürlich zur Wand, als müsse sie möglichst viel Raum zwischen sich und ihre Mutter legen.

Vergessen war Georgs Brief, vergessen auch die vierzigtausend Mark, die er überwiesen hatte, ohne eine Erklärung dafür zu geben.

Giselas Beine waren mit einemmal bleischwer, sie setzte sich auf den Bettrand.

»Rainer?« fragte sie und wandte ihre Augen nicht von Petty. »Wer ist Rainer?«

»Mami ich ...« Aber dann brach Petty in Tränen aus, schluchzte heiser, hilflos. »Ach Mami –«

»Sag mir, was passiert ist.« Gisela wunderte sich selbst, wie ruhig ihre Stimme klang.

Es ist wahr, daß es ist, als breche eine Welt zusammen. Alles scheint plötzlich verändert. Aber es ist auch wahr, daß fast jede Mutter diesen Tag erlebt, an dem die Tochter ihr sagt: »Da gibt es einen jungen Mann, Mami, und mit ihm ist es passiert. Ich wollte es nicht. Doch, ich wollte es auch, denn ich war neugierig. Die anderen haben immer darüber geredet. Und er war so nett, wirklich, Mami, ich dachte, es ist nichts Böses dabei, und einmal wird es ja doch passieren. Aber jetzt, Mami, jetzt Mami, schäme ich mich so – und ich will ihn nie mehr wiedersehen!«

»Sag doch was, Mami«, flüsterte Petty.

»Was soll ich sagen?« Gisela preßte ihre Hände auf die zitternden Knie.

»Bist du mir jetzt böse? Ich meine – verachtest du mich?«

»Red doch nicht so dumm daher«, sagte Gisela. Aber es tat weh, zu wissen, daß die eigene Tochter kein Kind mehr war. »Traurig bin ich – vielleicht. Wie ist er denn – dieser Rainer?«

»Nett«, entfuhr es Petty, aber hastig fügte sie hinzu: »Ich will ihn nie mehr wiedersehen.«

»Petty«, sagte Gisela, »du mußt doch – ich meine, du mußt ihn doch wenigstens liebgehabt haben?«

»Ja – schon. Aber das ist jetzt vorbei. Und es wäre auch nie passiert, wenn ...«

»Wenn was?« fragte Gisela.

»Wenn Vati hiergewesen wäre.«

Es verschlug Gisela die Sprache. Sie starrte ihre Tochter an. Sah das verwuschelte braune Haar, die Augen, die von Tränen und Trotz blitzten, sah den Mund, der so energisch und doch so hilflos war.

»Versteh doch«, sagte Petty ungeduldig, »ich hätte Angst gehabt, daß er es mir anmerkt. Du kennst ihn doch. Du weißt doch, was Papa von den jungen Dingern hält, die nicht auf sich aufpassen können.«

»Und ich?« fragte Gisela. »Vor mir hast du natürlich keine Angst?«

»Das meine ich doch nicht«, murmelte Petty. »Aber du hast mehr Verständnis. Du nimmst einem so leicht nichts krumm.«

»Offenbar war das falsch«, sagte Gisela. »Aber das ist ja noch zu ändern.«

Sie erhob sich. »Falls du es nicht gemerkt haben solltest, es ist zehn Uhr, längst Zeit also, aufzustehen. Kümmere dich um das Mittagessen. Ich muß in die Stadt.«

Gisela wandte sich abrupt ab – konnte Pettys Gesicht keine Sekunde länger ertragen.

Konnte niemanden mehr ertragen.

Aber was hatte Petty denn eigentlich getan?

Doch nichts anderes, als sie selbst damals.

Damals war Krieg.

War das eine Ausrede?

Wir alle hatten Angst, zu sterben. Wir wollten irgendwie weiterleben. Ich war doch glücklich, als ich Petty erwartete. Kriegsgetraut. Nicht mal in der Kirche, weil keine Zeit dazu blieb, im letzten Urlaub.

Aber ich hätte doch auch mit Georg geschlafen, wenn nicht Krieg gewesen wäre. Wenn man jemanden liebt, ist doch alles andere egal.

Aber sie will ja den Jungen gar nicht wiedersehen – wie heißt er, Rainer?

Ich muß mit ihr darüber reden. In Ruhe. Aber erst Abstand gewinnen. Damit ich richtig zuhören kann.

Das ist wichtig. Petty braucht mich jetzt.

Komisch, nie hat jemand von uns sie Patricia genannt, obwohl sie doch so getauft ist. Immer nur Petty, als wollten wir sie klein halten, in ihr unsere Illusion von der Jugend nicht verlieren. Unsere kleine Tochter, unser kleines Mädchen.

Aber jetzt ist sie eine Frau.

Und ich muß für sie dasein, für sie und Rolf und Dax.

Und Gisela begriff plötzlich, daß bisher eigentlich Georg immer die Verantwortung getragen hatte – für sie selbst und für die Kinder.

Aber jetzt war er nicht mehr da, und für mindestens

zwei Jahre mußte sie sich daran gewöhnen, für zweiundzwanzig Monate noch, um genau zu sein.

Sie ging in ihr Schlafzimmer. Sie zog das tabakbraune Rohseidenkostüm an. Schwarze Pumps dazu, schwarze Handtasche. Sie warf den gewohnheitsmäßigen Blick in den Spiegel, verließ das Zimmer, das Haus. Tat all das automatisch, wie in Trance fast.

Dax war in der Schule, Rolf auf Stellungssuche, falls sie ihm glauben durfte. Und Petty – nun, Petty würde es ganz guttun, allein zu sein und das, was sie gesagt und getan hatte, zu überdenken.

Es gab nichts, was Gisela zu Hause hielt.

Sie setzte den Wagen aus der Garage, achtete darauf, daß die Dornenzweige der wildwuchernden Rosen den Lack nicht streiften, dachte daran, daß sie nichts, was Georg anging oder ihm gehörte, mit Gleichgültigkeit oder auch nur Selbstverständlichkeit behandeln konnte.

Gisela ließ ihr Haus hinter sich, ohne sich einmal umzuschauen.

Sie fuhr in die Stadt ohne Ziel.

Sie fand einen Parkplatz in der Nähe der Hauptwache. Sie schlenderte an den Geschäften vorbei, blickte ohne Interesse in die Auslagen.

Einen Schaufensterbummel – wie gern hätte sie den früher manchmal gemacht. Und nie hatte sie Zeit dazu gefunden.

Jetzt hatte sie Zeit. Viel zuviel Zeit.

Wenn Georg da wäre ...

Aber er war nicht da. Er war in Amerika, und er schrieb Briefe, deren Inhalt ihr nichts gab, sie gleichgültig ließ. Und er überwies ein Vermögen auf ihr Konto. Auf ihr persönliches Konto.

Eine Bezahlung? Eine Buße? Wofür? Sie wurde einfach den Gedanken nicht los.

Nein, sie wurde die Angst nicht los, die dieses Geld in ihr entfachte.

Sie holte ihre Freundin Angela aus dem Reisebüro ab, wo diese halbtags arbeitete.

Sie lud sie zum Essen ein.

»Was ist? Hast du Geburtstag oder sonstwas zu feiern?« Angela musterte sie von oben bis unten. »Oder kommst du endlich zur Vernunft?«

»Ich hatte keine Lust, ewig zu Hause zu sitzen«, wich Gisela aus.

»Wunderbar, du bist endlich auf dem Wege, selbständig zu werden!«

Wenn das stimmt, macht es mir allerdings nicht den geringsten Spaß, dachte Gisela.

Sie aßen in den ›Drei Hasen‹; das Menü war gewiß nicht schlecht, und doch genoß Gisela es nicht.

Angela plauderte angeregt, und doch vergaß Gisela sogleich, was sie gehört hatte.

Bis sie merkte, daß Angelas Lachen und die lebhaften Gesten und der Charme, den sie entfaltete, gar nicht ihr galten, sondern einem Mann.

Einem Mann, der allein am Nebentisch saß und sie, Gisela, nicht aus den Augen ließ. Einem Mann mit einem schmalen Gesicht und sehr hellen Augen hinter einer randlosen Brille. Einem Mann mit den ruhigen und selbstsicheren Bewegungen, wie Georg sie hatte.

Gisela spürte, wie ihr die Röte ins Gesicht stieg; hastig senkte sie den Kopf, führte ihre Kaffeetasse an die Lippen.

»Nun, wie ist es?« fragte Angela. »Hast du Lust, mit zu Bertrams Party zu gehen?«

»Nein, danke«, sagte Gisela. »Wirklich nicht.«

»Ach, du bist fad! Statt auszunutzen, daß Georg nicht da ist – «

»Bitte«, sagte Gisela. »Du kennst mich doch, ich hab' sowieso nichts für Partys übrig.«

Aber als es Abend war, dachte sie anders darüber.

Dax war im Bett, und er war alt genug, vernünftig genug, daß man ihn schon allein lassen konnte. Petty war, wie sie vermutete, mit ihrem Rainer zusammen. Rolf mit einem Freund im Kino.

Und sie allein. Wieder allein.

Das Fernsehen brachte einen Bericht über Methoden zur Kindererziehung.

Blasse Theorie.

Die Wirklichkeit war anders. Man konnte seine Kinder lieben und versuchen, zu verstehen, doch leiten konnte man sie nur bis zu dem Punkt, wo sie ihrem eigenen Willen nicht mehr instinktiv, sondern bewußt folgten.

Erst Rolf, und nun auch Petty.

Wenn Georg hier wäre . . .

Nein, sie wollte nicht an ihn denken, sich nicht wieder freiwillig in das Gefängnis ihrer hilflosen Einsamkeit begeben.

Gisela trank einen Cognac gegen die Kühle im Zimmer, die sie frösteln ließ.

Die Heizung war kaputt. Georg brachte es fertig, daß die Handwerker sofort kamen – sie nicht.

Was bringe ich ohne ihn überhaupt fertig? dachte sie.

Ohne Georg bin ich nichts. Gar nichts.

Ich wünschte, ich hätte es ihm gesagt. Ich wünschte, ich hätte ihn nie nach Amerika gehen lassen. Ich wünschte . . .

Aber hätte das überhaupt etwas genützt?

Sie hätte sich doch immer schuldig gefühlt, ihm die Chance seines Lebens vereitelt zu haben.

Angela hatte recht. Sie mußte selbständig werden, selbständig denken und handeln. Sie mußte auch ohne Georg auskommen.

Und deswegen zog Gisela ihr schwarzes kniefreies Cocktailkleid an. Sekundenlang zitterte ihre Hand, als sie die Perlen um den Hals legte; Georgs Geschenk zu ihrem zwanzigsten Hochzeitstag. Das Schloß schnappte mit einem winzigen Knacks ein.

Die Bertrams, erfolgreiche Grundstücksmakler, bewohnten eine weitläufige Villa in Hausen, gerade erst fertiggestellt.

Eine Reihe lackglänzender, chromblinkender Wagen säumte die Auffahrt.

Licht und Lärm drangen Gisela in Wellen entgegen, als sie die Eingangshalle betrat.

Lissy Bertram kam ihr entgegen, in grüner Seide, schön und schlangengleich.

»Welch eine Überraschung! Welch ein Glanz in unserer Hütte. Sieh doch bloß, Arthur, Gisela ohne ihren Mann!«

Arthur beugte sich über ihre Hand. Sein Gesicht war wie stets gerötet, die Hemdbrust schon ein wenig zerdrückt und aufgeweicht.

»Reizend siehst du aus, Schatzel.« Er nannte alle Frauen seiner Bekanntschaft so.

»Komm, ich muß dir jemanden vorstellen. Er hat Georg in New York getroffen. Vor ein paar Tagen erst.«

Er zog Gisela zum Kamin. Lächelnde, neugierige, glitzernde Partyaugen musterten sie.

Arthur zupfte jemanden am blauen Smokingärmel. »Horst – einen Augenblick ...«

Der Mann im blauen Smoking drehte sich um und

blickte Gisela mit sehr hellen Augen hinter der randlosen Brille an.

»Horst Rossius, seines Zeichens mein neuer Anwalt – Frau Camberg.« Und im gleichen Atemzug: »Gisela, was trinkst du? Horst, erzähl Frau Camberg von ihrem Mann, du hast ihn ja in New York kennengelernt.«

»Ja, ich habe ihn kennengelernt«, sagte Horst Rossius und lächelte.

»Wann?« fragte Gisela atemlos.

»Bei einer Besprechung mit Jill Martin.«

»Mit Jill – Martin?« Gisela spürte, wie sich die Haut ihrer nackten Schultern wie mit Reif überzog.

»Ach ja, das ist John Martins Tochter. Seine dritte Hand, wie sie sich selbst nennt. Ein ungewöhnliches Mädchen.«

»Ach ja«, murmelte Gisela. »Ja, mein Mann schrieb mir davon.«

Aber Georg hatte mit keinem Wort Jill Martin erwähnt. Mit keiner Silbe.

»Ihr Mann hat sehr viel zu tun«, sagte Horst Rossius. »Martin hält ihn ganz schön in Atem.«

»Ja, ich weiß.«

Die hellen Augen lächelten irgendwie wissend und – ja, mitfühlend auf sie herunter.

Gisela war froh, als Arthur zurückkam, ihr den erbetenen Cognac reichte.

»Nun – habt ihr genug über Georg gekakelt? Du mußt wissen, Horst, Gisela ist die ehernste Ehefrau, die wir kennen.« Arthur lachte sein dröhnendes Lachen. »Wenn man Gisela läßt, redet sie nur von ihm.«

»Welcher Mann würde sich das nicht wünschen«, sagte Horst, und jetzt lächelte er nicht mehr.

»Entschuldigt mich, Kinderlein, die Hausherrenpflichten ...« Arthur entfernte sich geschäftig mit kleinen hüpfenden Schritten.

»Ich habe Sie heute mittag in den ›Drei Hasen‹ gesehen«, sagte Horst Rossius.

Gisela erwiderte nichts.

»Ich hatte schon alle Hoffnung aufgegeben, daß Sie hierherkommen würden.«

»Ich wollte es auch zuerst nicht, aber Angela hat mich überredet.«

»Warum sagen Sie nicht einfach, daß Sie sich ein bißchen allein fühlten, ein bißchen einsam, und daß Sie deswegen gekommen sind?«

»Aber wollen Sie das wissen?«

»Ich kenne das auch.« Wieder lächelte er. »Für mich ist es meist der einzige Grund, warum ich zu Partys gehe. Um unter Menschen zu kommen, in der Hoffnung, einmal das Glück zu haben, den Menschen zu treffen, auf den ich warte.«

»Eine Frau?« fragte sie und wußte nicht, woher sie den Mut dazu nahm.

»Ja, eine Frau.« Er nahm ihren Arm. »Lassen Sie uns in den Garten gehen. Es ist noch warm draußen und bestimmt nicht so laut wie hier.«

Der Garten war ein Park, denn Bertram hatte keine Mühen und Kosten gescheut, um schon große Bäume pflanzen zu lassen, die dichten Schatten warfen, der hier und da das Mondlicht ausschloß. Die Kieswege waren bleiche Adern eines gepflegten grünen Irrgartens.

»Ich möchte vieles von Ihnen wissen«, sagte Horst Rossius. »Erzählen Sie mir von sich.«

»Da gibt es nicht viel«, sagte Gisela. »Ich habe Georg, meinen Mann, und drei Kinder. Ich habe ein Haus, ich bin eine Hausfrau und sonst gar nichts.«

»Ich möchte Sie einmal lächeln sehen«, sagte Horst Rossius und legte seine Hand auf ihren Arm. Er zwang sie, stehenzubleiben.

»Ihr Lächeln fängt mit einem Zittern der Nasenflügel an«, sagte er leise, wie verwundert. »Dann öffnen sich Ihre Lippen, und Ihre Wimpern werfen lange Schatten auf die Wangen, weil sich Ihre Augen halb schließen.«

»Mein Gott«, Gisela lachte leise auf, »lernt man eine solche Beobachtungsgabe als Anwalt?«

»Ich weiß es nicht«, sagte Horst Rossius. »Ich weiß nur, daß Sie sehr, sehr schön sind, wenn Sie lächeln.«

»Ich glaube, es wird Zeit, daß wir ins Haus zurückgehen«, sagte Gisela hastig und wieder hilflos, die Kunst, Komplimente lächelnd anzunehmen, hatte sie nie beherrscht.

»Ihnen ist kalt, Sie zittern?«

Sie schüttelte nur stumm den Kopf, trat rasch einen Schritt zurück, so daß seine Hand sich von ihrem Arm löste.

Horst Rossius sagte kein Wort mehr, während sie ins Haus zurückkehrten.

Eine lachende Angela umarmte Gisela stürmisch im Wintergarten. »Ah, hier steckst du, ich hab' dich schon gesucht!« Und hastig ihr zugeflüstert: »Ist er nicht toll?«

»Doktor Rossius hat mir den Garten gezeigt«, sagte Gisela abweisend.

Sie war froh, als Arthur kam und sie aus dem Bannkreis von Angelas und Horst Rossius' Augen erlöste; einem Bannkreis aus Neid und Bewunderung.

»Komm, Schatzel, tanz mit mir.«

Arthur führte sie schwungvoll durch eine Rumba.

Danach tanzte sie mit Freunden von ihm, die auch Georg kannten. Sie trank ein Glas Champagner an der Bar und verschwand so schnell und unauffällig, wie es nur ging.

Als sie wieder in ihrem Wagen saß, gestand sie sich ein, daß sie vor Horst Rossius geflohen war. Und sie dachte mit Erleichterung: Es gibt keinen Anlaß, ihn jemals wiederzusehen.

Mit einer Frau wie Jill ändert man sein Leben.

Wie lange lag jene Nacht zurück, als er dies gedacht hatte?

Nicht einmal einen Monat. Knapp drei Wochen.

Aber Jill hatte sein Leben geändert.

Sie hatte *ihn* geändert.

Er schrieb Briefe nach Hause, die eine einzige Lüge waren, weil sie das Wichtigste verschwiegen und nur das Nebensächliche berichteten.

Er schrieb von seiner Arbeit. Nur von seiner Arbeit. Er schuftete.

Die Straße nach Purpleheart war ausgebaut. Das Baumaterial für den Staudamm rollte an: Sand, Steine, Zement; riesige Bagger, riesige Kräne, die wie Ungetüme sich drohend in den blauen Oktoberhimmel reckten.

Noch war kein Schnee gefallen.

Und John Martin wollte keine Zeit verlieren. »Wir beginnen mit dem Bau der Staumauer noch vor dem Winter!«

»Wahnsinn!« hatte Georg gesagt, ganz kühl und gelassen. »Das ist Wahnsinn, John. Ich habe die Witterungsverhältnisse der Gegend in Purpleheart studiert. Wenn es hier Winter wird, dann ist es Winter. Wir müssen mit extrem niedrigen Temperaturen rechnen. Wir müssen damit rechnen, daß selbst Ihre Superbagger keinen Fuß tief Erde rausbrechen können.«

»Sie fangen trotzdem an!« hatte John Martin verlangt. »Es ist mein Geld.«

Das war in New York gewesen.

Genau vor zwei Wochen. In dem Büro im vierzigsten Stockwerk des ›John Martin Building‹.

Und Jill hatte dagesessen, mit einem sanften Lächeln auf den Lippen, ihre Augen hinter einer violetten Sonnenbrille verborgen – und schließlich gesagt: »Überlaß doch die Entscheidung George, Daddy. Überlaß ihm doch die Verantwortung. Du hast ihn schließlich nach Amerika geholt.«

Die Verantwortung – ja, die Verantwortung. Aber nicht nur für den Staudamm.

Er hatte auch die Verantwortung für Jill. Er hatte sie sich selbst aufgeladen, hatte sein Gewissen damit belastet.

»Es ist vorbei«, hatte sie nach ihrer ersten Nacht gesagt. »Ich will dich deiner Familie nicht wegnehmen. So bin ich nicht.«

Er hatte geschwiegen.

Nie zuvor hatte er Gisela betrogen; sie war sein erstes Mädchen gewesen, und sie war seine Frau geworden. Er hatte sich in den Nächten an der Front nach ihr gesehnt und immer gewußt, für sie, ja nur für sie mußte er den Krieg überleben, und er hatte die Todesangst überlebt, als sie von den Russen überrollt wurden und er dennoch entkommen konnte und dann wie eine Ratte in den Kellern von Wien lebte, ohne Papiere, in einem Zivilanzug, den er einem Toten ausgezogen hatte, hungernd und frierend; nur einmal hatte er Glück, da fand er einen Verschlag, in dem ein hoher Berg von Kartoffeln lag, und er aß sie roh, Tag für Tag rohe Kartoffeln, bis ihn doch eine amerikanische Militärstreife schnappte und einbuchtete, langen Verhören unterzog, manchmal mit Schlägen, denn der Colonel trug stets eine dünne Reitgerte bei sich, und wenn er ungeduldig wurde, dann ließ er sie zischend und beißend über Georgs Arme und Hände sausen. Und in der ganzen Zeit, fast zwei

Jahre lang, hielt ihn nur der Gedanke aufrecht: Ich muß durchhalten, ich muß zu Gisela zurück.

Und er kam zu ihr zurück, und sie hatte auf ihn gewartet.

Und nie danach hatte er jemals Verlangen nach einer anderen Frau empfunden, niemals. Bis Jill kam.

Und nun war Jill jeden Tag um ihn.

Sie küßte ihn auf die Wange und sagte: »Laß uns Freunde sein, George. Wir wissen, wie es auch anders mit uns hätte sein können, aber das ist jetzt vorbei.«

Aber es war nicht vorbei.

Wie sollte es auch vorbei sein, wenn sie immer wieder in das kleine, mit grausilbernem Stroh gedeckte Haus in Purpleheart zurückkehrten.

Wie sollte es vorbei sein, wenn sie einregneten und es für vier Tage und Nächte nichts anderes gab als Jill und ihn.

Ich hasse sie, dachte er, ich hasse sie, weil sie meine Schwäche ausnutzt.

Aber er wußte, daß er sich selbst belog. Denn er hielt sie in seinen Armen. Nacht für Nacht.

Und er lauschte ihrer Stimme in der Dunkelheit, wenn sie sagte: »Hörst du den Wind und den Regen? Hörst du es, George, sie werden nichts von der Welt übriglassen als dies – unser Haus und uns. Dich und mich.«

In Purpleheart. Fast einen Monat lang. Nur Jill und er.

Und dann stand er wieder im vierzigsten Stockwerk des ›John Martin Building‹, stand in John Martins Büro, vor dem riesigen Schreibtisch aus Zedernholz.

Er sah die Tannenzweige in der Ecke, die sich schon unter riesigen goldenen und silbernen Weihnachtskugeln bogen. Er sah ein Etui von Tiffany's, das wohl für Jill bestimmt war und das John Martin mit ungeduldiger Hand beiseite schob.

Und er sah die Flugkarte, die John vor ihn hinlegte.

»Was ist das?« fragte er.

»Sie fliegen nach Frankfurt. Und spätestens Weihnachten sind Sie wieder hier. Wir verstehen uns, George?«

Nein, wir verstehen uns nicht, wollte er sagen. Ja, er wollte es wirklich sagen, aber er nahm die Flugkarte und ging hinaus.

Jill brachte ihn zum Flughafen.

Sie ließ sein Gepäck ausladen, alles, was er aus Deutschland mitgebracht hatte.

»Du hast die Wahl«, sagte sie, »das weißt du.« Ihre Augen waren schwarz und schmal, und der Wind spielte mit ihrem Silberhaar.

Sie lächelte nicht, sie küßte ihn nicht.

Sie drehte sich schnell um, stieg in ihren Jaguar und fuhr davon.

Eine halbe Stunde später saß Georg in der Lufthansa-Boeing, die ihn nach Deutschland brachte.

Du hast die Wahl, hatte Jill gesagt.

Aber stimmte das noch?

»Warum hast du das getan?« fragte Jill. Sie blieb an der Tür stehen, lehnte sich dagegen.

John Martin schaute sie lange prüfend an, ohne zu antworten.

»Warum hast du ihn fortgeschickt?« schrie sie ihn an.

»Du hast ihn selbst unterstützt, als er verlangte, mit dem Bau der Staumauer erst nach dem Winter zu beginnen. Das kostet mich verdammt noch mal schon genug Zeit und Geld. Also soll er jetzt seinen Urlaub nehmen, damit er das nächste Jahr voll durcharbeiten kann.«

»Du denkst nur an dein verdammtes Geld und an deine

verdammten hochfliegenden Pläne – der größte Staudamm Amerikas, na klar, den kann ja nur John Martin bauen!«

»Andere hätten das auch gekonnt, aber ich habe den Zuschlag von der Regierung bekommen. Und weißt du noch, wie sehr dich das gefreut hat? Wie begeistert du davon warst?«

»Und wenn er nun nicht wiederkommt?«

»Er wird wiederkommen. Bisher warst du nichts für ihn als ein junges hübsches Ding, das für ihn die Beine breitgemacht hat.« Ja, John Martin konnte auch zu seiner Tochter brutal sein. »Aber wenn er nicht mehr in deiner Nähe ist, dann wird er dich vermissen. Und er wird Vergleiche anstellen – seine Frau ist um die Vierzig, seinen Job in Deutschland hat er aufgeben müssen, um zu uns kommen zu können. Und er hat Blut geleckt, glaub es mir, er will den Staudamm bauen, und er will dich haben.«

»Aber du hast ihn fortgeschickt, und wenn er nicht mehr zu mir zurückkommt, dann – dann wirst du mich nie wiedersehen.«

»Jill, sei vernünftig. Ich kenne die Menschen. Länger als du. Meine Erfahrungen –«

»Bleib mir vom Hals mit deinen verdammten Erfahrungen und deiner Menschenkenntnis, damit hast du ja nicht einmal Mutter davon abhalten können, sich umzubringen.«

»Mach, daß du rauskommst«, sagte John Martin. »Nein, warte – was weißt du eigentlich von deiner Mutter und mir?«

»Sie hat dich abgöttisch geliebt.«

»Ja, das hat sie. Und ebenso abgöttisch gehaßt. Sie war ohne Grund krank vor Eifersucht. Als du geboren wurdest, wollte sie dich nicht einmal sehen, sie wollte ..., sie verlangte, daß du in ein Heim gesteckt würdest, damit ich dich nicht lieben sollte. Ich habe dir das nie erzählen wollen –«

»Und ich glaube es dir nicht. Mutter war immer so sanft und zart und lieb, und sie hat es einfach nicht ertragen, daß du sie so oft allein gelassen hast.«

»Ich habe sie nie allein gelassen, ich hätte sie überall mit hingenommen, aber sie zog es vor, zu Hause zu bleiben und sich selbst zu quälen.«

»Du hättest ihr trotzdem helfen müssen. Ärzte, ein guter Psychiater –«

»Sie ließ ja niemanden an sich heran. Nein, Jill, du warst zu klein, als sie starb. Du warst nicht einmal zehn Jahre alt. Du weißt nicht, was ich alles versucht habe, aber es war vergebens. Sie wollte sich selbst zerstören, und sie hat es getan.«

Plötzlich sah man ihm sein Alter an, und plötzlich sah Jill, daß seine Augen naß waren, wenn er auch schnell aufstand und ihr den Rücken zukehrte, zum Fenster trat, auf Manhattan hinunterstarrte.

»Daddy«, sagte sie und kam zu ihm, trat neben ihn, rührte ihn jedoch nicht an. »Es tut mir leid. Bitte, laß uns vergessen, was ich gesagt habe. Bitte, glaube mir, es tut mir wirklich leid.«

»Ist schon gut«, sagte er nach einer Weile.

»Du verzeihst mir?«

Er nickte stumm.

»Aber was George angeht –«

»Ich habe doch gesehen, was sich zwischen euch entwikkelt hat, und ich habe auch gesehen, daß deine Gefühle für ihn stärker waren, als seine für dich. Wenn er zurückkommt, wirst du ihn ganz für dich haben. Wenn er nicht kommt, wirst du ihn vergessen. Du, Jill, bist ebensowenig wie ich für halbe Sachen geboren. Für uns beide gilt doch, alles oder nichts. Und jetzt laß mich bitte allein. Wir sehen uns zum Abendessen, falls du nichts anderes vorhast.«

»Nein, Daddy, ich habe nichts anderes vor. Wir wollen in Ruhe zusammen essen und ein gutes Glas Wein trinken und später Mozart hören, nicht wahr, wie wir es früher getan haben.«

Und wieder nickte er nur stumm und hielt sein Gesicht abgewandt, ein großer Mann, ein mächtiger Mann, und doch so verletzlich wie jeder Mensch.

Gisela zerriß die Karte, die den weißen Orchideen beigegeben war.

Flieder und Rosen und Parmaveilchen, Tag um Tag, und immer die gleiche Karte dabei: »Herzlichst Ihr Horst Rossius.«

Und Tag um Tag zerriß sie die Karte, stellte die Blumen in Pettys und Dax' und Rolfs Zimmer, und die Kinder machten schon ihre Scherze über den unbekannten, hartnäckigen Verehrer.

Aber Gisela konnte nicht darüber lachen.

Sie hätte weinen mögen, weinen, weil es nicht Georg war, der ihr Blumen sandte.

Ach was, Blumen – es brauchten keine Blumen zu sein, nur ein persönliches Wort, etwas, das sie selbst, sie beide betraf.

Aber nichts dergleichen kam. Statt dessen erhielt sie Briefe, die Stellungsberichten glichen von einer Front, die sie nicht kannte.

Manchmal dachte sie an Jill Martin, die Horst Rossius in New York zusammen mit Georg getroffen hatte.

War sie es, der die seidenweiche Stimme gehörte, die sich in jener Nacht in Georgs Zimmer gemeldet hatte?

Wie war ein Mädchen, das Jill hieß?

4

Gisela schritt durch den Garten und schnitt die letzten Dahlien, rote und gelbe Sterne mit dem herben, seltsam bitteren Geruch nach Sterben.

Sie beugte sich hinunter und zupfte welke Blätter von den harten Stielen.

»Gisela.«

Sie richtete sich langsam auf, drehte sich vorsichtig um, als könne sie durch zu schnelle Bewegungen die Traumstimme verscheuchen, die ihren Namen gerufen hatte.

»Gisela«, sagte Georg.

Er stand noch am Gartentor. Und sie lief auf ihn zu, atemlos, denn es war ein unendlich langer Weg.

Und dann war sie in seinen Armen.

»Georg, mein Gott, Georg.« Sie tastete mit Händen, die ihr kaum gehorchen wollten, über die Revers seines Mantels, dann zu seinem Gesicht, tastete über die Wangen, die so schmal geworden, den Mund, der so blaß war.

Falten um die Augen, tiefer, neu. Mehr Grau im Haar.

»Georg, Georg«, stammelte sie, »mein Gott, Georg.«

Er lächelte dünn, und sein linker Mundwinkel zuckte.

»Georg, warum hast du nicht geschrieben, daß du kommst? Wieso bist du hier? Ach, egal, Hauptsache, du bist da! Lieber, Lieber, Lieber.« All das in einem Atemzug, und noch viel mehr.

Sie zog ihn ins Haus. Sie half ihm aus dem Mantel.

»Einen Cognac? Einen Kaffee?«

»Nein, lieber einen Whisky.«

Auch gut. Sie hatte vorgesorgt, dem altklugen Rat ihrer

Tochter gehorchend, ›für alle Fälle‹, und amerikanischen Whisky eingekauft.

Bourbon mit Eis und einfachem Wasser aus der Leitung.

Und im Vorüberlaufen einen Blick in den Spiegel in der Diele.

Sie sah blaß aus, und nicht einmal die Lippen hatte sie geschminkt. Und beim Friseur war sie seit vierzehn Tagen nicht mehr gewesen.

»Georg, Georg.« Sie saß neben ihm und hielt seine Hand und hing an seinem Mund. Er mußte doch etwas sagen, irgend etwas.

»Wo sind die Kinder?« fragte er und befreite seine Hand aus ihren beiden Händen.

Er zündete sich ein dünnes schwarzes Zigarillo an.

Auch neu an ihm. Früher hatte er nur Zigaretten geraucht.

»Petty ist bei einer Freundin. Rolf arbeitet. Bei Weininger, er verdient sich sein Studium selbst als Laufbursche«, sagte sie nicht ohne Stolz. »Dax ist zum Turnen. Er ist der Beste seiner Klasse.«

»Es ist also alles in Ordnung mit den Kindern?« fragte er.

»Ja – natürlich, was sollte nicht in Ordnung sein?« Sie vergaß Pettys für sie so schmerzliche Geständnis, nicht mehr das unschuldige junge Mädchen zu sein; sie vergaß Rolfs kürzlichen Griff in die Haushaltskasse, den er mit linkischer Aufsässigkeit als Anleihe zu rechtfertigen versucht hatte.

»Was sollte nicht in Ordnung sein«, wiederholte sie. »Jetzt, wo du zurückgekommen bist. Du hast all deine Koffer wieder mitgebracht. Du bleibst doch, Georg? Nicht wahr, du bleibst – hier?«

Er drückte das Zigarillo im Aschenbecher aus. Er nahm

einen Schluck von seinem Bourbon. Sie sah, wie sich die Sehnen an seinem Hals bewegten, als er trank.

»Georg, bitte bleib hier«, sagte sie. »Ich bitte dich, bleib hier. Die Kinder brauchen dich. Und ich – ich habe mich so nach dir gesehnt.«

Er stand auf, und er ging ein paar Schritte von ihr fort. Er drehte ihr den Rücken zu, blieb vor dem Fenster stehen.

»Georg?« flüsterte sie, »Georg, warum antwortest du nicht?«

Er wandte sich um. Er sah sie an.

»Gisela – ich –«, er verstummte, zögerte sekundenlang. Sie hörte ganz genau, daß ihm das Atmen schwerfiel.

»Gisela, ich möchte dich um die Scheidung bitten«, sagte er dann.

»Du willst – was?« fragte sie, und ihre Stimme klang ganz flach, bar jeder Regung.

»Ich habe diesen Entschluß nicht leichten Herzens gefaßt, Gisela, aber es ist ein endgültiger Entschluß. Versteh es bitte.«

»Ich soll verstehen, daß du dich scheiden lassen willst? Ich soll begreifen, daß du einfach herkommst und sagst, ich lasse mich scheiden? Nach zwanzig Jahren? Ist das die große Chance deines Lebens? Ist es das, was dich Amerika gelehrt hat? Ich dachte, du wolltest dort drüben einen Staudamm bauen? Etwas aufbauen, Georg, nicht etwas zerstören!«

»Ich habe es nicht gewollt«, sagte er. »Ich bin nicht nach Amerika gegangen, weil ich mich von dir und den Kindern trennen wollte. Aber ich – ich habe drüben eine andere Frau kennengelernt.«

»Jill Martin«, murmelte Gisela.

»Was sagst du?« fragte Georg verblüfft.

»So heißt sie doch – die andere?«

»Woher weißt du –?«

»Die Tochter deines Chefs«, unterbrach Gisela ihn und lachte auf, bitter, hart, sie konnte nicht anders. »Ausgerechnet du bist zu einem Opportunisten geworden?«

»Bitte, Gisela, das paßt nicht zu dir. Nicht dieser Ton.«

»Was kümmert dich das noch?« Sie sprang auf. Sie war mit zwei, drei schnellen Schritten bei ihm. Sie warf den Kopf in den Nacken, starrte ihn an. Sah seine Augen, sah, wie müde, wie glanzlos sie waren. Und Mitleid schwemmte den Zorn weg. Was ist aus ihm geworden, dachte sie, mein Gott, was ist aus ihm geworden!

»Glücklich bist du nicht«, sagte sie leise, tastend. »Nicht einmal zufrieden. Du siehst erschöpft aus, fast krank. Lohn es sich denn? Lohnt sich das, was du tun willst, wirklich?«

»Ich habe dich mit Jill betrogen«, sagte er. »Ich habe gedacht, ich komme darüber hinweg. Ich habe geglaubt, ich kann mich wieder von Jill lösen, ich habe gehofft, es sei nur das gewesen, was jedem Mann irgendwann einmal passiert. Ich wünschte, ich könnte sagen, ich bleibe hier, vergesse Jill. Ich wünschte, ich hätte dich belügen und alles vergessen können. Aber ich kann es nicht.«

»Wie alt ist sie?« fragte Gisela.

»Wie alt?« Sein Mund zuckte. »Einundzwanzig.«

»Kaum zwei Jahre älter als deine eigene Tochter. Vier Jahre älter als dein Sohn Rolf.«

»Gisela!« Er packte ihre Arme, umklammerte sie, wie Halt und auch Hilfe suchend. »Ich weiß das alles. Meinst du, ich hätte mich nicht damit gequält? Mit den Gedanken an dich, an unsere Kinder, an all das hier. Aber –«, er preßte die Lippen zusammen, sie sah, wie sich sein Kinn verkantete.

»Es bedeutet dir nichts mehr?« fragte Gisela. »Nur noch Qual?«

»Gisela, ich kann dich nicht belügen!«

»Ich weiß«, sagte sie, »ich weiß, Georg.« Sie streifte seine Hände von ihren Armen, trat zurück.

Sie ging zum Tisch, nahm sein Glas auf – und trank Bourbon mit viel Eis und Leitungswasser, wie man ihn in Amerika trinkt.

Der Alkohol wärmte sie nicht.

»Wie stellst du dir – alles Weitere vor?« fragte sie.

»Du – machst also keine Schwierigkeiten?«

»Schwierigkeiten?« Sie lauschte dem Wort nach. »Wozu?«

»Verzeih«, sagte Georg, »ich hätte das nicht sagen sollen. Verzeih mir bitte.«

»Nein, ich kämpfe nicht um dich, wenn du das meinst«, sagte sie. »Ich willige in die Scheidung ein. Die Kinder bleiben bei mir.«

»Natürlich«, sagte er heiser.

»Alles andere kannst du entscheiden.«

»Gisela, ich möchte, daß du versuchst zu begreifen, daß ich dir nicht weh tun will. Ich hätte ja lügen, ich hätte in Amerika bleiben und einfach dahinleben können. Ich hätte darauf hoffen können, daß zwei Jahre eine lange Zeit sind, in der sich vieles von selbst entscheidet. Aber um deinetwillen, um unsert- und des Lebens willen, das wir zusammen hatten, konnte ich es nicht tun.«

»Ich weiß«, sagte sie. »So war es ja auch abgemacht. Am Abend unserer Hochzeit haben wir uns geschworen, uns nie zu belügen, unsere Ehe nicht weiterzuführen, wenn keine –«, nein, das Wort Liebe wollte nicht über ihre Zunge –, »wenn nichts mehr da ist. Weder um der Kinder willen noch aus anderen Gründen.«

»Ich habe nie gedacht, daß es einmal so weit kommen könnte«, sagte er.

»Ich auch nicht, Georg.«

»Ich muß dir danken«, sagte er.

»Wofür? Weil ich mich wie ein erwachsener Mensch benehme? Ich bin einundvierzig, Georg, da muß man erwachsen sein, oder man wird's nie. – Was wirst du jetzt tun, ich meine, jetzt sofort? Die Kinder können jeden Moment nach Hause kommen.«

»Ich werde es ihnen sagen.«

»Gut.«

»Und dann – ich nehme an, es ist besser, ich gehe dann in ein Hotel?«

»Ja.«

»Gisela – bitte –«

»Mein Gott, was willst du denn noch!« Sie schrie es, konnte sich jetzt nicht mehr beherrschen. »Sag's den Kindern und dann geh. Tu alles, was du willst, nur geh!«

Sie lief aus dem Zimmer. Die Tür schlug hinter ihr zu. Sie lief ins Schlafzimmer, drehte den Schlüssel um. Sie sah ihr Bild im Spiegel, sah die Perlenkette, die sie heute umgelegt hatte – Georgs Pfand für weitere zwanzig Jahre glückliche Ehe.

Mit beiden Händen griff sie in die Schnur, riß sie herab. Schleuderte sie auf den Boden, trat auf den Perlen herum, wollte sie zerstören, zu Pulver zermalmen, zu Asche, die man in alle Winde streut.

Doch die Perlen blieben ganz, gruben sich in den weichen grünen Velour.

Mit einem heiseren Schluchzen warf Gisela sich aufs Bett.

Später, viel später hörte sie die Stimmen der Kinder aus dem Wohnzimmer.

Laut, empört, und dann das bitterliche Weinen von Dax.

Sie hörte Georgs Stimme, Georgs Worte, die beruhigen sollten. Und schließlich Petty, die schrie: »Ich will dich nie mehr wiedersehen!«

Gisela erhob sich, kämmte das Haar, zog sogar die Lippen nach. Sie puderte die Wangen und die Stirn; nur für ihre Augen konnte sie nichts tun.

Sie ging hinüber ins Wohnzimmer, und es war ihr, als trete sie auf eine Bühne.

Auf der breiten, mit englischem Chintz überzogenen Couch hockten die Kinder.

Petty war blaß und verheult. Dax, das Gesicht in die Armbeuge gepreßt. Rolf mit verächtlich zusammengepreßtem Mund.

Und Georg stand vor ihnen, der Angeklagte. Mit hängenden Schultern, mit diesem so müden, erloschenen Gesicht.

Zu was würden die Kinder ihn verurteilen: zu lebenslänglichem Haß?

Gisela trat ein paar Schritte vor, die Kinder sahen sie an.

»Ihr habt gehört, was euer Vater euch zu sagen hatte!« Sie blickte eines nach dem anderen fest an. »Ihr solltet seine Offenheit achten und auch, daß er euch wie Erwachsene behandelt. Er wird uns verlassen. Niemandem von uns fällt es leicht, das zu akzeptieren. Aber auch er hat sich die Entscheidung nicht leichtgemacht, das weiß ich, denn ich kenne ihn gut.«

Die Kinder schwiegen.

»Ich möchte, daß ihr versucht, es zu verstehen.«

»Es ist gemein! Trotzdem gemein!« Petty rannte aus dem Zimmer.

»Wenn du mich fragst, Mutter«, Rolf stand auf, »ich schäme mich für Vater.« Damit ging auch er hinaus.

Nur Dax blieb, der zehnjährige Dax, der mit zitterndem Mund, heftig atmend und immer wieder seine Tränen wegwischend, von einem zum anderen starrte.

»Ich – ich glaube, ich gehe jetzt besser«, sagte Georg schließlich. Er machte einen zögernden Schritt.

»Papi!« Dax war auf den Beinen, stürzte auf ihn zu. »Nimm mich mit. Mein lieber, lieber Vati, nimm mich mit.«

»Dax«, sagte Gisela, »Dax, du bist doch schon ein großer verständiger Junge.«

»Nein, ich will nicht groß sein. Nein, ich bin überhaupt nicht verständig. Ich will bei meinem Vati sein. Vatilein –«

»Ich komme ja wieder«, sagte Georg. »Morgen komme ich wieder.«

»Nein, das ist nicht wahr! Nein, ich glaube dir nicht!«

»Dax, du mußt jetzt brav sein.«

»Nein, nein, nein! Mami, Mami, sag du doch was. Laß Papi doch nicht gehen. Bitte, bitte, bleib doch hier.«

»Vati kommt morgen wieder«, sagte sie. »Wir versprechen es dir. Ganz bestimmt.«

»Ganz bestimmt?«

Gisela konnte nur nicken. Sie umfaßte Dax' Schulter, zog ihn zu sich.

Sie brachte ihn in sein Zimmer, kleidete ihn aus, wusch ihm Gesicht und Hände, sie stopfte die Decke um ihn fest und setzte sich auf den Bettrand.

»Mami, betest du mit mir?« flüsterte Dax.

Sie faltete ihre Hände um seine heißen, zuckenden Finger.

»Lieber Gott«, flüsterte Dax, »lieber Gott, laß meinen

Vati nicht fortgehen. Und wenn er geht, dann muß er mich mitnehmen. Bitte, mach, daß er mich dann mitnimmt. Amen.«

Hoffnung, noch ein winziger Funke Hoffnung.

Denn während Gisela Dax versorgte und ins Bett brachte, hatte sie keinen Laut vom Wohnzimmer oder von der Diele her gehört.

Vielleicht hatte Dax' Ausbruch vollbracht, was ihr nicht gelungen war?

Vielleicht blieb Georg doch?

Als sie ins Wohnzimmer kam, war Georg fort. Wäre nicht die Flasche Bourbon, das geschmolzene Eis und das Wasser gewesen, die Kippen seiner schwarzen Zigarillos im Aschenbecher – sie hätte Georgs Hiersein für einen Alptraum halten können.

Gisela brach nicht zusammen. Sie tat das, was sie jeden Abend tat. Sie deckte den Frückstückstisch in der Eßecke, sie ließ die Rolläden herunter, schaute nach, ob die Haustür abgeschlossen war. Ging dann in ihr Zimmer.

Und auch hier das abendliche Ritual: duschen, Gesichtsmassage und Haare ausbürsten. Sie brauchte nicht einmal Schlaftabletten zu nehmen.

Zu groß war der Schock; wie eine Stichflamme hatte er alles, was an Gefühl in ihr gewesen, verbrannt.

Angela streifte die Handschuhe ab. Sie strich sich das Haar an den Schläfen zurück, ließ sich in einen Sessel sinken.

»Petty hat mich angerufen«, sagte sie. »Ich weiß alles.«

»So«, murmelte Gisela nur. Sie zündete sich eine Zigarette an, schob die Papiere auf ihrem kleinen Schreibtisch zusammen, knipste die grünbeschirmte Lampe aus. »So«, wiederholte sie noch einmal und blickte Angela an.

»Deine Tochter hat es gut gemeint«, sagte die Freundin. »Sie weiß schließlich, daß ich all die Qualen hinter mir hab', die dir jetzt bevorstehen. Du brauchst als erstes einen ausgezeichneten Anwalt. Sei jetzt nur ja vorsichtig, laß dich bloß nicht übers Ohr hauen. Georg muß bluten. Nur daran darfst du jetzt denken!«

Gisela streifte die Asche ihrer Zigarette in die kleine grüne Schale aus Muranoglas ab, die Georg ihr einmal von einer Geschäftsreise nach Venedig mitgebracht hatte.

»Dich scheint das alles noch gar nicht zu interessieren«, sagte Angela. »Aber das ist bloß der Schock. In wenigen Tagen wirst du schon sehen, wie recht ich habe. Georg läßt dir die Kinder? Na also, dann muß er für sie blechen und für dich auch. Wenn dein Anwalt es klug anstellt, kann er ein Vermögen rausholen, schließlich heiratet Georg ja die Tochter eines vielfachen Millionärs. Die Leute in Amerika werden es nur selbstverständlich finden, wenn du große Ansprüche stellst. Schließlich geht es um deine Zukunft.« Sie holte tief Atem. »An deiner Stelle würde ich auch das Haus hier verkaufen. Bargeld, darauf kommt es an. Das richtig angelegt, und du sollst sehen, du wirst dein Leben endlich genießen können.«

»Danke«, sagte Gisela sarkastisch.

Angela kniff verwundert die Augen zusammen. »Ja, bist du denn nicht meiner Ansicht?«

»Nein!« Gisela stand auf. Sie drückte mit einer energischen Handdrehung die Zigarette im Aschenbecher aus. »Und laß es dir ein für allemal gesagt sein, Angela, ich brauche deinen Rat nicht. Georg wird nicht für mich bluten, wie du es nennst, und ich werde nicht rausholen aus ihm, was rauszuholen ist. Wir werden uns scheiden lassen. Das ist eine Tatsache. Punkt. Und nicht einmal das geht dich etwas an!«

»Aber Gisela – ich meine es doch nur gut.«

»Das hast du schon oft gesagt. Zu oft, Angela. Und wenn es so ist, dann tu mir einen Gefallen und laß mich in Ruhe. Komm nicht wieder her, bis alles vorbei ist.«

Das Telefon klingelte. In Angelas Augen glimmte es neugierig auf. Nur zögernd nahm Gisela den Hörer ab.

»Gisela?« fragte Georg mit dieser neuen müden Stimme.

»Ja?«

»Ich möchte dich sprechen. Bestimm du, wo.«

»›Im Schwille‹«, sagte sie spontan, und da fuhr der Schmerz durch sie hin, schnitt ihr den Atem ab.

›Im Schwille‹ hatten sie sich so oft getroffen, im Krieg schon, und später immer dann, wenn sie einmal allein sein wollten; wieder jung, junge Leute, die sich in einem Kaffeehaus treffen – die Knie berühren sich unter dem Tisch, die Hände sind heiß, die Worte kommen zu rasch oder auch zu langsam, man ist verliebt.

»›Im Schwille‹?« sagte er, und sie hörte genau, daß auch er daran dachte.

›Im Schwille‹ hatte er sie gefragt, ob sie seine Frau werden wolle. ›Im Schwille‹ hatte sie ihm gesagt, daß sie Dax erwartet.

»Nein. Wir treffen uns besser im ›Frankfurter Hof‹, in der Halle«, sagte sie.

»Wann?«

»Ich fahre gleich los.«

»Gut. In einer halben Stunde also. Ich danke dir, Gisela.«

»Du hast eine Verabredung?« fragte Angela.

»Ja«, sagte Gisela knapp. »Und wenn du nichts dagegen hast, möchte ich mich dazu umziehen.«

»Georg?« fragte Angela.

»Bitte«, sagte Gisela, »es geht dich wirklich nichts an.«

Eine halbe Stunde später betrat sie die Halle des ›Frankfurter Hofs‹.

Sie entdeckte Georg sofort. Er kam ihr entgegen, nahm ihre Hand, küßte sie.

»Danke, daß du gekommen bist.«

Sie sagte nichts.

»Wollen wir in die Bar gehen?«

Sie nickte nur.

»Du siehst sehr schön aus«, sagte er, und seine Hand, die das Whiskyglas zum Mund führte, zitterte.

Gisela nippte an ihrem Gin Fizz.

»Das Kleid ist neu?«

»Ja.« Und Gisela dachte: Ich habe es für dich gekauft, für deine Rückkehr, cremefarbene Seide. Jetzt trage ich es zu unserem Abschied.

»Gisela, ich – ich habe noch einmal über alles nachgedacht.«

Sie wartete, das Herz klopfte ihr bis in den Hals, aber sie wartete stumm.

»Ich wünschte, ich könnte meinen Entschluß rückgängig machen, aber ich kann es nicht.«

Ihr Herz stolperte, sie hörte seinen Schlag wie dumpfe Glocken in ihrem Kopf.

»Gisela – über die Kinder haben wir ja schon gesprochen. Sie bleiben bei dir. Über das Finanzielle müssen wir noch reden.«

»Du hast mir vor ein paar Wochen eine große Summe auf mein eigenes Konto überwiesen. Vierzigtausend Mark. Ich will das Geld nicht.«

»Gisela, du wirst es brauchen.«

»Ich will es nicht.«

»Gisela, das Haus ist noch nicht ganz bezahlt. Du brauchst das Geld für die Raten. Ich werde mir auch meine

Lebensversicherung auszahlen lassen. Für dich und die Kinder. Und von meinem laufenden Einkommen – steht dir die Hälfte zu.«

»Du bist sicher sehr großzügig, aber ich will das alles nicht. Gut, das Haus. Aber alles andere laß meine Sorge sein.«

»Die Kinder kosten Geld.«

»Ich kann arbeiten.«

»Gisela, du hast nichts gelernt.«

Zum erstenmal sah sie ihn voll an. »Man kann immer arbeiten, wenn man will. Ich will nichts von dir, Georg. Gar nichts. Wenn Schluß sein soll, dann schnell und für immer.«

»Dein Anwalt wird dich anders beraten.«

»Viele Leute werden mich anders beraten, aber ich tue das, was ich will.«

»Gisela, du bist so hart. So – unnachgiebig.«

»Das mag sein, Georg, aber ich kann nicht anders handeln.«

»Aber du wirst mich doch nicht daran hindern wollen, ein Ausbildungskonto für die Kinder einzurichten? Petty möchte doch so gern Tierärztin werden, und Dax wird sicher auch einmal studieren wollen. Du kannst doch nicht zulassen, daß die Kinder unter unserer Trennung leiden?«

»Ich will es ja nicht zulassen«, sagte sie und biß sich auf die Lippen, weil ihre Stimme zitterte. »Aber ich glaube, viel schlimmer als finanzielle Einschränkung wird es sein, daß sie dich verlieren. Vor allem für Rolf. Du weißt, wie labil er ist. Ich denke manchmal, daß es daher kommt, weil wir damals ja nicht sehr glücklich waren, ich meine, du noch krank vom Krieg, und ich wußte noch nicht, wie ich dir wirklich helfen konnte. Er hätte dich vielleicht am meisten von allen Kindern jetzt als Vater gebraucht, gerade jetzt, da er sich zu fangen scheint. Aber Geld von dir, jetzt, nein, das würde er nicht annehmen. Ich kann dich nicht daran hindern, ein Konto für die Kinder einzurichten, aber wundere dich nicht, wenn sie dein Geld nie anrühren werden.«

»Gisela, müssen wir so miteinander reden?«

»Wie denn sonst, Georg? Wir wollen doch aufrichtig sein, wenigstens das noch, nach all den Jahren.«

Er schwieg, er drehte das Glas in seiner Hand, schob es dann über die Theke, sagte zu dem Mixer mit dem gelben Lebergesicht: »Noch einen Bourbon.«

»Ich möchte jetzt gehen«, sagte Gisela.

Sie stand schon neben ihrem Barhocker.

Hastig bezahlte Georg, folgte ihr in die Halle.

Sie hatte die dünnen schwarzen Glacéhandschuhe übergezogen.

»Leb wohl, Georg«, sagte sie und gab ihm nicht die Hand.

Sie saß im Wagen, und die Tränen liefen ihr übers Gesicht, und sie dachte, keine Minute länger, ich hätte es keine einzige Minute länger ausgehalten.

Das ist also der Abschied.

Der Abschied nach zwanzig Jahren Ehe.

Man sitzt in einer Bar und redet über Geld. Redet über Geld, als sei es das einzige, was einen mit dem anderen verband.

Geld, Geld, Geld. Sie schlug mit den Fäusten auf das Lenkrad.

Lieber Gott, ich wünschte, ich brauchte nicht nach Hause zu fahren. Lieber Gott, ich wünschte, es wäre alles, alles vorbei.

Sie chauffierte den Wagen durch den dichten Verkehr

der Innenstadt. Über die Mainbrücke, durch Sachsenhausen, wo es wie immer nach Rippche und Appelwoi roch.

Dann die Landstraße; die Bäume standen schräg und schwarz Spalier.

Gas geben, ganz durchtreten, das Spalier vom Leben in den Tod durchbrechen – sie riß den Wagen in letzer Sekunde in die Mitte der Fahrbahn zurück.

Hinter ihr jaulten Bremsen, blendeten Scheinwerfer auf.

An der nächsten Kreuzung sprang die Ampel auf Rot.

Neben ihr hielt der Wagen, der ihr gefolgt war.

Ein Mann sprang heraus, klopfte an die Scheibe, riß die Tür auf.

»Gisela! Mein Gott, Sie hätten eben beinahe einen Unfall gebaut!«

Er war blaß, kreideweiß, Schweiß stand ihm auf der Stirn.

»Ach, Doktor Rossius«, sagte sie gleichgültig. »Wie geht es Ihnen?«

»Bitte, halten Sie am nächsten Gasthaus an. Bitte, ich muß mit Ihnen sprechen.«

»Na gut«, sagte sie in diesem gleichgültigen Ton.

Zehn Minuten später saß sie dem jungen Anwalt im Bier- und Zigarettendunst einer Bauernkneipe gegenüber.

Er bestellte Kaffee und Cognac für sie, zündete ihr eine Zigarette an.

»Sie stehen unter Schock«, sagte er, und seine so hellen Augen ließen ihr Gesicht nicht los. »Sie haben irgend etwas Schreckliches erlebt. Wollen Sie sich mir nicht anvertrauen?«

Sie wärmte ihre Hände an der dicken Porzellantasse, nahm einen Schluck von dem Cognac.

»Frau Camberg, ich möchte Ihnen helfen«, sagte er. »Bitte.«

»Sie können meine Scheidung übernehmen«, sagte sie. »Ich möchte von meinem Mann geschieden werden.«

»Haben Sie sich – mit Ihrem Mann im ›Frankfurter Hof‹ getroffen? Ich war dort zu einer Besprechung. Ich sah Sie herauskommen, Sie taumelten fast, wirkten so verstört. Deswegen bin ich hinter Ihnen hergefahren. Ich hatte Angst um Sie.«

»Sie haben mir dauernd Blumen geschickt. Das muß jetzt natürlich aufhören, nachdem ich Ihre Klientin bin«, sagte Gisela in dem vergeblichen Versuch zu scherzen.

»Gisela – Frau Camberg, Sie dürfen mir vertrauen.«

»Vertrauen?« Etwas zerrte an ihren Mundwinkeln. Und dann begann sie zu lachen, immer lauter, immer lauter, um alles, alles zu übertönen.

»Ich habe meinem Mann vertraut. Ich habe Georg vertraut. Nach ihm kommt niemand mehr!«

Horst Rossius ließ nicht zu, daß Gisela selbst weiterfuhr. Er ließ seinen Wagen stehen, brachte sie in ihrem nach Hause.

Er stützte sie, als sie aus dem Wagen stieg, führte sie durch den Vorgarten.

Die Haustür wurde geöffnet, ehe er klingeln oder Gisela um den Schlüssel bitten konnte.

»Mami!« Petty stand da, schon Angst in den Augen.

»Es ist nichts«, sagte Dr. Rossius. »Ihre Mutter ist ein bißchen müde. Am besten, wir bringen sie gleich zu Bett.«

»Ja«, sagte Petty und ging ihm ohne weitere Fragen voran zum Schlafzimmer.

»Wie ist die Telefonnummer Ihres Hausarztes?« fragte Horst Rossius, während er Gisela behutsam aufs Bett gleiten ließ.

Sie saß zusammengesunken da, die Hände schlaff auf ihren Knien.

»Die Nummer steht in dem kleinen schwarzen Buch

neben dem Apparat im Wohnzimmer«, sagte Petty. Sie kniete vor ihrer Mutter zu Boden, streifte ihr die Pumps von den Füßen.

Horst Rossius ging ins Wohnzimmer hinüber. Er fand die Nummer, erreichte den Hausarzt, bat ihn, sogleich herüberzukommen.

Petty kam ins Zimmer, bat: »Haben Sie eine Zigarette für mich?«

Während er ihr Feuer gab, spürte er den prüfenden Blick des jungen Mädchens auf sich ruhen.

»Mein Name ist Horst Rossius. Ich habe Ihre Mutter vor kurzem bei den Bertrams kennengelernt. Heute traf ich sie wieder, als sie nach einer Unterredung mit Ihrem Vater den ›Frankfurter Hof‹ verließ.«

»Sind Sie der Blumenschicker?« fragte Petty.

»Das war ich«, sagte er. »Ab sofort bin ich der Anwalt Ihrer Mutter.«

»Es ist also – endgültig«, sagte Petty. »Vater läßt sich scheiden.«

»Nein, nicht Ihr Vater, Ihre Mutter läßt sich scheiden.«

»Ach was!« Petty hieb ihre geballte Faust durch die Luft. »Das sieht ihr wieder ähnlich. Womöglich nimmt sie noch die Schuld auf sich, wie?«

»Nein«, sagte Horst Rossius, »das nicht. Sie möchte nur, daß die Scheidung schnell und reibungslos vorübergeht. Sie sollten stolz auf Ihre Mutter sein.«

»Nein! Das kann ich nicht.« Petty wirbelte herum. »Wenn ich einen Mann liebte, würde ich um ihn kämpfen. Kämpfen, hören Sie!«

»Sie sind noch jung, Petty, sehr jung.« Ein dünnes Lächeln kerbte seine Mundwinkel.

»So – ist das etwa ein Nachteil?«

»Nein. Nur eine Feststellung.«

»Und was stellen Sie zu meinem Vater fest, der uns im Stich läßt wegen irgendeines blöden amerikanischen Flittchens?«

»Petty, Ihr Temperament geht mit Ihnen durch. Ich habe Ihren Vater nur ganz flüchtig kennengelernt, aber ich schätze ihn.«

»Wunderbar«, sagte Petty wütend. »Sie vertreten meine Mutter als Anwalt, aber Sie finden gleichzeitig, daß mein Vater ein feiner Kerl ist, wie?« Sie begann zu lachen.

»Hören Sie auf«, sagte Rossius scharf. »Es genügt, daß Ihre Mutter völlig mit den Nerven fertig ist.«

Petty zuckte zusammen und war still. Sie zupfte an den Fransen des kurzen rot und grün karierten Kilts, den sie trug.

»Ja, Sie haben recht«, murmelte sie. »Entschuldigen Sie. Ich werd' mich mal ums Abendbrot kümmern. Meine Brüder kommen nämlich gleich nach Hause. Wenn Sie wollen, können Sie mit uns essen.«

Horst Rossius wartete auf den Arzt, der ließ sich Zeit, obwohl er versprochen hatte, sogleich zu kommen.

Petty deckte den Eßtisch in der Ecke.

Schließlich klingelte es, aber es war Rolf, der atemlos hereinstürzte.

»Dax ist abgehauen!«

»Was?« Petty stand starr, den Korb mit den Brötchen in der halberhobenen Hand.

»Ich war doch mit ihm im Kino. Ein Western. 'ne Gute Ablenkung, hab' ich gedacht.«

»Ja und?«

»Plötzlich wurde Dax unruhig. Wollt' mal austreten, sagte er. Aber er kam nicht wieder.«

»Weiter!«

»Wir haben das ganze Kino abgesucht. 'n paar Kumpel

und die beiden Platzanweiserinnen. Wir haben ihn nicht gefunden.«

»Das ist doch nicht möglich!«

»Ich hab' mir 'n Motorrad geliehen, bin die ganze Gegend abgekurvt. – Nichts. Niemand hat Dax gesehen. Keine Spur.«

Es war mittlerweile ganz dunkel geworden. Aber die Scheinwerfer der vorbeirauschenden Autos gaben genug Licht, so daß Dax immer wieder die Wegweiser erkennen konnte.

Zum Flughafen stand da. In weißer Schrift auf blauem Grund.

Zum Flughafen wollte er auch.

Verdammt weiter Weg, dachte er. Als ich aus dem Kino kam, war es noch ganz hell.

Blöder Regen. Er quatschte bei jedem Schritt in seinen Schuhen. Und in den Kragen seiner Windjacke lief er auch.

»Blöder Mist«, schimpfte Dax. »Verdammter Mist.«

Aber aufgeben, nee, das tu' ich nicht.

Vati wird sich wundern! Ich bin vielleicht früher in Amerika als er. Suchen soll er mich, suchen, bis er schwarz wird!

Wütend stapfte Dax die Landstraße entlang, und wütend hatte er die Hände in den Jackentaschen zu Fäusten geballt.

Hoffentlich macht Mami sich bloß keine Sorgen, dachte er. Ich werd' ihr eine Postkarte schreiben, aber erst, wenn ich in Amerika bin.

Das welke Laub und der Waldboden rochen wie Keller. Eigentlich war's richtig ein bißchen unheimlich hier am Straßenrand unter den hohen Bäumen.

Aber was sein muß, muß sein, dachte Dax. Wenn meine Eltern nicht vernünftig sind, muß ich es eben sein.

Wäre doch gelacht, wenn ich Vati nicht überreden könnte, bei Mami zu bleiben!

Er lachte vor sich hin, und dann pfiff er die ›Yellow Submarine‹.

Nicht etwa, um sich Mut zu machen, nee, bloß aus Langeweile, weil der Weg so lang war.

Das nächste Hinweisschild.

Drei Kilometer bis zum Flughafen.

Immer noch so weit. Wurde auch gar nicht kürzer der Weg.

Wieder rauschte ein Auto vorbei. Diesmal ein Laster, und die Riesenräder übergossen Dax mit einer Dusche schmutzigen Pfützenwassers.

»Blöder Kerl!« schrie Dax und schüttelte seine Fäuste.

Im gleichen Moment packte jemand seine Schulter, und jemand sagte: »He, du, was machste denn hier, so allein?«

Dax fuhr herum.

Von dem Gesicht des Mannes konnte er bloß den Mund sehen, und darin waren nur noch wenige Zähne.

Übel, ganz übel stank der Mann, und sein Anzug war zerrissen und dreckig.

Sekundenlang stand Dax wie erstarrt.

»He, kannste nicht antworten?« fragte der Mann, und seine Hand schoß vor, packte Dax vorne an der Windjacke.

Instinktiv wich Dax zurück, und dann warf er sich herum und jagte so schnell er konnte davon.

Quer über die Straße.

Licht grellte auf, Bremsen kreischten, Reifen jaulten.

Etwas gab ihm einen harten Stoß, eine Riesenfaust griff nach ihm, wirbelte ihn hoch, direkt in den schwarzen endlosen Himmel hinein.

5

Der Junge lag im Licht der Scheinwerfer auf der Straße wie auf einer Bühne. Die Tannen und Kiefern des Forstes waren dunkle Wächter eines sich zu jedem Tag und jeder Stunde auf unseren Straßen ereignenden Dramas.

»Er ist mir in den Wagen gelaufen«, sagte der Mann. Er strich sich immer wieder über die Glatze, die gelblich glänzte. »Direkt in den Wagen hinein. So schnell konnte ich nicht bremsen, bestimmt nicht. Nee, das war unmöglich.«

Er hatte keine Zuhörer, denn der Fahrer des anderen Wagens, der gehalten hatte, kniete bei dem Jungen. Er tastete rasch und geschickt den schmalen Körper ab, ohne seine Lage im geringsten zu verändern. Das Gesicht des Jungen leuchtete fahlweiß. Die Sommersprossen hoben sich wie Rostflecken davon ab. Sein rotes Haar färbte sich dunkel, fast schwarz von dem Blut, das an der linken Seite des Hinterkopfes hervorquoll.

»Sind Sie Arzt?« fragte der Glatzköpfige. »Nu sagen Sie doch schon! Nicht, daß Sie was schlimmer machen, als es schon ist.«

Der Mann blickte hoch. »Ich war mal Sanitäter.«

Er stand auf, ging zu seinem Wagen, kam mit einem Verbandskasten und einer Decke zurück.

Er legte einen Notverband um die Kopfwunde, breitete die Decke über den Jungen.

»Zweihundert Meter weiter ist eine Gaststätte«, sagte er ungeduldig zu dem Fahrer des Unfallwagens. »Laufen Sie hin, rufen Sie einen Arzt. Und die Polizei.«

Der Glatzköpfige faßte den Kragen seines Hemdes, riß ihn auf. »Die Polizei? Mensch, Mann – 'nen Arzt, klar! Aber die Polizei?«

»Tun Sie, was ich sage.« Der andere war ein hagerer, grauhaariger Mann, offensichtlich gewohnt, Befehle zu erteilen.

»Sie müssen doch jesehen haben, wie's passiert ist. Der Steppke ist mir direkt in den Wagen jelofen.«

»Ja, ich hab's gesehen«, sagte der Grauhaarige, »und jetzt machen Sie schon.«

Der Glatzköpfige wollte sich in seinen Wagen setzen.

»Halt!« Die scharfe Stimme hielt ihn zurück. »Ihr Wagen bleibt hier, und jetzt rennen Sie los!«

Der Glatzköpfige setzte sich unbeholfen in Trab.

Wenig später war er schon nicht mehr zu sehen.

Der Grauhaarige ließ seinen Blick über die Stelle des Unglücks streifen. Sie war gut ausgeleuchtet, von weitem zu erkennen, die Warndreiecke glitzerten rot.

Er setzte sich wieder neben den Jungen auf den Boden, ließ keinen Blick von dem stillen weißen Gesicht.

Er hätte gern eine Zigarette geraucht, aber er wußte, daß er es nicht tun durfte; denn er spürte das schmerzhafte Stolpern seines Herzens. Das hatte er sich auch im Krieg geholt; das war ihm zu nichts nütze, aber, daß er mal Sanitäter gewesen war, das trug jetzt wenigstens Früchte.

Wenn auch traurige. Der arme kleine Kerl. Was der bloß hier so allein mitten auf der Landstraße im Dunkeln gemacht hatte? War gut gekleidet, sah gut genährt aus, nicht etwa vernachlässigt; aber das waren nur Äußerlichkeiten, und wie oft trügten die.

Na ja, man las es ja täglich in den Zeitungen, wie und warum Eltern ihre Kinder vernachlässigten; denn offenbar hatten meistens die falschen Leute Kinder.

Er zündete sich doch eine Zigarette an.

Nicht an sich selbst denken, nicht an die verpfuschte Ehe mit einer Frau, die keine Kinder wollte. An überhaupt nichts wollte er denken.

Bloß hoffen, daß die Ambulanz bald kam.

Es sah zwar so aus, als hätte der Junge Glück gehabt – Atmung und Puls waren fast normal. Aber daß er bewußtlos war, konnte viele und leider sehr böse Gründe haben.

Horst Rossius hatte Georg von Dax' Verschwinden unterrichtet. Georg war aus dem Hotel herübergekommen; nun saßen Petty und Rolf ihm im Wohnzimmer gegenüber, steif und starr, nah beieinander, als müßten sie Front gegen ihn bilden.

Der Arzt hatte Gisela eine starke Beruhigungsspritze gegeben; sie durfte in ihrem Zustand natürlich nicht erfahren, daß Dax nicht nach Hause gekommen war.

Das Telefon schrillte. Die Polizeiwache Autobahn Süd meldete sich; Meister war der Name des diensttuenden Beamten.

Seine Stimme klang kühl und sachlich: Der zehnjährige Dietmar Camberg war Opfer eines Verkehrsunfalls geworden und in das Heiligkreuz-Krankenhaus gebracht worden.

»Verletzt – schwer?« fragte Georg.

»Am besten wenden Sie sich gleich an die Ambulanz des Krankenhauses«, sagte der Beamte knapp.

Petty und Rolf waren aufgesprungen, warteten mit blassen Gesichtern.

»Es war die Polizei«, Georg wandte sich ihnen langsam zu, »Dax ist – er ist im Krankenhaus.«

»Du – das ist deine Schuld! Du – du gemeiner Kerl!« Petty sprang ihren Vater an wie eine Katze. Ihr Fäuste trafen sein Gesicht.

Kleine, blindzuschlagende Fäuste – bis Horst Rossius sie mit kräftiger Hand zurückzog.

»Petty, nehmen Sie sich zusammen! Ihr Vater kann doch nichts dafür.«

»Und ob er was dafür kann!« sagte Rolf. »Alles ist seine Schuld, und wenn er es wagen sollte, mit ins Krankenhaus zu fahren ...«

»Ich glaube, Sie bleiben tatsächlich am besten hier«, sagte Rossius, »falls Ihre Frau aufwachen sollte. – Wir halten Sie telefonisch auf dem laufenden.«

»Nein«, sagte Georg knapp. »Ich fahre zu Dax ins Krankenhaus.«

Ohne irgendeine Erwiderung abzuwarten, ging er rasch hinaus.

Der Wagen stand noch vor der Garage. Georg stieg ein, ließ den Motor warmlaufen, schaltete die Scheinwerfer ein.

Als die Türen zum Fond klappten, wandte er sich nicht um.

Petty und Rolf stiegen ein. Sie sprachen kein Wort mit ihm. Sie sprachen auch nicht miteinander.

Im Rückspiegel konnte Georg nur sehen, daß Pettys Kopf an Rolfs Schulter lehnte und sein Arm sie umfaßt hielt.

Und Georg wußte, daß ihr Schweigen nur ein Waffenstillstand war.

Horst Rossius hatte die Nachttischlampe mit einem Seidenschal abgedunkelt. Er hatte sich in den kleinen mit apfelgrünem Seidendamast überzogenen Sessel gesetzt, der unter dem Fenster stand.

Er konnte von Giselas Gesicht nichts sehen, denn sie hatte es tief ins Kissen vergraben. Er sah nur den Schopf ihres honigfarbenen Haares.

Aber er würde dasein, wenn sie erwachte. Er würde immer dasein, wenn sie ihn brauchte.

Als er Gisela zum erstenmal gesehen hatte, mit ihrer Freundin Angela beim Mittagessen in den ›Drei Hasen‹, hatte er nur einen Wunsch gehabt: sie kennenzulernen. So kennenzulernen, wie ein Mann eine Frau kennenlernen möchte.

Er hatte sich gewünscht, sie lächeln zu sehen, heiter und traurig. Er hatte sich gewünscht, sie in seinen Armen zu halten, mit ihr einzuschlafen und mit ihr aufzuwachen.

Aber jetzt würde er ihr Erwachen nicht mit den Gefühlen des Mannes sehen, sondern als ihr Anwalt.

Und wahrscheinlich, dachte er mit spöttischer Selbstironie, werde ich auch niemals etwas anderes für sie sein, als eben ihr Anwalt.

Gisela liebt ihren Mann, und sie wird ihn weiterhin lieben, auch wenn sie von ihm geschieden ist. Sie ist keine Frau, die ihre Gefühle wie Kleider wechselt.

Das ist es ja, was mich an ihr reizt, das ist es ja, was mich wahrscheinlich nie von ihr loskommen läßt – auch wenn sich nichts erfüllt, gar nichts.

Horst Rossius dachte an die Frauen in seinem Leben.

Aber seit er Gisela kannte, wußte er, daß er sie alle nicht geliebt hatte.

Gisela bewegte sich unter der Bettdecke. Eine Hand kroch hervor, tastete über das andere Kopfkissen, blieb halb geöffnet liegen.

Wie bittend ausgestreckt, bittend und suchend.

»Georg«, murmelte sie, »Georg, wo bist du?«

Und dann, vom Bruchteil einer Sekunde zum anderen, schreckte sie hoch, ihre Lippen öffneten sich zum Schrei –

»Nicht«, sagte Rossius und war bei ihr. »Gisela, bitte, es ist alles gut. Ich bin bei Ihnen.«

Ihre Lippen, blaß und zitternd, schlossen sich.

Ihre Augen prüften sein Gesicht, tasteten es ab nach einer Erklärung.

»Sie haben sich ein bißchen schlecht gefühlt«, sagte er sanft, »ich habe Sie nach Hause gebracht und Ihren Hausarzt angerufen. Er hat Ihnen eine Beruhigungsspritze gegeben.«

»Wo ist mein Mann? Wo sind die Kinder?« Sie hatte das Laken gefaßt, preßte es unter ihr Kinn.

»Sie kommen bald zu Ihnen. Sie haben etwas zu erledigen. Aber sie kommen bald zurück.«

»Dax? Wo ist Dax! Er muß doch hier sein.« Ihr Blick huschte zum Fenster, dann zu der abgedunkelten Nachttischlampe. »Es ist schon dunkel. Dax muß doch längst im Bett sein.«

»Das ist er auch«, sagte Rossius.

»Ich will zu ihm – ich –«, Gisela schob ihn mit einer Handbewegung weg, setzte die Füße aus dem Bett, stand auf.

Sie taumelte, und er konnte sie gerade noch auffangen.

»Gisela, Sie sind zu müde von der Spritze. Sie müssen wieder schlafen, legen Sie sich wieder hin.«

»Nein!« Sie klammerte sich an seine Jackettaufschläge. »Es ist doch was passiert? Ich spür's doch! Mit Dax ist was passiert. Ich weiß es doch!«

»Es geht ihm gut«, sagte Rossius und hoffte, daß es so war. »Aber Sie müssen jetzt an sich selbst denken.«

»Wenn er doch schläft, wenn er doch in seinem Bett liegt, warum lassen Sie mich dann nicht zu ihm?« flüsterte Gisela.

Er löste ihre Hände, drückte Gisela sanft auf den Bettrand.

»Ich bringe Sie zu Dax«, sagte er.

Zum erstenmal in ihrem Leben berührten nicht Georgs

Hände sie, sondern die Hände eines fremden Mannes. Aber er half ihr so behutsam beim Anziehen, daß es nur ein wenig unwirklich war, aber keine Scheu oder Scham in ihr wecken konnte.

»Wo bringen Sie mich hin?« fragte sie.

Er sah sie ruhig an. »Dax hat einen kleinen Unfall gehabt, ist aber außer jeder Gefahr. Es war sofort Hilfe zur Stelle, und er ist jetzt in besten Händen. Ihr Mann, Petty und Rolf sind schon bei ihm. Ich mache Ihnen nur schnell noch einen Tee, das wird Sie beleben und ein bißchen stärken, und dann bringe ich Sie zu Ihrer Familie.«

»Warum tun Sie das alles für mich?« fragte sie leise, und ihre Augen wichen nicht von seinem Gesicht.

»Weil ich keine Familie habe, um die ich mich kümmern könnte.«

»Sie sind – einsam?« fragte sie stockend.

»Manchmal ein bißchen mehr, manchmal ein bißchen weniger.«

»Sie erinnern mich an jemanden –« Sie brach ab und schlug die Hände vors Gesicht.

Natürlich erinnerte er sie an Georg, wie Georg vor Amerika gewesen war. Aber das sagte sie natürlich nicht.

Sie sagte nur leise: »Danke«, als sie schließlich neben ihm im Taxi saß.

Der Professor hatte Dax sorgfältig untersucht. Er hatte keine weiteren Verletzungen feststellen können als die Platzwunde am Kopf und Hautabschürfungen an Beinen und Armen.

Natürlich war da die Gehirnerschütterung, eine schwere Gehirnerschütterung, die die lange Bewußtlosigkeit des Jungen zur Folge hatte.

»Ihr Sohn hat Glück gehabt«, sagte Professor Ploch, der

Georg zu sich in die Ordination gebeten hatte. Es war ein kleiner karger Raum, wegen der empfindlichen Augen des Arztes nur von einer matten, blaubeschirmten Lampe erhellt.

»Die Umstände, die zu dem Unfall geführt haben, Herr Camberg«, fuhr der Professor fort, »sind, und ich sage dies, ob Sie es hören wollen oder nicht, gelinde ausgedrückt, traurig.«

Georg preßte die Lippen zusammen. Er hätte gern geraucht, um seine Nervosität zu bekämpfen, aber er hatte nicht den Mut dazu.

»Man soll keine Kinder in die Welt setzen, wenn man ihnen nicht Geborgenheit, nicht ein Zuhause geben und erhalten kann«, sagte der Professor scharf.

»Ihr Sohn war auf dem Weg zum Flughafen, auf dem Weg zu seinem Vater in Amerika. Wie seltsam, da Sie doch in Frankfurt sind! Ihre persönlichen Entscheidungen gehen mich nichts an, aber als Arzt gebe ich Ihnen zu bedenken, daß eine Scheidung der Eltern den Kindern in jedem Falle seelische Verletzungen zufügt, die oft nie mehr ganz verheilen. Ihr Sohn ist besonders gefährdet. Er ist ein sensibler Junge, sehr verletzlich, aber auch sehr aufgeweckt; er hat klar und entschlossen gesagt, was er tun werde, als er aus der Bewußtlosigkeit aufwachte.«

»Wenn Sie glauben –«

»Ich glaube gar nichts, Herr Camberg«, unterbrach der Professor, »ich weiß nur, daß Ihr Sohn außer den Verletzungen des Unfalls einen heftigen Schock erlitten hat, der mit Ihnen persönlich zusammenhängen muß. Und wenn ein zehnjähriges Kind einem solchen Schock ausgesetzt werden konnte, dann braucht man ja wohl nicht mehr von elterlicher Fürsorge oder Geborgenheit zu sprechen. Denken Sie darüber nach, Herr Camberg.«

Professor Ploch erhob sich, deutete eine Verbeugung an, reichte Georg aber nicht die Hand.

Georg Camberg war entlassen. Er konnte gehen.

Er stand auf dem Krankenhausflur – zwischen der Ordination des Professors und dem Warteraum, in dem Petty und Rolf saßen.

Er stand auf der Grenzlinie seiner Entscheidung: Hier die Kinder, Petty, Rolf und Dax, und die zwanzig Jahre eines zufriedenen Lebens mit Gisela – Tausende Kilometer entfernt, in Amerika, Jill, das Traumgeschöpf. Und der Staudamm in Wyoming, die Chance seines Lebens.

Man setzt keine Kinder in die Welt, wenn man ihnen nicht Geborgenheit geben und erhalten kann, hallte die Stimme des Arztes mahnend in ihm nach.

Aber Petty und Rolf sind schon fast erwachsen. Sie werden in wenigen Jahren für immer aus dem Haus gehen.

Und Dax?

Ich könnte ihn mitnehmen. Ich könnte ihn mitnehmen in mein neues Leben.

Dax hat immer mehr an mir gehangen als an Gisela oder seinen Geschwistern.

Er hat selbst gesagt, er würde mit mir gehen, wenn ich ihn bloß mitnähme.

Ich werde es von Dax' Entscheidung abhängig machen, dachte Georg, ich werde tun, was er will.

Georg schritt rasch den Korridor entlang, stieg in den Aufzug, stand wenige Minuten später auf der Schwelle zu Dax' Zimmer.

Die Schwester, die neben dem Bett wachte, wandte sich um. Sie legte einen Finger auf die Lippen, flüsterte: »Er schläft jetzt.«

Georg trat auf Zehenspitzen näher.

Immer noch blaß und mit den Rostflecken der Sommersprossen auf den Wangen, lag Dax' Gesicht winzig und spitz in den Kissen.

»Der Herr Professor hat ihm ein ganz leichtes Sedativum gegeben«, flüsterte die Schwester.

»Wann, meinen Sie, kann ich mit ihm sprechen?« fragte Georg.

»Morgen«, die Schwester lächelte zuversichtlich, »ganz bestimmt.«

Aber das sah Georg nicht. Er wandte keinen Blick von dem Gesicht seines kleinen Sohnes.

Einmal glaubte er, daß die Lider ein bißchen zitterten, und dann huschte es wie ein Lächeln um die Mundwinkel; aber das mußte er sich wohl eingebildet haben.

Georg streckte die Hand aus, aber er berührte das Gesicht nicht, hatte nicht den Mut dazu.

Er murmelte: »Gute Nacht, Schwester«, und ging so leise hinaus, wie er gekommen war.

Er wußte jetzt, da er Dax gesehen, daß er dem zehnjährigen Jungen die Entscheidung auf keinen Fall aufbürden durfte.

Er wußte jetzt, daß niemand sie ihm abnahm.

In dem Wartezimmer im Parterre blickten Petty und Rolf ihrem Vater mit harten unnachgiebigen Gesichtern entgegen, und doch flackerte Angst in ihren Augen – und Sorge um den kleinen Bruder.

»Es geht Dax gut«, sagte Georg und hörte selbst, wie gepreßt seine Stimme klang.

Und dann erst sah er Gisela. Sie hatte links von der Tür im toten Blickwinkel gesessen und stand jetzt auf. Für den Bruchteil einer Sekunde wandte sie den Kopf, blickte zu

Horst Rossius hoch, als suche sie bei ihm Halt, suche bei ihm Bestätigung für das, was sie tun wollte.

Es gab Georg einen Stich. Gisela und ein anderer Mann, ihr Anwalt, gewiß, und doch – so schnell verließ sie sich auf ihn, den Fremden?

Aber er hatte kein Recht, ihr dies vorzuhalten. Es war ja seine eigene Schuld. Nur seine Schuld.

Gisela kam auf ihn zu. Sie blieb nah vor ihm stehen, sie legte den Kopf in den Nacken, als könne sie ihn so besser erkennen und prüfen.

»Das werde ich dir nie verzeihen«, sagte sie leise; die anderen konnten es nicht hören; nur er, für den es bestimmt war. Und es war wie ein verdienter Schlag ins Gesicht.

»Du hast Dax gesehen?« fragte sie laut.

»Ja«, sagte er heiser.

»Und –?«

»Es geht ihm gut«, sagte er und wußte doch, daß es nicht das war, wonach sie gefragt hatte.

Er sah, wie ihre Augen naß wurden, ihr Mund begann zu zucken.

»Und?« flüsterte sie noch einmal.

»Ich werde hierbleiben, bis er wieder ganz gesund ist«, sagte er.

Sekundenlang leuchtete es in ihren Augen auf, es sah fast so aus, als wolle ihr Mund lächeln.

Doch dann sagte sie müde: »Das brauchst du nicht zu tun. Du kannst ruhig zurückfliegen nach Amerika.«

»Flieg doch!« rief Petty zornig. »Ja, tu's doch. Wir brauchen dich nicht mehr. Du wirst nicht mehr gebraucht – Vater!«

Gisela wirbelte herum.

»Sei still!« befahl sie ihrer Tochter. Und dann wieder zu

Georg gewandt: »Ich weiß, daß ich mich auf dich verlassen kann.«

Sie machte ein, zwei Schritte von ihm fort, aber nicht mehr, blieb in seiner Nähe, als gebe ihr diese Nähe trotz allem noch Kraft.

»Wir fahren jetzt alle nach Hause«, sagte sie fest. »Wir brauchen alle einen starken Kaffee und was zu essen. Sie natürlich auch, Horst, Sie vor allem.« Gisela lächelte dem Anwalt zu. »Sie haben sich in so guter Weise um uns gekümmert.«

Zwischen Georg und Horst Rossius ging sie nach draußen, den langen Krankenhausflur entlang. Über blaues Linoleum mit dem Geruch nach Bohnerwachs und Farbe.

Und Gisela dachte, so riecht es auch in einem Gerichtsgebäude. So wird es auch sein, wenn wir vor den Richtertisch treten, ich zwischen Georg und Horst Rossius, und zwanzig Jahre Leben, unsere Ehe, mit einem Federstrich ausgelöscht wird.

Auf den Stufen vor dem Krankenhausportal strauchelte sie. Horst Rossius nahm stützend ihren Arm.

Und Gisela dachte mit einer Mischung aus Bitternis und Ironie, die ihr vor gar nicht langer Zeit noch vollkommen fremd gewesen war: Mein Anwalt – er ist der neue Mann an meiner Seite.

Paradise Grove war der Landsitz der Martins, etwa zwanzig Meilen von New York entfernt.

Das Haus, im englischen Kolonialstil erbaut, lag auf einem Hügel, überblickte einen Bachlauf, den Weiden säumten, einen Mimosenhain und sanfte Rasenflächen mit Inseln silbriger Birken und blauschwarzer Tannen.

Jill liebte Paradise Grove. Hier war sie aufgewachsen, hier kannte sie jeden Winkel des Parks, jeden Winkel des

Hauses. Und hier lebte sie allein zur Zeit – fern vom wahnwitzigen Hexenkessel New York.

Hier wartete sie auf Georg.

Sie hatte ihrem Vater längst vergeben, daß er Georg sozusagen ›auf Probe‹ zu seiner Familie zurückgeschickt hatte.

Sie hatte längst das alte Vertrauen zu den Entscheidungen ihres Vaters, die nie der Weitsicht, der Sicht in die Zukunft entbehrten, zurückgewonnen.

War er es nicht schließlich gewesen, der sie ruhig, aber bestimmt jenem Zirkel von reichen jungen New Yorkern fernhielt, die, kaum achtzehn, neunzehn oder zwanzig, schon ihres Lebens überdrüssig waren und ihr Dasein allenfalls noch erträglich fanden, wenn sie es mit Aufputschmitteln würzten, harte Drogen nahmen?

War er es nicht gewesen, der sie aus Los Angeles zurückholte, als sie glaubte, in einem jungen, vielbewunderten Schauspieler zum erstenmal der Liebe zu begegnen, bis sie von den Perversitäten erfuhr, die er seinen jeweiligen Gespielinnen zumutete?

Und jetzt, da sie die wirklichen Gründe kannte, wußte, warum ihre Mutter Selbstmord begangen hatte, war sie ihrem Vater nähergekommen, verstand sie ihn besser.

Verstand, daß er für sie, seine einzige Tochter, nur das Beste wollte. Und daß er vor allem Georg Camberg für sie wollte.

Aber er sollte freiwillig zu ihr zurückkehren, zu ihr und einem neuen Leben, hatte ihr Vater gesagt. Darum hatte er ihn fortgeschickt – damit er für immer zurückkam.

Jill erinnerte sich an jede zärtliche Geste, an seine Leidenschaft, die wie Feuer war, das sie aber nicht verbrannte, sondern stärkte und glücklich machte, tief glücklich, wie sie es nie vorher gewesen war.

Sie erinnerte sich aber auch an seine Zweifel und seine Trauer, weil er ihretwegen seine Familie verlassen mußte – und sie liebte ihn um so mehr dafür.

Sie wußte, daß er zurückkommen würde. Sie wußte, daß er zu ihr kommen würde, frei von den Bindungen an Europa, frei von den Bindungen an seine Familie.

Hier würde sie ihr neues Leben mit ihm beginnen. In Paradise Grove.

Jill lächelte vor sich hin, während sie jetzt am Frühstückstisch die silberne Kanne hob, um ihrem Vater Kaffee einzuschenken.

Er war über das Wochenende herausgekommen, um sich von den Strapazen der vielen Konferenzen und Besprechungen zu erholen, Strapazen, die er sich in New York nie anmerken ließ. Hier durfte John Martin so alt sein, wie er war – und auch ein bißchen müde, hier durfte er sich gehenlassen.

Er trug ausgebeulte Kordhosen, ein Hemd lose darüber, das seinen Bauch nicht kaschierte, und er hatte sich auch nicht rasiert. Er sah aus wie ein wohlhabender Pensionär, der seinen Ruhestand genießt.

»So gefällst du mir am besten«, sagte Jill. »Ich wünschte, du würdest nie, nie anders aussehen.« Sie beugte sich über den Tisch und küßte ihn auf die Nase. »Mein lieber Dady«, sagte sie zärtlich, »bald kannst du dich zur Ruhe setzen, wenn du willst.«

Er kniff die Augen zusammen. »Wieso?«

»Nun«, sagte Jill leichthin, »du wirst doch bald einen Schwiegersohn haben, auf den du dich verlassen kannst.«

»Meinst du?« fragte John Martin.

»Natürlich«, sagte sie fröhlich. »Kannst du dir einen anständigeren und besseren Mann für mich vorstellen, als George?«

John Martin schlürfte den heißen Kaffee, begann Ahornsirup auf den knusprigen Buchweizenpfannkuchen zu träufeln, den Jill ihm von der silbernen Wärmeplatte vorgelegt hatte.

»Ja, anständig ist er«, sagte John Martin bedächtig, »aber kein Mann von schnellen Entschlüssen. Was macht dich denn überhaupt so sicher, daß er wieder zu dir zurückkommt?«

»Ich weiß es eben«, lächelte Jill.

»Hast du Post von ihm?«

»Nein«, sie schüttelte den Kopf.

»Er ist seit fast vier Wochen drüben. Ich verstehe nicht, wozu er so lange braucht.«

»Aber Daddy, George muß eben sein altes Leben ad acta legen.«

»Was macht dich so sicher, daß er es wirklich tut?« fragte John Martin und ließ keinen Blick von seiner Tochter. »Mir wäre es wirklich lieber gewesen, du hättest einen netten amerikanischen Jungen gefunden.«

»Aber Daddy, jetzt schwindelst du. Wir wissen beide, daß es keinen besseren Mann für mich gibt.«

»Wenn er dich nicht glücklich macht, werde ich ihn zerquetschen wie eine Laus!«

»George wird zurückkommen, und wir werden glücklich sein. Ich weiß es«, sagte Jill.

Aber zehn Tage später war Jill nicht mehr so sicher. Zehn Tage später kam die Angst.

Fünfunddreißig Tage war George nun schon in Europa. Fünfunddreißig Tage bei seiner Familie – seinen Kindern, seiner Frau. Und immer noch hatte sie keine Post von ihm bekommen, keinen Anruf. Nichts.

Plötzlich war Paradise Grove kein wohlvertrautes Heim

mehr, es war ein Gefängnis, in dem die Zweifel sie Tag und Nacht quälten.

Für oder gegen mich, George? Wie wirst du dich entscheiden?

Und dann, einen Tag vor Heiligabend, hielt Jill Martin die Ungewißheit nicht mehr aus.

Sie rief das New Yorker Büro der Lufthansa an, ließ sich First Class New York–Frankfurt reservieren.

Und am Heiligabend, in dichtem Schneetreiben, traf sie in Frankfurt am Main ein.

Georg hatte versprochen zu bleiben, bis sein Sohn Dax wieder gesund und aus dem Krankenhaus entlassen war.

Er hatte dieses Versprechen gehalten. Er selbst hatte Dax vor vierzehn Tagen aus dem Krankenhaus abgeholt.

Strahlend und lebhaft – der ewige Kobold – war Dax um ihn herumgesprungen.

Keine Frage mehr: »Vati, du bleibst doch bei uns?« Für Dax war es selbstverständlich.

Und auch Gisela fragte nicht mehr: »Bleibst du? Wie lange bleibst du?«

Die Zukunft schien unendlich weit, weil sie alle vermieden, darüber zu sprechen.

Sie lebten, wie sie früher gelebt – ohne Streit, zufrieden.

Die einzige – stillschweigend zwischen Gisela und Georg getroffene Änderung: Er schlief in seinem Arbeitszimmer. Dax, der das natürlich als einziger komisch fand, bekam die Erklärung, sein Vater müsse abends lange arbeiten, und er gab sich damit zufrieden.

Georg bewunderte Giselas Gelassenheit in diesen Tagen. Sie stellte keine Fragen, machte ihm keine Vorhaltungen – nichts. Sie machte es ihm leicht, zu bleiben, und leicht, fortzugehen.

Und gerade deswegen wußte er nicht mehr, was er tun sollte.

Nur Petty und Rolf waren unversöhnlich. Sie gingen ihm aus dem Weg. Sie sprachen nur das Nötigste mit ihm.

Und genau das hielt die Wunde schwärend offen – die Wunde seiner Sehnsucht nach Jill.

Sie war in all seinen Träumen. Sie war in seinen Gedanken, was immer er auch tat.

Und doch wußte er nicht, was er tun sollte.

Er stand wieder auf der Grenzlinie zweier Leben. Tat nicht den entscheidenden Schritt. Zögerte. Noch immer. Auch heute, am Heiligabend.

Das ganze Haus roch nach dem Mandelgebäck, das Gisela wie in jedem Jahr gebacken hatte.

Es roch nach der gefüllten Kalbsbrust, die in der Röhre schmorte, nach den Pfefferkuchen, die Rolf und Petty in der Küche mit bunter Zuckerglasur überzogen.

Und es roch nach Tischlerleim, den Dax in seinem Zimmer hinter verschlossener Tür in riesigen Mengen verwendete.

Aber es war ja auch ein großes Vorhaben, das es für Dax zu beenden galt.

Das wichtigste und schönste Geschenk, das er seinem Vati machen konnte.

Dax hatte sein Taschengeld, das er für Wagenwaschen, den Abfalleimer in die Mülltonne ausleeren und Schneekehren im Vorgarten bekam, in Sperrholz angelegt.

Eine unglaubliche Menge Sperrholz.

Geheimnisvoll und geduldig hatte er das Sperrholz zersägt; niemandem hatte er verraten, wozu.

Und jetzt war er dabei, die einzelnen Teile zusammenzuleimen. Der Tischlerleim stank, und Dax kriegte klebrige Haare und Hände davon.

Was schließlich bei seiner Werkelei herauskam, hatte große Änlichkeit mit einem Waschzuber.

Aber sein Vati würde schon verstehen, was es war. Und zur Sicherheit konnte er ja noch einen Zettel daranheften.

Mit großen roten Blockbuchstaben malte Dax sorgfältig auf ein Stück grünes Weihnachtspapier: Vatis Staudamm in Wyoming.

Dax betrachtete sein Werk mit tiefen Seufzern des Wohlgefallens.

Im Wohnzimmer klingelte die Silberglocke die Bescherung ein.

Und gleichzeitig hörte Dax das Hupen eines Autos vor dem Haus.

Besuch – jetzt noch?

Dax lief zum Fenster, schob die Gardine zur Seite.

Er sah ein wunderschönes Auto unter der Laterne stehen, silbrig und schmal wie ein Fisch.

»Mann, is das 'n Ding!« murmelte er bewundernd.

Und dann stieg ein Mädchen aus, das auch ganz silbern war. Sie blieb reglos neben dem Wagen stehen.

Und dann öffnete sich die Haustür – Dax drückte vor Aufregung und Neugier seine Nase an der Fensterscheibe platt und sah, daß sein Vati aus dem Haus trat.

Ja, der blieb stehen, als habe ihn der Blitz getroffen.

Aber dann lief er auf das Mädchen zu.

Und das Mädchen breitete seine Arme aus und fiel ihm um den Hals.

Na so was! Aber das war gar keine Verblüffung mehr.

Das war ein dicker Kloß der Angst, der plötzlich in Dax' Brust saß.

Aber was machte denn der Vati da?

Der stieg ja in den Wagen!

Der stieg in den Wagen, und drüben aus dem Wohnzimmer bimmelte es doch zur Bescherung!

Die Scheinwerfer des Wagens blitzten auf, der Motor dröhnte ganz laut, und dann schoß das Auto davon.

»Vati!« schrie Dax entsetzt, »Vati, wo fährst du denn hin?«

»Jill, warum bist du hierhergekommen?« fragte Georg. Er brachte die Worte kaum heraus.

Heiligabend – die Kinder warteten zu Hause auf die Bescherung, und er saß hier, neben Jill, in dem Wagen, den sie sich am Flughafen gemietet hatte, keine zweihundert Meter von seinem Haus entfernt.

»Jill?«

Ihre Hände umklammerten immer noch das Lenkrad. Der Widerschein des Armaturenbretts lag auf ihrem Gesicht, ließ es noch zarter, noch schutzbedürftiger als sonst erscheinen.

»Bitte, Jill, antworte mir doch.«

Da wandte sie ihm ganz langsam den Kopf zu, blickte ihn mit ihren sanften dunklen Augen an.

»Ich dachte, du solltest es als erster erfahren«, sagte sie leise. »George, ich bekomme dein Kind.«

Er rührte sich nicht, sagte kein Wort.

»George«, sagte Jill leise, und ihre Fingerspitzen berührten seine Wange, »George, ich habe dir etwas mitgeteilt.«

»Ja«, sagte er endlich und erkannte seine eigene Stimme nicht. »Ja, Jill, ich habe es gehört.«

»Und – und freust du dich denn nicht?« Ihre Stimme brach, und ihr Gesicht, dieses glatte, schimmernde Oval, zerbrach. So mußte sie als Kind ausgesehen haben mit großen dunklen, unglücklichen Augen voller Tränen.

»Jill«, sagte er und zog sie in seine Arme. »Bitte, bitte wein nicht. Natürlich freue ich mich.«

Sie kriegt mein Kind, dachte er, sie kriegt ein Kind von mir. Und jetzt ist alles entschieden. Jetzt gibt es kein Zurück mehr.

Da war Erleichterung in ihm, daß die Entscheidung gefallen war. Aber auch das Schuldbewußtsein, daß er diese Entscheidung nicht früher aus sich selbst getroffen hatte.

»Wir werden glücklich sein«, flüsterte sie eifrig. »George, ich verspreche dir, wir werden glücklich sein. Ich weiß ja, was du für mich aufgibst. Ich weiß ja alles. Aber wir beide und unser Kind, wir werden sehr glücklich sein.«

»Natürlich, Jill«, sagte er – noch ohne Überzeugung. »Natürlich, Jill.«

Er streichelte ihr seidenweiches Silberhaar.

»Du fliegst mit mir zurück, nicht wahr?« bettelte sie. »Du läßt mich nicht allein nach Amerika zurückgehen, nicht wahr? Ich könnte es nicht ertragen. Ich bin nichts ohne dich, George. Ich kann nicht essen und nicht trinken und nicht schlafen ohne dich. Laß mich nie mehr allein. Bitte, laß mich nie mehr allein.«

Er hörte nicht auf, ihr Haar zu streicheln, und er hatte das Gefühl, als drehe sich sein Herz um und um.

Warum kann ein Mann nicht glücklich bleiben mit dem, was er hat? Warum muß die Versuchung kommen, eine Versuchung nach zwanzig Jahren? Und warum muß dann plötzlich alles entschieden sein?

»Jill«, sagte er, »ich muß dich heute abend noch einmal allein lassen. Bitte, du mußt das verstehen.«

»Du – du gehst zurück? Zu deiner – Familie?«

»Es ist Heiligabend«, sagte er. »Siehst du, Dax – er war

sehr krank. Er ist der Kleinste, gerade zehn. Er braucht mich. Wenigstens heute abend braucht er mich noch.«

Jill erwiderte nichts, aber sie zitterte in seinen Armen.

»Wo wohnst du – in Frankfurt, meine ich?« fragte er.

»Ich weiß es noch nicht«, sagte sie tonlos. »Ich habe mir am Flughafen gleich den Wagen gemietet und bin zu dir gekommen. Ich habe noch gar nicht darüber nachgedacht, wo ich wohnen soll.«

»Ich fahre dich in die Stadt«, sagte er. »Ich bringe dich in ein Hotel. Später – ich meine, morgen früh, komme ich dann zu dir. Bitte, versteh es.«

»Ja«, sagte sie, »ich will es verstehen.«

Stumm und in sich zusammengekauert saß sie neben ihm, während er durch die stillen Straßen fuhr.

Einmal torkelte ein Betrunkener über ihren Weg.

Sie sahen einen Verkehrspolizisten an einer Kreuzung, an der es nichts zu regeln gab.

Vor dem Hotel – Georg hatte den ›Frankfurter Hof‹ gewählt – riß der Portier den Schlag für Jill auf, schnarrte »Fröhliche Weihnachten, gnädige Frau«.

Jill stieg rasch aus.

Sie beugte sich noch einmal in den Wagen hinein, flüsterte heiser, fast schluchzend: »Gute Nacht. Und vergiß mich nicht.«

Georg fuhr nach Hause zurück. Er wußte, daß ihm der schwerste Abend seines Lebens bevorstand.

6

Die Kerzen der Tanne waren heruntergebrannt.

Da war nur noch ganz fern und schon schal der Duft nach dem Weihnachtsbraten, den Zimtsternen, dem Mandelgebäck, den Pfefferkuchen.

Gisela knipste das Deckenlicht an, als Georg das Wohnzimmer betrat.

Hoch aufgerichtet stand sie neben der Couch, die rechte Hand – einziges Zeugnis ihrer Erregung – fest um die Lehne gekrampft. Ihr Gesicht war ohne jeden Ausdruck, weiß, hart, ohne Leben.

Sie sah ihn lange an, als habe sie ihn noch nie gesehen, als sei er ein Fremder, dem man mißtrauen müsse.

»Ich bitte dich um Verzeihung«, sagte er.

»Ich wüßte nicht, wofür.«

»Ich habe es nicht gewußt.«

»Ich weiß nicht, wovon du redest.«

»Jill ist in Frankfurt.«

»Das geht mich nichts an.«

»Sie war hier – hier vor dem Haus.«

»Das finde ich allerdings geschmacklos.«

»Gisela – versuch zu verstehen –«

Er verstummte, denn wie sollte sie denn verstehen? Wie konnte er überhaupt von ihr verlangen, daß sie verstand?

»Ich habe deine Koffer gepackt«, sagte Gisela. »Die Kinder wollen sich nicht von dir verabschieden.«

»Aber Dax –«, entfuhr es ihm.

»Auch Dax nicht«, sagte Gisela. »Er erst recht nicht.«

Sie trat einen Schritt zur Seite, und dann gab sie einem

hölzernen Ding, das aussah wie ein Waschtrog, einen Fußtritt, daß es bis zu ihm kollerte.

»Dax hat dir deinen Staudamm gebaut, als Überraschung. Damit du dem in Wyoming nicht zu sehr nachtrauern solltest.«

Er sah Tränen in ihren Augen und dann Haß. Erbarmungslosen Haß.

»Aber ich hoffe, daß dir dieser Staudamm das Genick brechen wird!« Gisela ballte die Hände zu Fäusten, preßte sie vor den Mund, und dann stürzte sie aus dem Zimmer.

Georg hielt sie nicht auf. Wozu auch? Er hatte jedes Recht darauf verspielt.

Er verließ sein Haus wie ein Eindringling in der Nacht.

Er sah Gisela nicht mehr und auch nicht die Kinder. Er saß hinter dem Steuer des Wagens, den Jill gemietet hatte, und eine Weile lang machten ihn die Tränen blind.

Warum kann ein Mann nicht zufrieden bleiben, mit dem was er besitzt, was ihn Jahre glücklich gemacht hat?

Er fand nur eine Antwort: Ich liebe Jill, und sie bekommt ein Kind von mir, und wir werden ein neues Leben anfangen.

Konnte – durfte – man aber auf dem Unglück anderer Menschen sein eigenes Glück aufbauen?

»Wie lang ist das schon her? Erst fiel mir das Vergessen schwer, dann kam ein anderer Mann, und alles fing von neuem an ...«

Die Stimme der Hildegard Knef erfüllte mit ihrem unnachahmlich spröden Charme die kleine Diskothek.

An der Bar, unter violettem Lichterspiel, saßen junge Leute, die Mädchen mit langem Perückenhaar, die jungen Männer mit gelangweilten Mienen.

In den Nischen saßen ältere Pärchen, sichtlich wohlsituiert, mit ergiebigen Brieftaschen und leeren Gesichtern.

Horst Rossius lächelte ein bißchen traurig. »Wenn es hier nicht die besten Steaks von Frankfurt gäbe ...«

Gisela schüttelte den Kopf, berührte flüchtig seine Hand mit ihren Fingerspitzen.

»Es gefällt mir hier, wirklich«, log sie. Wenn man seit Monaten eine Maske der Gleichgültigkeit trug, fiel einem das Lügen nicht mehr schwer. Wenn man aus dem Nichts ein neues Leben aufbauen wollte – dann mußte man lügen, ob man wollte oder nicht.

Da muß man verkünden, daß man sich genau das schon immer gewünscht hat: eine Frau zu sein, die Karriere macht; eine Frau zu sein, die auf eigenen Füßen steht. Ohne Mann. Die für ihre Kinder und sich selbst sorgt.

Natürlich macht das Spaß! Seht mich doch alle an. Ich lache, ich bin fröhlich, ich habe wieder Schwung.

Was war ich denn vorher – pah, nichts als eine langweilige Hausfrau.

Aber jetzt, jetzt habe ich es geschafft. Ich lebe in Scheidung. Seit einem halben Jahr in Scheidung. Um genau zu sein, seit Weihnachten. Na und? Angela und all ihr Freunde, ich brauche euer Mitleid nicht, ich stehe fest auf eigenen Füßen!

»Sie haben es geschafft«, sagte Horst Rossius, als habe er ihre Gedanken erraten. Er hob das Glas, in dem zur Feier des Tages französischer Champagner perlte.

»Auf Ihr Wohl, Gisela. Auf all das, was Sie sind.«

Sie lächelte ihn an und fand ihr Spiegelbild in seinen hellen Augen. Eine gepflegte Frau von zweiundvierzig, der man die Jahre nun auch ansah, mit weißen Strähnen im honigblonden Haar.

»Auf die Boutique ›Gisela‹.«

»Auf die Boutique ›Gisela‹! wiederholte sie, und da stolperte ihr Herz doch, und sie dachte, lieber Gott, laß wenigstens das gelingen, laß mich wenigstens damit keinen Schiffbruch erleiden.

Ab morgen früh um Punkt halb neun würde sie in dem winzigen Laden in der Großen Bockenheimer stehen und Porzellan verkaufen, altes Meißen und zartes Sèvres, ein paar ausgesucht schöne alte Brokatdecken und einige wenige gute, aus Privatbesitz stammende Schmuckstücke. Ein winziges Antiquitätengeschäft, für das sie das Haus und alle Ersparnisse geopfert hatte und das nun die von Georg unabhängige Existenz für sie und die Kinder gewährleisten sollte.

Horst Rossius hatte ihr dazu geraten. Er beriet sie ständig seit Weihnachten – als Anwalt und Freund.

Er ist nett, sagten die Kinder von ihm – aber das war auch ihr einziger Kommentar.

Ja, er ist nett, dachte Gisela, und es war das einzige, was sie empfand, wenn sie an ihn dachte.

Nur Dax haßte den jungen Anwalt, haßte ihn mit der Inbrunst eines Kindes, das instinktiv Hintergründe wittert.

»Bitte lächeln Sie«, sagte Horst Rossius, »Sie sind so schön, wenn Sie lächeln.«

Gisela lächelte.

Der Ober servierte die Steaks, mit viel grüner Kresse und zarten Selleriestauden in grüner Sauce.

Sie blieben beim Champagner und gingen später zu altem französischem Cognac über.

Sie sprachen vom Wetter, das in diesem Sommer wieder sehr unbeständig zu werden schien. Sie sprachen von der beginnenden Urlaubszeit, die Giselas Kinder Ferien an der Ostsee bescheren sollte; allein, zum erstenmal ohne die Eltern.

Petty war ein bißchen launisch in letzter Zeit, Rolf dafür um so aufmerksamer und liebenswürdiger seiner Mutter gegenüber.

Gisela verschwieg, daß ihr gerade dies Sorgen machte, wie die berühmte Ruhe vor dem gewiß zu erwartenden Sturm.

Aber sie verschwieg so viele ihrer Gedanken und Gefühle in letzter Zeit, daß es auf ein bißchen mehr oder weniger gar nicht mehr ankam.

Sie tanzte mit Horst Rossius, als wieder die Knef sang: »Wie lang ist das schon her . . .«

Und Gisela lehnte ihre Wange an Horst Rossius' Wange, und sie dachte, vielleicht wird es mir eines Tages auch nicht mehr schwerfallen, zu vergessen.

Ich will ja vergessen, mein Gott, ich will ja nichts anderes als vergessen.

Ein wenig später verließen sie die Diskothek.

Es war ein warmer Maiabend, und Mücken tanzten um die Straßenlaternen.

»Wohin jetzt?« fragte Rossius, als sie zu seinem Wagen gingen.

»Ich weiß nicht«, murmelte Gisela und dachte, entscheide du, tu es für mich, tu das, was du willst.

Sie ließ sich in das Wagenpolster gleiten; es war warm und weich, und sie legte den Kopf zurück und schloß die Augen.

Ich bin müde, dachte sie, einfach schrecklich müde.

Ich hätte den Cognac nicht mehr trinken sollen.

Sie hörte das Aufbrummen des Motors, spürte, wie der Wagen anfuhr.

Sie öffnete die Augen erst wieder, als der Wagen hielt.

Er hielt vor dem Haus, in dem sie seit drei Wochen mit ihren Kindern in einer Vierzimmerwohnung lebte.

»Sie sind müde«, sagte Horst Rossius, »wir sehen uns morgen.« Er ergriff ihre Hand, beugte sich darüber.

Sie sah auf seinen schmalen Nacken herunter, und mit einemmal war Mitleid da. Mitleid mit ihm, dem ewig Geduldigen, der immer nur das tat, was sie wollte.

»Horst«, sagte sie, »kommen Sie noch mit hinauf. Sie sollen wenigstens noch einen Kaffee bekommen.«

»Lieber nicht«, er lächelte flüchtig, »Ihre Kinder hätten das gewiß nicht gern.«

Da beugte sie sich rasch vor, küßte ihn auf die Wange.

»Horst«, sagte sie hastig, ehe sie es noch zu Ende gedacht, »Horst, ich möchte – irgendwohin. Verstehen Sie, nicht nach oben jetzt. Der Abend soll noch nicht zu Ende sein. Ich möchte nicht nach Hause, Horst.«

Denn plötzlich war da auch die Angst, wieder allein zu sein. In den neuen, engen, noch ungewohnten Wänden ihrer Wohnung, die nichts atmete als den Schlaf der Kinder.

Ihrer Kinder, gewiß.

Aber Kinder sind nicht alles.

Kinder führen ihr eigenes Leben. Und man darf sie nicht belasten. Man darf ihnen die eigenen Sorgen und Ängste nicht aufbürden.

»Horst, nehmen Sie mich mit, irgendwohin«, flüsterte Gisela, und sie dachte, ich will nicht allein sein, ich will vergessen, einmal, nur ein einziges Mal alles vergessen.

Sie schlang die Arme um seinen Hals. Er war ihr Retter. Er war doch nett. Und er liebte sie. Sie wußte doch, daß er sie liebte.

Sie spürte seine Hände auf ihrem Rücken, und sie gaben ihr Wärme und Halt.

Sie hob ihr Gesicht und spürte seinen Mund auf ihren Lippen und dachte, ja, warum denn nicht, warum denn eigentlich nicht?

»Fahren Sie irgendwohin mit mir«, flüsterte Gisela. »Nur weit, weit weg.«

Dax konnte nicht schlafen. Der Mond schien so blöde in sein Zimmer, genau aufs Bett.

Der Mond hatte ein Gesicht wie ein griesgrämiger alter Mann, wie Herr Polts von unten, der Hausmeister.

Wo der nur konnte, triezte er einen; zwickte ihn, Dax, in die Ohren, schnauzte ihn an, bloß weil er ein einziges Mal mit dreckigen Schuhen über die weißen Marmorstufen gepatscht war.

Aber wie soll ich denn saubere Schuhe haben, wenn's draußen regnet, dachte Dax.

Blöder Kerl.

Ich wünschte, wir wohnten noch zu Hause. Ich wünschte, ich könnte wieder im Garten spielen. Und Mami hat nie geschimpft, wenn ich mal mit dreckigen Füßen durch die Gegend lief.

Aber die ist ja auch komisch geworden in letzter Zeit, immer nervös und immer so eilig. Bloß alles wegen dem Geschäft, was sie morgen aufmacht. Wegen der neuen Existenz.

Hätte sich ja auch was anderes zum Verkaufen aussuchen können, Spielsachen zum Beispiel, das wäre viel lustiger.

Aber nee – ›Antiquitäten‹, dachte Dax wütend. Komisches Wort, das niemand richtig aussprechen kann.

Er drehte sich auf den Bauch und spielte eine Weile lang Unterseeboot unter der Bettdecke.

Das Schnappen der Wohnungstür unterbrach sein Spiel.

Er setzte sich wieder auf, lauschte.

Ach, bloß Rolf.

Mit dem war auch nichts los, kümmerte sich überhaupt nicht um einen. Hatte auch nie Zeit.

Dazu hatte er jetzt so komische Freunde mit ganz langen Haaren, die aussahen wie Mädchen und immer daherredeten von permanenter Revolution oder so was – auch blöd, auch nichts, was man verstand.

Ja, es war schon ein blödes Leben, seit Vati weg war. Ganz blöd – man konnte sich überhaupt nicht dran gewöhnen.

War sowieso besser, überhaupt nicht dran zu denken.

»He«, sagte Rolf von der Tür her und glitt ins Zimmer wie ein Schatten, »schläfst du schon?«

»Na klar«, brummte Dax, »besonders, wennste mich weckst.«

»Idiot«, sagte Rolf. Er kam schnell zum Bett rüber, fuhr seinem kleinen Bruder durch das wuschelige Haar. »Hör mal, kannste mir 'nen Gefallen tun?«

»Was denn?« fragte Dax.

»Ich schenk' dir auch zwei Mark.«

»Wofür?« fragte Dax mißtrauisch.

»Nur so«, sagte Rolf, »du schenkst mir dafür einen von deinen Rennwagen.«

»Nee«, sagte Dax, »kommt gar nicht in die Tüte.«

»Mensch, du hast doch so viele.«

»Nee«, sagte Dax und schüttelte energisch den Kopf. »Das sind doch Andenken.«

»Ich brauch' aber gerade so einen.«

»Aber was willste denn überhaupt damit?« fragte Dax.

»Mensch, du bist wirklich 'ne trübe Tasse, bloß, weil Vater sie selbst gemacht und dir geschenkt hat. Einen kannste doch entbehren.«

»Okay«, sagte Dax, aber er hatte dabei einen Kloß im Hals, »dann nimm ihn dir, den roten.«

Wieder fuhr ihm Rolf durchs Haar, dann klimperte das Zweimarkstück auf Dax' Nachttisch. Dax rührte es nicht an.

Rolf ging zum Schrank, in dem Dax sein Spielzeug verwahrte, nahm den kleinen roten Rennwagen heraus.

»Nacht, Alter«, grinste er und war verschwunden.

Dax blieb mucksmäuschenstill in seinem Bett liegen, bis es wieder ganz ruhig in der Wohnung geworden war.

Dann stand er auf, schlich vorsichtig zur Tür. Zentimeter um Zentimeter drückte er die Klinke herunter, huschte in den Flur.

Durch das Schlüsselloch von Rolfs Zimmer schimmerte Licht. Dax preßte sein Auge daran.

Er konnte Rolf ganz genau erkennen. Er saß an seinem Schreibtisch und montierte mit einem kleinen Schraubenzieher die Reifen der Räder ab. Er schüttete ein weißes Pulver in winzige Schläuche und preßte diese in die Rillen der Räder. Dann zog er wieder die Reifen darüber.

Dax schaute atemlos zu – nicht weil er verstand, was da geschah, sondern weil er instinktiv ahnte, daß dieses weiße Pulver etwas war, das Rolf verstecken wollte – also, daß dort etwas Unrechtes geschah.

Als draußen im Hausflur Pettys Schritte näher kamen, huschte Dax schnell in sein Zimmer zurück, kroch wieder ins Bett.

Aber schlafen konnte er jetzt erst recht nicht mehr.

Der Abend fiel mit violetten Schatten in das Tal von Purpleheart in Wyoming.

Über den winzigen Ort und die strohgedeckte Bauernkate, das Haus, in dem für Georg und Jill alles begonnen hatte, senkten sich silbrige Nebel.

Die Sonne glitt jetzt ganz schnell hinter die Berge, färbte die steinernen Gipfel tiefrot.

»Es ist immer wieder schön«, sagte Jill leise. »Es ist immer wieder neu.« Sie schmiegte sich in Georgs Arm. Sie saß neben ihm in dem gelben Jeep, mit dem sie die riesige Baustelle des Staudamms abgefahren waren – zur Routine gewordene Inspektionsfahrt an jedem Abend.

»Ja, es ist schön«, sagte Georg. Er blickte zärtlich auf sie herunter. Jill trug einen weiten weißen Lammfellmantel, aber auch wenn sie ihn nicht trug, sah man ihr kaum an, daß sie das Kind erwartete.

Jill war ein wenig voller geworden, aber sie war noch immer zart, sein Traumgeschöpf.

»Ich bin froh, daß du zu mir gekommen bist«, sagte er.

»Ich hätte es keinen Tag länger in Paradise Grove ohne dich ausgehalten«, sie lächelte. »Ich habe mich so nach dir gesehnt.«

»Bald werden wir für immer zusammen sein«, sagte er. »Sobald die Scheidung rechtskräftig ist, heiraten wir.«

»Weißt du, was ich möchte?« flüsterte Jill. »Wenn alles vorbei ist – ich meine, wenn der Staudamm fertig ist, möchte ich, daß wir hier ein Haus bauen. Gar nicht besonders groß. Nur für uns beide, damit wir immer hierher zurückkommen können, wo alles anfing, dann und wann.«

»Unser kleines Haus in Purpleheart«, lächelte Georg. »Du bist eine Romantikerin.«

»Stört dich das?« fragte sie und rieb ihre Wange an seiner Brust.

»Natürlich nicht«, sagte er. »Ich liebe dich so, wie du bist.«

Georg sagte es auf englisch, obwohl Jill deutsch mit ihm sprach, mit einem zauberhaft unbeholfenen Akzent, der ihn immer wieder anrührte.

»Isch liebe disch«, sagte sie.

Und ihm war, als solle er die Augen schließen, weil ihr Lächeln ihn so blendete.

Aber dann sah er, wie sich ihre Augen wie mit einem Schleier überzogen.

»Kleines«, sagte er, »was ist denn?«

»Wir sprechen nie davon«, murmelte sie.

»Wovon?« fragte er behutsam.

Sie wandte ihr Gesicht ab. »Von deiner Familie. Manchmal denke ich, es ist unrecht, so glücklich zu sein. Ich habe dich ihnen weggenommen. Ich bin einfach in dein Leben gestolpert. Ich habe dich deinen Kindern in Deutschland weggenommen, um meinem Kind einen Vater zu geben, ja. Aber vor allem, weil ich – weil ich nicht ohne dich sein kann. George, George, darf man wirklich glücklich sein, wenn man anderen Menschen Böses angetan hat?«

»Du hast niemandem Böses getan, Jill«, sagte er heiser. »Niemandem. Daß ich bei dir bin, jetzt und in Zukunft, war mein eigener Entschluß. Wenn jemand Schuld hat, bin ich es. Aber gerade das gibt dir – und auch mir – die Verpflichtung, jetzt miteinander glücklich zu sein. Verstehst du das?«

»Ja, mein lieber Georg«, sagte sie auf deutsch, und da war wieder dieser tiefe warme Glanz in ihren Augen. »Und du machst misch sehr, sehr glücklich, mein lieber Georg.«

Sie nickte, daß ihr Silberhaar tanzte, und sie sahen sich an, und da konnten sie mit einemmal lachen.

Sie lachten hell und beinahe ungebärdig, wie Kinder es tun, die einfach glücklich und übermütig sind.

Und sie überhörten das Grollen.

Hörten das Grollen des Berges erst, als es zu spät war.

»George, was ist das!« schrie Jill.

Und ihr Gesicht war weiß und weit vor Entsetzen, riesengroß die Augen, riesengroß und schwarz – so sollte er sie zum letztenmal sehen. Zum allerletzten Mal.

Das Grollen des Berges zerriß die Luft, zerriß den Abend und schleuderte sie in die Nacht – mit Felsbrocken und entwurzelten Bäumen, mit Steinquadern, aus der Flanke des Berges gerissen, den die Bagger angenagt hatten, um Purpleheart in einem Staudamm zu ertränken.

Auf dem Kamm des Berges, im Messezelt I der Staudammleitung, saßen die Ingenieure beim Abendessen nach einem langen, arbeitsreichen Tag. Whisky und Cola hatten die Runde gemacht, die Müdigkeit aus dem Gehirn gefegt. Den knurrenden Magen besänftigten riesige Steaks, Unmengen von sweet baked potatoes und rote heiße Chilibohnen.

Das Grollen des Berges hielten sie zuerst für ein nahendes Gewitter, doch es schwoll in Sekunden zu ohrenbetäubendem Donnern an. Die Erde bebte, das Messezelt schwankte. Die Männer starrten sich verblüfft an, stürzten dann nach draußen.

Sie sahen die gewaltige Steinlawine, die donnernd zu Tal ging. Sie sahen, wie der gelbe Jeep von der Straße an der Flanke des Berges hochgerissen und wie ein Spielzeug durch die Luft gewirbelt wurde.

Sie sahen auch die beiden Menschen, die wie winzige Puppen aus dem Wagen geschleudert wurden. Sahen dann nichts mehr als einen riesigen, gelbschwarzen Staubpilz, der sich aus dem Tal in den Himmel blähte.

Einer der Ingenieure, der Norweger Sven, faßte sich als erster. Er rannte zur Funkstation, brüllte; »Alarm, Alarm! So gebt doch Alarm!«

Die Katastrophensirenen begannen zu kreischen. Ihr Heulen brach sich im schrillen Echo in den Bergen.

Und kaum zehn Minuten später war der erste Bergungstrupp mit Tragbahren und Medikamenten und Verbandskästen unterwegs auf der Suche nach Georg Camberg und Jill Martin.

Die Männer sprachen nur das Nötigste miteinander. Sie vermieden es, einander anzusehen. Und sie alle dachten das gleiche: Was wird John Martin dazu sagen? Was wird geschehen, wenn wir seine Tochter nicht lebend bergen?

Georg spürte keinen Schmerz, als er zu sich kam. Er spürte nur einen bitteren, heißen Geschmack in seinem Mund und erkannte darin Staub und Blut.

Er wußte sofort, wo er war.

An der Flanke des Berges von Purpleheart.

Er wußte auch, was geschehen war.

Eine Steinlawine hatte die Arbeit von sechs Monaten zerstört.

Und Jill – Jill war bei ihm gewesen.

Mein Gott, Jill.

»Jill!« schrie er und wollte hoch.

Er krallte die Hände in die steinige Erde, versuchte, sich hochzustemmen. Seine Ellbogen knickten weg.

Schmerz wie Feuer raste durch seinen Körper.

Er fiel wieder hin, aufs Gesicht.

Noch mal hoch. Ich muß es einfach schaffen.

Herrgott, wo ist Jill? Ich muß sie doch suchen.

Er wälzte sich auf die Seite, Schweiß brach ihm am ganzen Körper aus.

Aber aufrichten konnte er sich nicht.

Mein Gott, er lag hier und konnte sich nicht fortbewegen. Keine Schmerzen mehr. Nichts. Nur daß er sich nicht bewegen konnte.

»Jill!« schrie er. »Jill, wo bist du?«

Und das Kreischen der Katastrophensirenen antwortete ihm jäh und schrill.

»Jill«, flüsterte er, und er sah auch nichts. Ja, das kam ihm erst jetzt zu Bewußtsein.

Er sah ja gar nichts. Alles war schwarz. Nacht war um ihn.

Aber es konnte doch noch nicht dunkel sein. Eben war doch erst die Sonne untergegangen?

»Jill!« schrie er, und nur das Heulen der Sirenen antwortete.

7

Die Katastrophensirenen hatten zu heulen aufgehört. Rasch fiel die Nacht herab auf Purpleheart.

Die Männer des Staudamm-Bautrupps bewegten sich in lang auseinandergezogener Kette auf der Suche nach Georg und Jill über das Lawinenfeld an der Flanke des Berges ins Tal. Das Licht ihrer Handscheinwerfer zerstach mit grellen weißen Lanzen die Dunkelheit.

Joe M. Bains, der amerikanische Chefingenieur des Staudammprojekts, erreichte den umgekippten, vom Steinschlag zerbeulten gelben Jeep als erster.

Der Wagen war natürlich leer.

Das hellviolette Kopftuch Jills hatte sich in der rechten Tür verklemmt und flatterte im böigen Wind.

Bains nahm das Kopftuch, verwahrte es in der linken Brusttasche seiner Fellparka.

Felsbrocken kollerten dumpf unter seinen Sohlen weg, als er weiter den steilen Hang hinabstieg.

Neben einem graugebleichten Baumstamm sah er eine Gestalt in einem weißen Lammfell liegen, die Beine in schwarzen Lederstiefeln schienen seltsam verrenkt.

Er spürte, wie eine heiße Welle aus seinem Magen in seine Brust hochstieg. Jill Martin – die Tochter des Bosses.

»Hey – I found her!« rief er den anderen zu.

Rutschend und über das lose Gestein schliddernd kamen sie hastig näher. In wenigen Sekunden waren fünf, sechs Männer um Jill Martin versammelt, blickten schweigend auf sie hinunter, blickten sich schweigend an.

Joe M. Bains räusperte sich, aber er blieb wie die anderen stumm.

Er ging schwerfällig neben Jill in die Knie, schlug vorsichtig den breiten Mantelkragen herab, der ihr Gesicht verborgen hatte.

Ihre Augen waren geschlossen, die Wangen bleiweiß. Blut trickelte in einem dünnem Faden von ihrem Mund, sickerte in das silberhelle Haar, fleckte es tiefrot.

Blut drang auch durch den rechten Ärmel ihres weißen Lammfellmantels.

Bains berührte vorsichtig Jills linke Hand, tastete nach dem Puls. Sekundenlang verharrte er regungslos, dann sah er auf, nickte den Männern zu.

»Sie lebt«, sagte er. »Zwei von euch bringen sie nach oben. Ruft über Funk einen Hubschrauber der Atlantic City Transporte herbei. Benachrichtigt über Funk die beste Klinik in der Stadt.«

Dreihundert Meter weiter fanden sie Georg. Er war bei Bewußtsein.

»Haben Sie Schmerzen?« fragte Bains.

»Nein«, antwortete er ganz klar. »Ich kann mich nicht bewegen, das ist alles. Und – ich«, seine Stimme schwankte, die Worte wollten nicht kommen, »ich sehe nichts.«

»Es ist Nacht«, sagte Joe M. Bains, aber das Gesicht von Georg Camberg lag hell ausgeleuchtet vor ihm im Licht des Handscheinwerfers.

»Habt ihr – Jill gefunden?« fragte Georg.

»Ja, wir haben Miß Martin gefunden«, sagte Joe Bains.

Ein flatterndes Knattern ertönte über ihnen.

Georgs Gesicht verzerrte sich zu einer Maske der Angst.

»Keine Aufregung«, sagte Joe M. Bains, »das ist bloß der

Hubschrauber, der Miß Martin ins Hospital bringt. Und später auch Sie.«

Sie legten Georg Camberg auf die zweite der mitgebrachten Bahren und trugen ihn vorsichtig, Schritt für Schritt den unsicheren Geröllboden ertastend, den Berg hinan, brachten ihn in das Messezelt.

Der norwegische Ingenieur Sven, der sich auf Erste Hilfe verstand, versorgte die Platz- und Schnittwunden an Georgs Armen und Beinen.

»Komisch, daß ich keine Schmerzen habe«, sagte Georg. »Überhaupt keine.«

»Um so besser«, sagte Bains. »Alles andere kommt auch schon wieder in Ordnung.«

»Was ist – mit Jill?« fragte George schließlich gepreßt.

»Sie lebt«, sagte Bains.

Georg schloß die Augen. »Gut«, murmelte er, »gut.«

Bains blieb neben ihm sitzen, während sie darauf warteten, daß der Hubschrauber zurückkommen würde, um auch Georg in die Klinik zu bringen.

Nach einer Weile sah Bains, daß Tränen unter Georgs geschlossene Lider drangen und über sein Gesicht liefen.

Bains wandte den Blick ab; es war nicht fair, zuzusehen, wenn ein Mann weinte.

Das Telefon im großen Schlafzimmer des New Yorker Penthouses summte. Das Summen durchdrang John Martins ohnehin leichten Schlaf; er war, wie es seine Art war, von einer Sekunde zur anderen hellwach.

Er setzte sich auf, knipste die Lampe neben dem schmalen Bett an, ein grünliches, die Augen schonendes Licht.

Er trank einen Schluck von dem Orangensaft, der in einem eisgekühlten Behälter stets griffbereit stand, langte erst dann nach dem Telefon.

»Master John«, sagte Yolanda, die Jill großgezogen hatte und so lange er denken konnte schon in seinen Diensten stand, »Master John, ein Anruf aus Wyoming, aus Atlantic City. Das Krankenhaus. Man hat mir nicht sagen wollen, worum es geht.«

»Okay, danke.« Er drückte den roten Verbindungsknopf.

»Martin?«

»Mister Martin selbst am Apparat, Sir?«

»Ja doch – was ist passiert? Etwas mit meiner Tochter?«

»Ja, Sir. Hier spricht Doktor Servais, ihre Tochter, Miß Jill Martin, wurde heute abend gegen 9 Uhr 30 bei uns eingeliefert. Sie hat eine schwere Gehirnerschütterung sowie eine Fraktur des rechten Armes.

»Wieso, wie ist das passiert?« fragte John Martin ganz leise, weil er Angst hatte, sonst laut zu schreien. »Wer ist daran schuld?«

»Niemand ist schuld daran, Sir. In Purpleheart ist ein Steinschlag niedergegangen. Miß Martin hat noch Glück gehabt.«

»Und wer war bei ihr?«

»Mister Camberg, Sir.«

»Was ist mit ihm?«

»Um ihn steht es nicht so gut, Sir. Verlust des Augenlichtes, der allerdings aufgrund der Untersuchungsbefunde nur vorübergehend sein dürfte, dazu noch eine Lähmung der Beine.«

»Ein Krüppel also.«

»Was sagten Sie, Sir?«

»Nichts! Ich komme mit der nächsten Maschine nach Atlantic City.« Ohne ein weiteres Wort des Arztes abzuwarten, legte John Martin den Hörer auf.

Eine Weile lang saß er reglos auf dem Bett.

Jill, dachte er, meine Tochter Jill.

Nichts anderes, gar nichts anderes.

Dann stand er auf, ging ins Bad hinüber. Gleißendes Licht durchflutete nach einem Knopfdruck den in grünem Marmor gehaltenen Raum.

Der Spiegel zeigte John Martin ein aschgraues Gesicht unter dem schlohweißen Haar.

Während er sich rasierte, gab er Yolanda über das Haustelefon Anweisung für das Frühstück: starken schwarzen Kaffee bitte, und Rühreier, sonst nichts. Der Wagen solle ihn in zwanzig Minuten vor dem Haus erwarten. Ja, er fahre zum Flughafen. Ja, er brauche ein Flugticket nach Atlantic City für die nächste Maschine, die flog. Roy, der Chauffeur, solle das erledigen.

Auf der Fahrt zum Flughafen überfiel ihn ein Zittern, das seine Zähne aufeinanderschlagen ließ.

»Sir, soll ich anhalten?« fragte Roy besorgt. »Sie brauchen einen Schnaps, wenn Sie mich fragen.«

»Aber ich habe Sie nicht gefragt!« John Martin ballte die Hände zu Fäusten auf seinen Knien, daß die Adern wulstig hervortraten. »Fahren Sie zu, wir haben keine Zeit zu verlieren!«

In Frankfurt graute schon der Morgen.

Grau war der Himmel über der Stadt, nur an den Wolkenrändern rosig von einer Sonne gesäumt, die wenig Kraft besaß.

Grau waren die Gesichter der Menschen, die ihre Wohnungen oder Häuser verließen, zu der ersten Bahn oder dem ersten Bus eilten, den Wagen aus der Garage setzten, um zur Arbeit zu fahren.

Grau war der Asphalt, grau die einbruchsicheren Gitter vor den Schaufenstern der Geschäfte.

Und grau wird bald mein Haar, dachte Gisela Camberg ohne Bitterkeit, während Horst Rossius den Wagen vor dem Haus in der Innenstadt anhielt, in dem sie nun wohnte.

Sie blickte den jungen Anwalt an, sah die feinen Linien der Müdigkeit um die Augen, die ein bißchen dunkler, wolkiger wirkten als sonst.

»Sie haben sehr viel Geduld mit mir gehabt«, sagte sie, »sehr viel. Wie soll ich Ihnen das jemals danken können.«

Ein Lächeln glitt schnell in seine Mundwinkel, erreichte aber seine Augen nicht.

»Wissen Sie, daß wir fast dreihundert Kilometer gefahren sind?« fragte er in leichtem Plauderton.

»Ja – und Sie haben mich reden lassen, immer nur reden lassen.«

Sie hatte ihm von Georg erzählt, wie sie ihn kennen- und liebengelernt, wie sie mit ihm gelebt hatte, zwanzig Jahre lang, wie sie ein Teil von ihm geworden war; ihr ganzes Leben hatte sie erzählt in dieser Nacht.

»Es war eine wunderbare seltsame Nacht«, sagte sie nachdenklich. »Ich bin ganz leer davon, leer wie ein Krug, aus dem alles Wasser geschüttet wurde.«

»Der Krug wird sich wieder füllen«, sagte Horst Rossius.

»Womit?« fragte sie in diesem nachdenklichen Ton.

»Mit einem neuen Leben«, sagte er, »falls Ihnen das nicht zu pathetisch klingt.«

»Ich glaube, Sie haben recht«, sagte Gisela.

»Ich wünschte, das wäre ein Versprechen«, sagte Horst Rossius.

»Ja, es ist ein Versprechen«, sagte Gisela, »ich verspreche es Ihnen.«

Er wandte sich ihr voll zu, und sie hatte sein Gesicht noch nie so gelöst, so heiter gesehen; dann hatte sich diese lange, seltsame Nacht also auch für ihn gelohnt?

Sie hob ihre Hand und berührte rasch seine Wange. »Danke«, sagte sie, »nochmals danke, Horst.« Dann stieg sie rasch aus.

Unter der Haustür blickte sie noch einmal zurück, winkte ihm zu.

»Bis heute mittag«, rief er, »ich hole Sie zum Essen vom Geschäft ab.«

»Bis heute mittag«, rief sie zurück und freute sich schon jetzt darauf.

Sie stieg langsam Stufe um Stufe die Treppe zu ihrer Wohnung hinauf; nicht weil sie müde war, sondern um das Gefühl auszukosten, daß jeder Schritt, den sie tat, ein Schritt in ihr neues Leben war.

Sie hatte sich freigemacht von Georg. Sie hatte sich durch ein nachtlanges Gespräch von den Fesseln einer Liebe befreit, die nicht mehr erwidert wurde.

Sie konnte beinahe gelassen an Georg denken – wie an einen Bruder, wie an einen Freund. Sie konnte beinahe ohne Schmerz daran denken, daß die Scheidung von ihm so nahe bevorstand.

Gisela betrat die Diele ihrer Wohnung, zog den Mantel aus. Im Spiegel betrachtete sie ihr Gesicht. Sie sah nicht einmal müde aus.

»Gisela, du bist frei«, sagte sie leise, »frei.«

Sie hatte sich durch eine lange Nacht mit Horst Rossius für eine neue Zukunft freigemacht. Es war keine Nacht der willkürlichen Leidenschaft gewesen, in der sie in den Armen eines anderen Mannes Vergessen gesucht hätte – nein, es war die Nacht eines langen Gesprächs zwischen Freunden.

»Wo kommst du her?« fragte Dax mit hoher, fast schriller Stimme hinter ihr.

Sie fuhr herum.

Dax stand in der Tür zur Küche, vollständig angezogen, die roten Haare naß von der Dusche an den Kopf gepappt.

»Dax«, sagte sie verblüfft, »wieso bist du schon auf?«

»Weil ich nicht schlafen konnte.« Mit zusammengekniffenen Augen starrte der Junge sie an; mit einem Blick, aus dem alles Kindliche gewichen war.

»Wo kommst du her?« fragte er mit einer Stimme, die Gisela ganz fremd in den Ohren klang.

»Ich bin spazierengefahren«, sagte sie wahrheitsgemäß.

»Die ganze Nacht?«

»Dax, hör zu« – Sie ging zu ihm, wollte nach seiner Hand greifen, aber er stieß sie weg, wich vor ihr zurück.

»Du bist mit dem Kerl weggewesen!«

»Dax – was soll das heißen? Du bist wohl nicht gescheit!«

»Ich hab's genau gesehen. Ich hab' gesehen, wie du aus seinem Auto gestiegen bist. Du bist – du bist – ich – ich hasse dich, jawohl, ich hasse dich. Und ihn auch. Du bist gemein! Du bist gemein, und er ist gemein, und ich werd' es alles Vati schreiben. Jawohl, alles werde ich meinem Vati schreiben!« Dax brach in bitterliches Weinen aus. Zornig über sich selbst verbarg er sein Gesicht in seiner Armbeuge.

»Aber Dax«, sagte Gisela ratlos, unsicher. »Das kann ich dir doch alles erklären. Hör zu – ich bin mit Onkel Rossius –«

»Er ist nicht mein Onkel!« schrie Dax.

»Ich bin mit Doktor Rossius zum Essen ausgewesen, wie du weißt.«

»Das war gestern abend!«

»Jawohl, gestern abend. Und dann haben wir angefangen, einander aus unserem Leben zu erzählen. Und siehst du, da wir beide ja schon ein ziemlich langes Leben hinter uns haben, gab es viel zu erzählen. Wir haben uns eben verquatscht. Wir sind einfach in der Gegend herumgefahren und haben miteinander gequatscht. Verstehst du das?«

»Nein!«

»Aber du mußt es mir wenigstens glauben.«

»Ich will dir überhaupt nichts glauben. Du bist gemein. Du bist nicht mehr meine Mutter. Ich will nicht mehr dein Kind sein!« Dax stieß sie zur Seite, lief in sein Zimmer. Die Tür schlug hinter ihm zu. Er drehte den Schlüssel gleich zweimal um.

Das Zittern fing in Giselas Knien an, erfaßte ihren ganzen Körper. Sie konnte mit einemmal nicht mehr stehen. Sie tastete nach dem nächstbesten Stuhl, ließ sich darauf sinken.

Armer Dax. Mein Gott, daß sie nicht an ihn gedacht hatte. Daß sie nicht daran gedacht hatte, daß ein zehnjähriger Junge kein dummes Kind mehr ist, von dem man aber andererseits nicht das Verständnis eines Erwachsenen erwarten kann.

Hilfloser Zorn machte ihr das Atmen schwer; Zorn auf sich selbst, auf den Jungen, der nichts dafür konnte, der am meisten unter der Trennung von seinem Vater litt, auf Georg, der an allem schuld war.

Dax' instinktive Eifersucht auf Rossius war nur zu verständlich. Und sie hätte daran denken müssen, hätte nie, nie eine auch noch so harmlose Nacht außer Haus verbringen dürfen.

»Mach dir nichts draus«, sagte Petty von der Tür her. »Dax ist und bleibt ein Giftzwerg. War's wenigstens schön? Ich find' ihn nett, deinen Rossius. 'n bißchen jung vielleicht«, sie zuckte mit den Schultern, »aber ganz passabel.«

»Hör auf«, sagte Gisela. »Was fällt dir eigentlich ein?«

»Wieso?« fragte Petty naiv. »Mami, du willst mir doch nicht weismachen, daß ihr bloß Händchen gehalten habt? Warum auch – «

Giselas Hand traf Pettys Mund, schnitt ihr das Wort ab.

Mutter und Tochter starrten sich an, beide kreideweiß jetzt. Und beide hoben in der gleichen Geste die Hand, strichen sich das Haar aus der Stirn; wie immer, wenn sie unsicher, verwirrt, ratlos waren.

»Ich glaube, das habe ich nicht verdient«, flüsterte Petty.

»Es tut mir leid«, sagte Gisela heiser, stockend. »Mir sind die Nerven durchgegangen, wirklich, Petty.«

»Ich glaube, das werde ich dir nie vergessen«, sagte Petty. Ihre Augen füllten sich mit Tränen. Sie wandte sich auf dem Absatz um, lief schnell in ihr Zimmer; auch hier drehte sich zweimal der Schlüssel im Schloß.

Jetzt fehlt nur noch Rolf, dachte Gisela. Jetzt fehlt nur noch, daß ich mich auch mit ihm verkrache.

Als es kaum eine Minute später an der Wohnungstür läutete, erwartete Gisela von vornherein nichts Gutes. Mit müden Schritten ging sie, um zu öffnen.

Zwei Herren standen da, in unauffälligen grauen Mänteln.

»Ja bitte?« fragte Gisela.

»Frau Camberg, nicht wahr?« Der größere der beiden – er war blond und hager – lächelte flüchtig, fast, so schien es Gisela wenigstens, abfällig, und im gleichen Moment wurde ihr bewußt, daß sie ja noch ihr Cocktailkleid trug, ein modisch kurzes Kleid aus seegrünem Chiffon, und sie hatte noch Silberschatten auf den Lidern, morgens um sechs Uhr.

»Was wollen Sie?« fragte sie, ihre Verlegenheit hinter abweisender Kälte verbergend.

»Kommissar Wolport«, der Hagere neigte kaum den Kopf. »Wir hätten gern Ihren Sohn Rolf gesprochen.«

»Meinen Sohn – Rolf?« Sie flüsterte es nur.

»Bitte«, sagte der Kommissar, »er ist doch zu Hause, nicht wahr?«

»Ja, natürlich, ja, ich glaube schon. Bitte, kommen Sie doch herein.« Die beiden Herren wechselten einen Blick, traten in die Diele, blieben stehen, die Hüte in der Hand.

»Einen Augenblick«, sagte Gisela. »Ich wecke – ich hole meinen Sohn.«

Die Klinke rutschte ihr aus der Hand, als sie die Tür aufstieß.

Die Vorhänge waren noch zugezogen, sie knipste das Licht an.

Und Gisela sah auf einen Blick, Rolfs Bett war leer.

»Nun?« fragte Walport, der lautlos hinter sie getreten war.

Gisela erschrak, wirbelte herum.

»Ihr Sohn ist nicht zu Hause, nicht wahr?«

»Nein. Aber ich – ich verstehe das nicht. Ich meine, ich begreife es nicht. Was wollen Sie überhaupt von ihm? Wieso kommen Sie morgens um sechs hierher? Was hat er denn getan?«

»Wir müssen leider annehmen, daß er in eine Rauschgiftgeschichte verwickelt ist«, sagte Walport kühl, »und daher gestatten Sie wohl, daß wir hier auf ihn warten.«

»Bitte.« Gisela brachte das eine Wort kaum heraus. Sie sah das Gesicht des Kommissars auseinanderfließen, zu einer weißen, teigigen Scheibe werden, verschwimmen vor dem hellen Grau der Wände, aber sie riß sich zusammen, bat die Herren, im Wohnzimmer Platz zu nehmen.

Atlantic City in Wyoming konnte stolz auf sein neues Hospital sein. Ein junger wagemutiger Architekt hatte den konservativen Stadtrat erfolgreich eines Besseren belehrt. Aus dem gelben Felsgestein des nahen Steinbruchs, aus Glas und sich harmonisch einfügenden Betonpfeilern hatte er ein Krankenhaus geschaffen, das den modernsten Anforderungen der Krankenunterbringung und ihrer ärztlichen Betreuung entsprach.

John Martin hatte keinen Blick für die architektonische Schönheit des Gebäudes, dessen Fassade safrangelb in der untergehenden Sonne leuchtete.

Er verließ rasch das Taxi, das ihn vom Flughafen hierhergebracht hatte, schritt hastig zum Portal hoch, betrat die Empfangshalle, wo er von Dr. Servais erwartet wurde. Roy, der Chauffeur, hatte ihn bereits telefonisch angemeldet. John Martin wollte jetzt keine Sekunde Zeit verlieren.

Dr. Servais war ein kleiner schlanker Mann Ende der Fünfzig. Über der hohen Stirn lichtete sich grauschwarz meliertes Haar. Eine dunkle Schildpattbrille vertiefte den melancholischen Glanz seiner braunen Augen.

»Evening doc«, sagte John Martin knapp.

Sie wechselten einen kurzen Händedruck.

»Wie geht es meiner Tochter? Wie ist sie untergebracht? Weiß sie, daß ich komme?«

»Ja – Miß Martin weiß, daß Sie kommen. Es geht ihr den Umständen entsprechend gut. Bitte –«, Dr. Sarvais stieß eine gläserne Schwingtür auf, hatte dann alle Mühe, John Martin zu folgen, der mit weit ausgreifenden, zielbewußten Schritten den Gang entlangschritt, so, als sei er nicht zum erstenmal hier.

Servais war Wiener. Er war 1944 in amerikanische Gefangenschaft geraten, nach Wyoming geschickt worden und hier geblieben. Er hatte seine Bewunderung für die Amerikaner nie verloren.

»Bitte.« Er hielt John Martin die Tür des Lifts auf. Der Aufzug trug sie rasch und lautlos in den dritten Stock.

»Bitte.« Diesmal ging Dr. Servais voran. Er bat John Martin in seine kleine Privatordination.

»Mister Martin –«, begann er.

»Ich will jetzt keine langen Erklärungen hören, Doktor«, unterbrach ihn John Martin ungeduldig, »ich will meine Tochter sehen.«

»Bitte, setzen Sie sich dennoch«, sagte Dr. Servais; es klang wie ein, wenn auch schüchterner Befehl. »Da gibt es nämlich etwas zu besprechen, was sehr wichtig ist – weil Ihre Tochter nichts davon weiß.«

»Was?« John Martin blieb stehen. Er ballte die Hände zu Fäusten und stemmte sie in die Taschen seines Jacketts.

»Ihre Tochter hat das Kind verloren. Wir konnten es nicht retten. Miß Martin wird Sie natürlich danach fragen –«

»Das Kind?« unterbrach ihn John Martin.

»Ja, leider – wir haben wirklich alles getan, aber unter den gegebenen Umständen –«

»Wieso Kind?« fragte John Martin sehr leise und drohend. Er reckte den Kopf vor, sein Gesicht und der Hals waren mit einemmal tiefrot gefleckt.

»Ja, wußten Sie das nicht?« fragte Dr. Servais. Unwillkürlich wich er ein wenig zurück. »Ihre Tochter war im sechsten Monat.«

»So!« John Martins Lippen preßten sich zusammen. Er knirschte hörbar mit den Zähnen. »Deswegen also! Das ist also der Grund.«

Er zog die Hände aus den Jackettaschen, öffnete sie zu groben Krallen. »Das Schwein! Dieser Krüppel! So hat er das gemacht. So hat er sich das ausgedacht! Und das mit meinem Kind! Das mit meiner Tochter! Wo ist er? Ich will zu ihm! Ich werde ihm jeden Knochen einzeln brechen!«

»Beruhigen Sie sich doch«, sagte Dr. Servais. »Ich weiß zwar nicht, worum es hier genau geht, aber ich kann keinesfalls gestatten, daß Sie Ihre Tochter sehen, wenn Sie so außer sich sind.«

John Martins Hand schnellte vor, packte den Arzt bei den weißen Kittelaufschlägen. »So – und was wären Sie, wenn Sie als Vater erführen, daß Ihre Tochter ein Kind angehängt bekommt von einem Mann, der noch nicht einmal geschieden ist? Einem Deutschen dazu? Einem Nichtskönner, einem Kerl, dem ich – jawohl ich – die Chance seines Lebens gegeben habe, indem ich ihn in die Staaten holte, um den Staudamm in Purpleheart zu bauen. Was würden Sie tun, wenn ein solcher Kerl Ihre Tochter geschwängert hätte?«

Vergessen war seine eigene Bereitwilligkeit, sich Jills Wünschen zu fügen, die keinen anderen wollte als Georg, vergessen waren auch seine eigenen Überlegungen, einen so begabten und fähigen Ingenieur wie Georg fest an sich zu binden, zum Nutzen seiner Unternehmen; vergessen, daß er selbst daran mitgewirkt hatte, Georg seiner Familie zu entfremden, damit er für immer in Amerika bliebe. Mit einem Krüppel, und das war Georg jetzt und würde es für alle Zeiten bleiben, hatte ein John Martin nichts mehr im Sinn.

»Der Scheißkerl«, sagte er, »er wird noch zu spüren bekommen, daß man einen John Martin nicht enttäuscht.«

»Ich würde erst einmal versuchen, die Beherrschung zu bewahren, Sir«, sagte Dr. Servais ruhig. Und ebenso ruhig löste er John Martins Hand von seinen Kittelaufschlägen.

»Ihre Tochter weiß noch nichts davon, daß sie ihr Kind verloren hat. Und was immer Sie auch sonst zu tun gedenken, Sir, Sie müssen es ihr noch verschweigen. Dem Kind galt Miß Martins erste Frage, und die Wahrheit, ein neuer Schock, könnte sie töten. Ich möchte es ihr selbst sagen.«

»Gut«, sagte John Martin, »gut. Von mir wird sie es nicht erfahren.«

Er rieb sich mit beiden Händen die Wangen, lockerte den Knoten seiner Krawatte. »Gut, ich werde mich beherrschen, Doktor.«

Jill schlief, als sie das Zimmer betraten. In ihrem Silberhaar tanzten warme goldene Lichter der untergehenden Sonne. Warm und bräunlich schimmerte ihre Haut.

John Martin blieb nahe bei dem Bett stehen, regungslos. Nur seine Hände öffneten und schlossen sich.

Schließlich wandte er halb den Kopf. Dr. Servais sah, daß seine Augen naß waren. Er machte eine Kopfbewegung zur Tür hin. »Wir wollen gehen ...«

Leise, wie sie gekommen waren, auf Zehenspitzen beinahe, verließen sie den Raum.

Abrupt blieb John Martin auf dem Flur stehen.

»Und wo liegt Camberg?« fragte er.

»Eine Etage höher«, sagte Servais. Vergeblich versuchte er, in dem kantigen Gesicht des anderen zu lesen; es war vollkommen ausdruckslos.

»Zimmernummer?«

»Tut mir leid, aber ich darf noch keinen Besuch bei ihm gestatten.«

»Dann komme ich morgen wieder«, sagte John Martin. »Auf einen Tag kommt es mir nicht an. – Gute Nacht, Doktor.« Und damit ging er schnell davon, den Korridor entlang, stieg in den Aufzug: die Türen schlossen sich hallend hinter ihm.

Dr. Servais tat, was eigentlich verboten war. Er zündete sich eine Zigarette an. Er rauchte drei, vier Züge, verbarg die Zigarette dann in der Höhlung seiner Hand, ging zu seiner Privatordination zurück.

Weder jetzt noch später am Abend, zu Hause beim Bridge mit Mel und Jinny, den Geschwistern seiner Frau, konnte er das harte, zu allem entschlossene Gesicht John Martins vergessen. Und auch das Mitleid mit Georg Camberg wurde er nicht los.

Georg lag flach ausgestreckt auf einem schmalen, offensichtlich harten Bett. Seine Hände waren auf der Brust gefaltet, so, als habe er es nicht selbst, sondern jemand anderer getan.

Er trug einen blaßblauen Nachtkittel, Klinikeigentum.

Seine Wangen waren blaß, die Bartstoppeln malten dunkle Schatten um die Kiefer. Seine Nase schien schärfer vorzuspringen als früher. Seine Augen waren von einer schwarzen Binde bedeckt. Das Haar darüber war eher weiß als grau.

Ein Krüppel, dachte John Martin. Das ist er, und so sieht er aus.

Aber er empfand kein Mitleid, nicht die leiseste Spur davon.

»Camberg«, sagte er, »Camberg, hören Sie mich?«

Die Schultern zuckten, in dem Gesicht regte sich nichts.

Die Lippen öffneten sich, bewegten sich, formten dann heiser seinen Namen: »Martin? Mister Martin?«

»Ja, ich bin da.«

»Es tut mir leid, Sir, schrecklich leid. Ich verstehe nicht, wie es passieren konnte. Ich grüble und grüble, aber ich begreife es nicht. – Bitte, wie geht es Jill? Haben Sie Jill schon gesehen?«

»Das geht Sie nichts mehr an, Camberg«, sagte John Martin kalt. »Überhaupt nichts mehr. Ihr Gastspiel in Amerika ist zu Ende. Für Sie gibt es keine Jill Martin mehr!«

»Sir –«

»Halten Sie Ihren Mund! Sie sind ein Schuft, Camberg, und ein elender Versager dazu. Sie haben meine Tochter verführt, obwohl Sie noch nicht einmal geschieden sind. Sie haben ihr ein Kind gemacht, das sie – und zwar glücklicherweise, jawohl, glücklicherweise! – verloren hat. Und Sie haben sich als miserabler Ingenieur herausgestellt, der noch nicht mal einen Staudamm bauen kann! Bains hat mir Ihre Unterlagen zur Verfügung gestellt. Die Lawinenkatastrophe wäre nie geschehen, wenn Ihre Berechungen richtig gewesen wären. Niemals! Aber Sie hatten Ihren Verstand ja nicht in Ihrem Kopf. Sie mußten ja meiner Tochter nachstellen!«

»Jetzt halten Sie Ihren Mund!« sagte Georg. Mühsam, unter Aufbietung aller Kräfte, richtete er seinen Oberkörper auf, stützte sich auf den Ellbogen. Er wandte das Gesicht mit der schwarzen Augenbinde in Martins Richtung. »Die Lawine konnte nicht im voraus berechnet werden, von niemandem«, sagte er ruhig. »Und ich habe Jill nicht verführt. Ich liebe sie, und wir werden heiraten.«

»Sie armer Irrer«, sagte John Martin brutal. »Hat Ihnen noch niemand erzählt, daß Sie ein unheilbarer Krüppel sind?«

Sekundenlang war es beklemmend still.

Schwer atmend, mit geballten Fäusten, stand John Martin da.

Georg hatte sich wieder zurückgleiten lassen. Nichts in

seinem Gesicht mit den erblindeten Augen hinter der schwarzen Binde regte sich.

Nur seine Hände, wieder gefaltet auf der Bettdecke, zuckten.

»Ein Krüppel, sagen Sie?« fragte er kaum hörbar. »Ich bleibe ein Krüppel?«

Nur jetzt nicht weich werden, nur jetzt kein Mitleid empfinden. Es geht um Jill, dachte John Martin, um meine Tochter Jill, die wieder glücklich werden soll.

»Ja«, sagte er hart, und Schweiß trat ihm auf die Stirn; denn er schämte sich, schämte sich trotz allem seiner Härte. »Ihre Beine sind gelähmt, Camberg, und werden es bleiben. Sie sind zur Zeit auch blind, daher diese Binde. Aber das wird sich irgendwann wieder geben.«

»So ist das also«, sagte Georg, und fast etwas wie ein Lächeln formte sich um seinen Mund. »Ich verstehe. Ein Krüppel ist kein Mann für Ihre Tochter. Ein Krüppel ist auch kein Chefingenieur, der Ihre hochfahrenden Pläne zum Erfolg führen kann. Ich verstehe, Sie schieben mich ab, nicht wahr? Doch möglichst schnell, nicht wahr?« Es klang nicht bitter, kaum ironisch. »Aber Sie hätten sich die Mühe sparen können, Sir, sich wie ein brutaler, eiskalter Hund aufzuführen. Haben Sie denn im Ernst geglaubt, daß ich so, wie ich jetzt bin, Jill noch heiraten würde? Haben Sie das wirklich geglaubt? Sie müssen eine miserable Meinung von Ihren Mitmenschen haben, Martin. Sie tun mir leid.«

»Ich – hören Sie, Camberg –«, zweimal setzte John Martin zum Sprechen an, zweimal gelang es ihm nicht.

»Ist schon gut«, sagte Georg. »Sparen Sie sich Ihre Entschuldigung.«

»Nein«, sagte John Martin. »Ich bereue. Ich bereue wirklich, wie ich Sie eben behandelt habe.«

»Gut. Aus. Punkt«, sagte Georg immer noch mit diesem seltsamen Zug um den Mund, der fast ein Lächeln war. »Sie können mir einen Gefallen tun. Verhindern Sie, daß Jill überhaupt erfährt, daß ich in diesem Krankenhaus liege. Und sorgen Sie dafür, daß ich baldmöglichst nach Deutschland abgeschoben werde.«

»Das werde ich Ihnen nie vergessen«, sagte John Martin.

»Ach Quatsch!« fuhr Georg ihn an.

»Ich werde Sie finanziell großzügig –«

»Das lassen Sie besser bleiben«, unterbrach Georg ihn scharf. »Keinen Pfennig nehme ich mehr von Ihnen. Ich habe mein Gehalt bekommen, und damit Schluß!«

»Aber wenn Sie zurückgehen, Ihre Frau, Ihre Kinder, der Unterhalt Ihrer Familie –«

»Das lassen Sie gefälligst meine Sorge sein.«

»Gut«, sagte John Martin, »gut.«

Er streckte die Hand aus, aber das konnte Georg ja nicht sehen. Schlaff fiel John Martins Hand wieder herab.

»Also dann – all the best to you.«

»Good by, Mister Martin«, sagte Georg.

8

Er hörte die schweren Schritte Martins zur Tür gehen, er hörte das Auf- und Zuschnappen der Tür und dann laut hallend die Schritte im Gang.

Und da fiel das Lächeln von seinen Lippen, da krampften sich seine Hände in die Bettdecke, da versuchte er mit aller Kraft, versuchte er mit allem, was an Energie und Willen in ihm war, seine Beine zu bewegen. Aber nur die Muskeln und Sehnen und Nerven im Bauch und in der Brust und in den Armen verkrampften sich. Da, wo seine Beine waren, geschah nichts. Gar nichts.

Er richtete sich mühsam auf, tastete mit seinen Händen über seine Hüften zu den Beinen hinunter, die er nicht mehr spüren konnte. Er krallte seine Nägel in das Fleisch seiner Schenkel, und er empfand keinen Schmerz. Er hieb sich auf die Knie und die Schienbeine, und da war kein Reflex und gar nichts.

Wieder fiel er zurück und lag nun schwer atmend da, lag da und dachte: Es ist wahr, mein Gott, es ist wahr, ich bin ein Krüppel. Ich bin gelähmt. Meine Beine sind gelähmt.

Und ich bin blind, ich kann nichts sehen.

Nie mehr werde ich Jill sehen. Nie mehr ihr Silberhaar im Sommerwind, nie mehr ihre leuchtenden schwarzen Augen, nie mehr ihren Mund, diesen zitternden, empfindsamen Mund, der meinem entgegenkommt.

Nie mehr Jill in der Nacht und ihre Stimme, isch liebe disch, mein lieber Georg, nie mehr Jill vor ihm im zukkenden Beat und Soulrhythmus, und sie tanzt nur für ihn allein. Nie mehr Jill auf dem Pilotensitz ihrer zweimotorigen Maschine, ihr Gesicht schmal und fast scharf in der Anspannung, wie das eines Jungen mit Silberhaar. Nie mehr Jill neben ihm im gelben Jeep auf der Inspektionsfahrt über die steilen Flanken der Berge um Purpleheart, wo er den Staudamm baut. Nie mehr Jill, die fragt, liebst du mich auch, wenn isch dick und häßlich werde von unserem Baby, mein lieber Georg?

Nie mehr würde er Jill hören.

Und plötzlich war ihm, als habe er es geahnt, plötzlich war ihm, als habe es gar nicht anders kommen können.

Mein amerikanisches Abenteuer, dachte er bitter, die große Chance meines Lebens – in wenigen Sekunden hatte eine Lawine alles zerstört.

Und dann kam die Angst vor der Zukunft.

Ich gehe nach Deutschland zurück. Ich werde im Krankenhaus liegen. Wochenlang. Monatelang. Vielleicht für Jahre.

Wer kommt dafür auf? Wer bezahlt sowas?

Sicher, ich bin in einer Versicherung. Aber wenn ich aus dem Krankenhaus entlassen werde, was geschieht dann?

Er dachte an seine Mutter in Remagen, sah vor sich ihr schmales, immer ein wenig müdes, immer ein wenig trauriges Gesicht.

Natürlich kommst du zu mir, würde sie sagen. Natürlich, mein Junge. Und es würde ihm nichts anderes übrigbleiben.

Und ein Sohn, der vor zwanzig Jahren auszog, das Leben zu meistern, ein berühmter Ingenieur zu werden, ein glücklicher Mann an der Seite einer glücklichen Frau, glücklich, Kinder zu haben, ein Haus, ein ganzes rundes volles pralles Leben – er würde als Krüppel zu seiner alten, schon lange verwitweten Mutter zurückkehren.

Es war Mittag. Gisela hatte sich umgezogen, trug einen grauen Tweedrock, einen hellgrauen Pullover. Sie hatte den Herren Kaffee gebracht, Zigaretten angeboten.

Petty war längst aus dem Haus zu ihrer Vorlesung an der Uni, sie hatte das erste Semester für Veterinärmedizin belegt; Dax längst zur Schule; beide hatten ihre Mutter wegen der außer Haus verbrachten Nacht mit Schweigen gestraft.

Gisela hatte auch nicht, wie vorgesehen, an diesem Morgen die Boutique eröffnet, und sie hatte vergeblich versucht, Horst Rossius zu erreichen; er war in einer wichtigen Verhandlung bei Gericht.

Und jetzt kam Rolf.

Die Wohnungstür fiel ins Schloß, sie eilte in die Diele. Und da stand er, lehnte sich gegen die Wand. Das Haar fiel ihm in einer Tolle in die blasse Stirn. Die Augen brannten dunkel in dem blassen Gesicht, seine Lippen waren zu einem dünnen Strich zusammengepreßt.

»Wo kommst du her?« fragte Gisela.

»Frag mich nicht«, sagte er.

»Ich will eine Antwort.«

»Ich war in Belgien.«

»Was hast du da gemacht?«

»Bitte, frag mich nicht, Mutter.«

»Ich muß es wissen!« Sie war nah an ihn herangetreten, flüsterte nun: »Zwei von der Polizei warten auf dich im Wohnzimmer. Wegen einer Rauschgiftgeschichte.«

»So?« fragte Rolf, und eine Sekunde lang blickte er sie an, aber dann wichen seine Augen wieder aus.

»Hast du denn etwas damit zu tun?« flüsterte sie drängend.

»Ja, das möchten wir allerdings auch gerne von Ihnen wissen, junger Mann«, sagte Kommissar Walport hinter ihr. Er stand groß und hager in der geöffneten Wohnzimmertür.

»Ich weiß nichts«, murmelte Rolf, aber in seinen Augen flackerte die Angst.

»Ich glaube, wir werden uns am besten in meinem Büro darüber unterhalten.«

»Bitte«, sagte Gisela, »bitte, verhören Sie meinen Sohn doch hier. Bitte.« Sie hob die Hände, wandte sich dann wieder zu Rolf: »Hast du etwas damit zu tun? Bitte sag es doch. Mach doch nicht alles noch schlimmer, als es schon ist!«

»Mutter, ich –«, und dann sprudelte es aus Rolf heraus. »Ja, ich hab' LSD geschmuggelt! Ja, ich hab's getan! Ich wollte Geld verdienen. Ich wollte endlich nicht mehr als Laufbursche für Weininger arbeiten. Jawohl, ich hab's getan. Ich bin per Anhalter über die Grenze, ich bin bis Lüttich gekommen. Da war ein Haus, da sollte ich es abliefern, in der Rue Plasse. Da sollte ich auch mein Geld kriegen. Tausend Mark. Und es wäre nur der Anfang gewesen. Aber sie haben mir kein Geld gegeben, keinen Pfennig. Sie haben mich davongejagt wie einen Haund. Sie haben behauptet, es sei gar kein LSD. Sie haben gesagt, es sei nur gewöhnlicher Puderzucker. Sie haben gesagt, ich soll mich bloß nie wieder blicken lassen, sonst schlügen Sie mir die Knochen zusammen. Da bin ich zurück, wieder getrampt. Ich wollte Geld verdienen, verstehst du. Ich wollte Geld für mich verdienen und auch für dich, damit du den Kredit schneller abzahlen kannst vom Geschäft, damit wir einen Notgroschen haben.«

»Ist das die Wahrheit?« fragte Gisela erstickt. »Ist das wirklich die ganze Wahrheit?«

»Ja«, sagte Rolf. »Nichts weiter.«

Kommissar Walport und sein Kollege, der ebenfalls in

die Diele gekommen war, wechselten einen undeutbaren Blick.

»Ja, er sagt die Wahrheit«, sagte dann Walport ruhig. »Wir hatten einen Tip bekommen, daß gewisse Händler mit LSD hier in Frankfurt ihr Netz nach Belgien und Holland ausweiten wollten. Dazu stellten sie Ihren Sohn ein. Als neuen Kurier. Dieser erste Trip war ein Test. Man hat ihm kein LSD mitgegeben, weil man nicht sicher war, ob er es auch wirklich in Lüttich abliefern würde. Auch die Androhung der Prügel war geplant, so was erzieht in Gangsterkreisen zur Härte.«

Zum erstenmal lächelte der Kommissar, aber es war ein etwas schiefes Lächeln.

»Es wäre nett, wenn Sie jetzt mit uns zum Präsidium kämen, Herr Camberg, damit wir das alles noch in einem Protokoll festhalten können, vor allem die Beschreibungen der Leute, mit denen Sie zusammengetroffen sind.«

Rolf nickte nur. Zögernd hob er die Hand, als wollte er sie seiner Mutter auf die Schulter legen. Aber er tat es nicht.

»Einmal und nie wieder«, sagte er leise. »Das verspreche ich dir, Mutter.«

Gisela nickte nur.

Als die Kriminalbeamten und Rolf fort waren, ging Gisela in die Küche. Sie setzte sich an den Tisch, zündete eine Zigarette an. Sie rauchte langsam, sog den Rauch tief ein; sie mußte ihre Ruhe wiederfinden, ihre Gelassenheit.

Und sie dachte, wie konnte ich mir nur heute morgen noch einbilden, daß für mich ein neues, wenigstens halbwegs zufriedenes Leben ohne Georg begänne? Wie konnte ich nur?

Mein Leben geht einfach weiter – als das einer Frau, die

allein ist, nach zwanzig Jahren Ehe allein und nur auf sich gestellt.

Die drückte mit einer energischen Bewegung die Zigarette im Aschenbecher aus, stand auf, ging in ihr Schlafzimmer. Sie nahm das Kostüm aus dem Schrank, das sie sich für die Eröffnung des Geschäftes gekauft hatte.

Es war aus dunkelgrauem Seidenmohair, schlicht und knapp geschnitten; sie sah jung und gleichzeitig sehr zuverlässig darin aus.

Eine Stunde später lächelte sie den ersten Kunden ihrer Boutique zu, erprobte zum erstenmal ihre Fähigkeit, eine Ware anzupreisen, und verkaufte zwei besonders schöne, sehr teure Vasen.

Und flüchtig aber mit einem gewissen Stolz, dachte sie daran, wie schnell sie sich an dem heutigen Tag, der wahrhaftig nicht frei von Aufregungen gewesen war, wieder gefangen hatte.

Sie wußte, daß er noch in der Klinik war. Sie wußte, daß Dr. Servais und ihr Vater sie belogen hatten.

Jill wußte mit der Sicherheit einer Frau, die einen Mann liebt, daß Georg noch in diesem Krankenhaus lag.

Nur wo wußte sie nicht.

Und niemand, nicht einmal die lustige junge Lernschwester, war gegen ein großzügiges Trinkgeld dazu zu bewegen gewesen, ihr zu sagen, wo sie Georg finden würde.

Jill richtete sich vorsichtig im Bett auf. Langsam schwang sie die Füße auf den Boden, wartete, bis die Welle der Schwäche über sie hinweggegangen und verebbt war.

Dann ging sie langsam, vorsichtig zum Schrank, nahm das Negligé aus hellblauer Spitze heraus, das ihr Vater ihr neben vielem anderen, kostbarem französischen Parfüm, Orchideen, Obstkörben und Konfekt, gebracht hatte.

Sie schlüpfte hinein; es war nicht ganz einfach mit dem geschienten rechten Arm. Sie kam außer Atem dabei, aber sie schaffte es.

Vor dem Spiegel kämmte sie ihr Haar. An ihrer linken Schläfe war eine bläulich verfärbte Stelle, sie tupfte Make-up darauf. Zog dann ihre Lippen mit dem rosa Perlmuttstift nach.

Leise verließ sie ihr Zimmer, leise schritt sie über den nächtlich-stillen, nur von blassen blauen Leuchten erhellten Flur. Die Treppe hinauf, dem Hinweisschild ›Zur Männerstation‹ nach.

Immer wieder mußte sie stehenbleiben, preßte ihre Hände gegen ihr schmerzendes Herz. Sie wagte nicht, den Aufzug zu benützen.

Aber sie erreichte den vierten Stock, und sie fand die Nachtschwester in einem kleinen freundlich eingerichteten Raum; sie war eingenickt über ihrer Lektüre.

Jill berührte sie sanft an der Schulter.

Die Schwester, schon ältlich, mit dünnem, grauem Haar und mit einer halbschaligen Brille auf der Nase, schreckte auf.

»Psst«, machte Jill lächelnd und schob einen Fünfzigdollarschein in die fleischige Hand.

»Wo liegt Herr Camberg?«

»Zimmer 28.« Doch dann weiteten sich die Augen der Schwester hinter den halben Brillengläsern erschreckt. Mein Gott, man hatte ihr doch eingeschärft, nichts über den Verbleib des deutschen Ingenieurs zu sagen.

»Warten Sie, halt!« Sie sprang auf, aber da war Jill schon aus der Tür geglitten, schon verschwunden. Der Gang war leer.

Die Schwester kehrte zu ihrer Lektüre zurück. Wäre nicht der Fünfzigdollarschein gewesen, sie hätte das Ganze für einen Spuk gehalten.

Zimmer 28, die Tür fiel sanft hinter ihr zu. Sekundenlang stand Jill regungslos, dann machten ihre Augen die Konturen des Bettes aus, weiße Stahlstreben, und drüben das helle Viereck des Fensters, in dem ein voller Mond schwamm.

Lautlos glitt Jill zum Bett, beugte sich über Georg.

Sie sah sein Gesicht und sah doch nichts als die schwarze Binde, die seine Augen bedeckte.

Wäre sie nicht Jill Martin gewesen, die Tochter eines Vaters, der sie maßlos verwöhnt, aber auch sehr streng erzogen hatte, sie hätte laut aufgeschrien.

So hob sie nur ihre gesunde Hand, legte sie an Georgs Wange.

»George«, flüsterte sie, »mein lieber George.«

Sie berührte seinen Mund mit ihren Fingerspitzen und spürte im gleichen Herzschlag, daß er erwachte.

Sie knipste das Licht auf dem Nachttisch an, weiches, warmes Licht, in dem die untere Hälfte seines Gesichtes aussah wie die eines ganz jungen Mannes.

»Jill«, flüsterte er, und seine Hände fuhren über die Decke, trafen ihre Hand, umklammerten sie.

»Georg, mein lieber, lieber Georg«, sagte sie auf deutsch.

»Jill, du mußt wieder gehen, Jill, wenn jemand kommt ... Dein Vater –«

»Nicht«, sagte sie. »Sei still. Was ist mit dir? Warum trägst du die Augenbinde?«

»Ich bin blind«, sagte er schonungslos.

Ein Atemzug flatternd und gepreßt, kam aus Jills Kehle. »Blind?« fragte sie. »Durch den Schock natürlich! Das wird vorbeigehen, nicht wahr? Das wird vorbeigehen.«

»Nein«, sagte er.

»George.«

»Und ich bin gelähmt«, sagte er. »Von den Hüften abwärts bin ich gelähmt.«

Sie streichelte sein Gesicht, sie küßte seine Hände.

»Nicht, Jill«, sagte er. »Bitte – bitte tu das nicht.«

»Georg, du wirst wieder gesund werden. Du mußt wieder gesund werden, hörst du?«

»Jill –« sagte er, »verzeih mir.«

»Was?« Sie flüsterte es nur.

»Ich habe dich nie geliebt.«

»George!« Ihre Hände umklammerten seine Schultern. »George, hör auf.«

»Ich habe dich nie geliebt. Daß ich jetzt ein Krüppel bin, ist die Strafe dafür. Ich wollte dich heiraten deines Geldes wegen, des Einflusses wegen, den ich durch dich gewinnen konnte. Ich wollte ein mächtiger Mann werden. Jill, das ist die Wahrheit. Ich war skrupellos. Ganz und gar skrupellos, und jetzt habe ich die Quittung bekommen.«

»Das ist nicht wahr«, sagte Jill fest.

»Doch. Es ist wahr. Das ist die reine Wahrheit, und du mußt sie mir glauben. Dein Vater hat mich durchschaut. Frag ihn, deinem Vater glaubst du doch.«

»Nein«, flüsterte sie verzweifelt. »Nein, ich glaube nur mir selbst, ich glaube nur, was ich fühle, ich –«

»Jill, du bist ein dummes, kleines Kind, ein dummes, junges Mädchen, das auf mich hereingefallen ist.«

»Nein – es ist nicht wahr, denk an unser Haus in Purpleheart. Denk an das Kind –«

»Das du verloren hast«, sagte er, »und das ist gut so. Wenigstens ein Gutes hat die Lawine von Purpleheart gebracht.«

»Nein, George, ich glaube dir nicht!« Zitternd und doch hoch aufgerichtet stand sie vor dem Bett. »Du liebst mich, aber du willst es dir nicht mehr eingestehen, weil du fürchtest, du könntest mir jetzt zuwider sein. Aber das wird nie geschehen. Wir werden heiraten. Wir werden zusammen leben, hörst du, genauso, wie wir es beschlossen haben!«

Und da begann er zu lachen, laut und schallend, daß es das ganze Zimmer füllte. »Mein Gott, wie naiv doch die Weiber sind!«

Und Jill ging hinaus, ganz langsam, Schritt für Schritt, die Treppen hinunter, in ihr Zimmer. Sie durfte jetzt nicht schlappmachen. Sie mußte die Nerven behalten. Morgen war auch noch ein Tag. Ein neuer Tag, an dem Georg zur Vernunft kommen, an dem alles wieder gut werden mußte.

Die Gedanken wirbelten wie Schneeflocken durch ihren Kopf – die besten Ärzte für ihn, und wenn wir vom Nordpol bis zum Südpol reisen müssen. Er wird wieder sehen können, und er muß wieder gehen lernen. Lieber Gott, dachte Jill, ich habe unser Kind verloren, ich werde unser Kind nicht bekommen, ich will und darf ihn nicht auch noch verlieren.

Und sie begann leise und hilflos zu weinen.

Am nächsten Morgen befand sich Georg Camberg nicht mehr in der Klinik von Atlantic City.

John Martin ließ sich die Überführung des Kranken nach New York und drei Tage später von dort nach Frankfurt am Main etwas kosten. Er charterte das Erster-Klasse-Abteil des Flugzeugs; ein Arzt und eine Krankenschwester begleiteten Georg bis zum Heiligkreuz-Krankenhaus in Frankfurt und übergaben ihn der Obhut der deutschen Ärzte.

Und am gleichen Tag traf ein eingeschriebener Brief auf grauem, kostbaren Japanpapier bei Gisela ein.

Gisela und die Kinder saßen beim Frühstück. Rolf immer noch ein bißchen einsilbig, immer noch ein bißchen geduckt, Petty munter, Dax einsilbig, mit dieser strengen Falte auf der Kinderstirn, die nicht mehr verschwinden wollte.

»Die neue Marmelade ist aber prima«, sagte Petty und biß kräftig in ihr Brötchen.

»Gib mir noch einen Schluck Kaffee bitte«, sagte Rolf.

Nur Dax schwieg, aß ohne ein einziges Mal aufzublicken seinen Haferflockenbrei.

Da klingelte es, und der Postbote kam, händigte Gisela den Brief aus.

Sie erkannte die amerikanischen Briefmarken sofort, aber das erwartete Schnellerschlagen ihres Herzens blieb aus; beinahe gelassen las sie den Absender: John Martin Inc., New York.

Die Kinder blickten ihr gespannt entgegen.

»Von wem ist denn der Brief?« fragte Petty neugierig.

»Von der amerikanischen Firma deines Vaters.«

»Eingeschrieben?« Petty zog die Nase kraus. »Sieht richtig wichtig aus.«

Gisela schlitzte den Umschlag auf. Das erste, was sie sah, war ein Scheck.

»Zwanzigtausend –«, das Wort blieb ihr im Hals stekken.

»Was zwanzigtausend?« fragte Rolf.

»Dollar«, sagte Gisela flach.

»Das ist doch 'n Witz!« Petty und Rolf begannen beide zu lachen.

Nur Dax blickte nicht einmal auf.

Rasch faltete Gisela den Briefbogen auseinander, las die scharf gestanzten Maschinenzeilen.

»Sehr verehrte gnädige Frau,

wir sind sicher, daß Sie inzwischen von dem bedauerlichen Unfall Ihres Mannes in Wyoming bei den Arbeiten an dem dort geplanten Staudamm unterrichtet worden sind, da Mr. Georg Camberg sich inzwischen im Heiligkreuz-Krankenhaus in Frankfurt befindet. Wir möchten Sie unseres aufrichtigen Mitgefühls am schweren Schicksal Ihres Gatten versichern und fügen daher in der Anlage einen Scheck bei, der, wie wir hoffen, Ihre finanzielle Unbill ein wenig erleichtern wird.
Mit vorzüglicher Hochachtung ...«

Darunter eine unleserliche Unterschrift.

Das Blatt flatterte aus Giselas Hand. Sie mußte sich an der Tischkante festhalten.

»Was ist?« Petty und Rolf sprangen auf.

»Euer Vater – ist verunglückt.« Sie starrte in die Gesichter der Kinder und sah sie nicht. Sah nur sein Gesicht – sah es glücklich und heiter und manchmal traurig und deprimiert – wie sie es in zwanzig langen Jahren gesehen, sah nur Georgs Gesicht.

»Am Staudamm – ein Unglück – er ist – schwer verletzt worden – schon wieder hier – in Frankfurt – im Heiligkreuz-Krankenhaus. Der – Scheck ist für – für – ist ein –«

»Hör auf, Mami, bitte.« Petty drückte sie auf ihren Stuhl. »Ich hol' dir ein Glas Wasser. Rolf, hol die Kreislauftropfen. Sieh doch, sie macht uns ja schlapp –«

Gisela hörte und sah alles nur wie durch einen Nebel. Krampfhaft hielt sie sich mit beiden Händen an den Kanten des Stuhlsitzes fest. Sie hatte das Gefühl, als sinke sie, versinke immer tiefer in einen brodelnden grauen Strudel.

Und dann schlug der Rand eines Glases an ihre Zähne, sie trank, schluckte das mit der Medizin vermischte bittere Wasser. Ihre Augen gehorchten ihr wieder, sie sah Petty über sich gebeugt, ganz blaß und immer noch erschrocken, sah Rolfs Gesicht dahinter, das in diesem Moment dem seiner Schwester aufs Haar glich.

»Es ist schon gut«, sagte sie, »regt euch nicht auf. Entschuldigt, ich war so erschrocken. Es kann ja nicht so schlimm mit eurem Vater sein.« Sie zwang sich zu einem Lächeln. »Nicht wahr? Es kann ja gar nicht so schlimm mit ihm sein?«

»Nein«, sagte Petty, »bestimmt nicht.« Und Rolf schüttelte den Kopf.

»Wir müssen uns natürlich erkundigen. Einer von uns muß natürlich im Krankenhaus anrufen. Gebt mir den Brief.«

Aber der Brief lag nicht mehr auf dem Tisch. Nur noch der Scheck. Und Dax war nicht mehr in der Küche.

Sie suchten ihn in seinem Zimmer, im Bad, in der ganzen Wohnung, aber er war fort.

»Na klar«, sagte Rolf, »hätten wir uns ja denken können. Klar, der ist schon auf dem Weg ins Krankenhaus.«

Dax lief. Er lief so schnell wie noch nie in seinem Leben. Er rempelte Leute an, rannte bei Rot zwischen hupenden, kreischend bremsenden Autos hindurch über eine Kreuzung, er schlüpfte durch eine Bretterlücke an einer der U-Bahn-Baustellen, stolperte über aufgerissenen Schotter, nur um den Weg abzukürzen, nur um schneller bei seinem Vati zu sein.

Mein Vati. Mein Vati ist wieder hier. Das war alles, was er dachte. Krank? Verunglückt? Auch er, Dax, war ja schon mal verunglückt und hatte im Heiligkreuz-Krankenhaus gelegen, das brauchte gar nicht so schlimm zu sein.

Mein Vati ist wieder hier. Mein Vati kommt wieder zu uns zurück.

Er hätte es laut herausjubeln, laut singen mögen. Mein Vati ist wieder hier.

Atemlos, und der Schweiß lief ihm übers Gesicht, gelangte er beim Heiligkreuz-Krankenhaus an. Die Schwester an der Pforte konnte sein Herz unter dem dünnen gelben Polohemd schlagen sehen.

Er wollte einfach an ihr vorbei, aber ihre Hand schnellte aus dem Glaskasten vor, erwischte ihn gerade noch an einem Hemdzipfel.

»Wo willst du denn hin, mein Junge?«

»Zu meinem Vati.«

»Und wer ist dein Vati?«

»Herr Camberg.«

»Dann wollen wir mal schauen, in welchem Zimmer er liegt und ob du überhaupt zu ihm darfst.«

»Ich muß zu ihm«, sagte Dax. »Er ist krank. Ich muß ganz dringend zu ihm.«

Die Schwester blätterte in einem großen Karteikartenkasten. Als sie aufblickte, lächelte sie nicht mehr ganz so freundlich; das sah Dax genau.

»Leider liegt dein Vater nicht in unserem Krankenhaus. Da mußt du dich geirrt haben, mein Junge«, sagte sie.

Dax starrte die Schwester an. Ihr Gesicht floß auseinander wie ein Kuchenteig, und dann wurde es wieder ganz schmal, sah aus wie ein weißes Band zwischen der schwarzen Haube.

»Das ist nicht wahr«, stammelte er und ballte seine Hände zu Fäusten. »Mein Vati ist hier. Er muß hier sein. Er ist in Amerika verunglückt, und er ist jetzt hier.«

»Du hast dich bestimmt verhört«, sagte die Schwester geduldig. »Geh mal wieder brav nach Hause und sprich mit deiner Mutti. Sie kann dir bestimmt –«

»Nein«, unterbrach Dax sie, »nein, ich bleibe hier!« Er

sah sich um, entdeckte an der gegenüberliegenden Wand eine Bank, ging entschlossen darauf zu, setzte sich hin.

»Hier bleibe ich«, sagte er. »Hier bleibe ich, und niemand kriegt mich mehr von hier fort.«

Die Schwester betrachtete ihn unschlüssig.

»Warum glotzen Sie mich so an? Sie haben wohl noch nie 'nen kleinen Jungen gesehen«, sagte Dax böse.

Die Schwester schloß den Glaskasten und begann zu telefonieren. Verstehen konnte Dax natürlich nichts.

Soll sie ruhig, dachte er, soll sie tun, was sie will, mich kriegt keiner hier weg, bevor ich meinen Vati nicht gesehen habe.

9

Mit einer müden Handbewegung legte Gisela den Hörer auf.

»Na, was ist jetzt?« fragte Rolf. Er war sehr blaß unter der schwarzen Haartolle. In seinen Augen flackerte es nervös.

»Das war ein Anruf vom Heiligkreuz-Krankenhaus. Dax ist da und rührt sich nicht vom Fleck. Wir sollen ihn abholen.«

»Und was weiter?«

Gisela hob die Schultern. »Nichts weiter.«

»Du fährst aber nicht allein hin«, sagte Petty. »Wir kommen mit.«

»Einer muß doch das Geschäft aufmachen«, sagte Gisela.

»Gut, das tue ich«, sagte Petty. »Und Rolf fährt mit dir.«

»Ich kann auch allein hinfahren«, sagte Rolf. »Na klar!«

»Warum regt ihr euch so auf?« sagte Gisela. »Warum wollt ihr unbedingt – «

»Wir kennen dich doch«, unterbrach Petty sie und warf ihr Haar in den Nacken. »Du bringst es fertig und stürzt zu Vater und verzeihst ihm alles, bloß weil er jetzt krank ist.«

»Petty!« Unwillkürlich fuhr Giselas Hand hoch.

»Schlag mich ruhig«, sagte das Mädchen. »Warum nicht? Aber das sag' ich dir, wenn du das tust, wenn du Vater zurückholst, gehe ich weg. Ich will dann nichts mehr mit euch zu tun haben.«

Petty stürmte hinaus. Wieder einmal flogen die Türen, daß es durch die ganze Wohnung hallte.

Dann war es sehr still.

»Hier«, sagte Rolf und zündete eine Zigarette für seine Mutter an, »setz dich erst mal wieder hin, trink noch einen Schluck Kaffee, Dax läuft uns schon nicht weg.«

»Ihr – ihr würdet also, wenn ich Georg – wenn euer Vater – ihr würdet –«, Gisela vermochte nicht weiterzusprechen.

»Richtig wäre es nicht, wenn du ihn zurückholen würdest«, sagte Rolf ungewohnt bedächtig. »Ihr steht kurz vor der Scheidung. Vater hat dich verlassen. Er hat dich verlassen wegen einer anderen Frau. Jetzt ist er verunglückt, die andere will ihn offensichtlich nicht mehr, denn sonst hätten sie ihn ja nicht aus Amerika abgeschoben, und da willst du wieder für ihn einspringen? Nein, Mutter, richtig wäre es nicht.«

»Rolf, dein Vater und ich haben zwanzig Jahre lang glücklich zusammen gelebt. Jetzt ist er in Not – und ob Scheidung oder nicht –, jemand muß sich um ihn kümmern. Darum geht es zuerst einmal, um nichts anderes.«

»Er liegt ja im Krankenhaus. Da kümmert man sich schon um ihn. Da die amerikanische Firma dir einen Scheck über zwanzigtausend Dollar geschickt hat, wird sie auch Sorge tragen, daß es Vater an nichts fehlt.«

»Und wenn er aus dem Krankenhaus entlassen wird?«

Rolf zuckte mit den Schultern. »Wir wissen nicht einmal, was ihm überhaupt fehlt. Und schließlich hat er ja noch seine Mutter.«

»Oma Camberg ist eine alte müde Frau.«

»Mutter«, Rolf stützte die Hände auf den Tisch, er brachte sein Gesicht nahe an das ihre heran, »Mutter, denk an dich selbst. Denk einmal nur an dich selbst. Du hast zwanzig Jahre lang immer nur an Vater und an uns Kinder gedacht. Du hast dich um uns gesorgt. Hat sich jemals jemand um dich gesorgt? Nein – wir alle haben uns bloß immer auf dich verlassen. Wir alle. Weißt du noch, als vorige Woche die Polizei da war? Du hast es in Ordnung gebracht, weil du zu mir gehalten hast, weil du mich zur Besinnung gebracht hast. Ich habe plötzlich erkannt, was ich dir damit antat, ein Sohn zu sein, der in Rauschgiftschmuggel verstrickt ist, der ein Herumhänger ist. Und im letzten Jahr, Mutter, weißt du noch – da bist du nach Aachen gekommen, wohin ich ohne einen Pfennig Geld aus England wegen der Unfallsache getürmt war. Jetzt sind wir mal dran. Und ich sage dir, wir lassen es nicht zu, daß du Vater wieder mit offenen Armen aufnimmst, nur weil er jetzt vielleicht am Ende ist. Wir lassen es nicht zu, hörst du!«

»Ja«, sagte sie, »ja, Rolf, du meinst es gut. — Komm«, Gisela stand auf, »laß uns ins Heiligkreuz-Krankenhaus fahren, um Dax abzuholen.«

Petty hatte an diesem Morgen in Giselas Boutique alle Hände voll zu tun. Ein amerikanisches Ehepaar hatte das Silberbesteck mit den geschnitzten Elfenbeingriffen gekauft. Jedes der Stücke, und es waren einhundertzwanzig an der Zahl, mußte nun säuberlich in Seidenpapier eingedreht und dann in Schutzwatte zum Versand verpackt werden.

Petty tat es mit Verve – sie war stolz auf sich. Sie hatte in der ersten halben Stunde dieses Morgens das beste Geschäft gemacht, seit die Boutique existierte.

Wenn Mami das erfuhr, die würde Augen machen!

Während sie an ihre Mutter dachte, bildete sich eine tiefe senkrechte Falte auf ihrer Stirn; Petty spürte es selbst.

Ich könnte nie so sein wie sie, dachte Petty, und wenn es mir das Herz zerreißen würde. Immer nachgiebig, immer verständnisvoll. Vater hat sie fallen lassen wie eine heiße

Kartoffel, aber ich bin sicher, wenn wir nicht ganz scharf dagegen protestieren, dann nimmt sie ihn jetzt doch wieder auf.

Warum tut sie das? Hat sie so wenig Stolz?

Ich weiß, ich könnte einen Mann lieben, ich weiß, ich könnte alles für ihn tun, aber nur, solange er mich liebt. Wenn er mich einmal betrügen würde – wäre es aus!

»Sie führen ja interessante Selbstgespräche«, sagte da jemand lachend hinter ihr.

Petty fuhr herum, heiß schoß ihr die Zornesröte ins Gesicht. »Warum klopfen Sie nicht an, wenn Sie hier hereinkommen, Herr Rossius! Wieso kommen Sie überhaupt hier herein?«

»Der Laden war leer«, sagte er und lächelte ungerührt. »Und ich habe an der Bürotür geklopft, aber Sie haben es offenbar nicht gehört.«

Er setzte sich auf die Kante des Schreibtisches, da sonst keine andere Sitzgelegenheit frei war – Petty hatte Holzwolle, Schutzwatte und Seidenpapier in nur ihr verständlicher Ordnung überall verstreut.

»Meine Mutter ist nicht da«, sagte sie.

»Das sehe ich«, lächelte Horst Rossius.

»Sie kommt auch heute nicht.«

»Ist Gisela krank?« Er hatte aufgehört zu lächeln; Petty sah Sorge in seinen hellen Augen.

»Nein«, sagte sie und spürte deutlich Schadenfreude. »Mein Vater ist zurückgekehrt.« Warum, warum machte es ihr Freude, Horst Rossius weh zu tun?

»So«, sagte der junge Anwalt nur. Er zog ein Zigarettenetui aus der Brusttasche seines dunkelgrauen Flanelljacketts, zündete sich eine Zigarette an, ohne Petty eine anzubieten; nur darin äußerte sich seine Nervosität.

»Ich möchte auch rauchen«, sagte Petty.

»Entschuldigung.« Er lächelte flüchtig und wurde doch tatsächlich rot.

Während er ihr Feuer gab, versuchte sie ihm in die Augen zu sehen, aber er wich ihr aus.

»Darf man erfahren, warum Ihr Vater zurückgekehrt ist? Es interessiert mich – als Anwalt Ihrer Mutter natürlich«, fügte er beinahe hastig hinzu.

»Warum nicht?« sagte Petty und zuckte mit den Schultern. »Er ist in Wyoming verunglückt. Auf der Baustelle. Zur Zeit liegt er hier im Krankenhaus. Man hat ihn so schnell wie möglich abgeschoben. Aber Mami wird ihn mit offenen Armen aufnehmen, da können Sie Gift drauf nehmen.«

»Es – tut mir leid«, sagte Horst Rossius.

»Ja, das kann ich mir vorstellen«, sagte sie schnippisch.

»Petty, bitte grüßen Sie Ihre Mutter von mir.« Er drückte die Zigarette im Aschenbecher aus, knöpfte sein Jackett zu.

»Ja, natürlich«, sagte sie.

Er gab ihr die Hand, lächelte wieder flüchtig und konnte sie immer noch nicht anschauen.

Petty sah ihm nach, wie er durch den Laden ging, hinaus auf die Straße trat, sekundenlang stehenblieb – wie jemand, der entscheiden muß, in welche Richtung er sich wendet.

Und plötzlich schämte sie sich. Sie hatte ihn verletzt. Sie hatte seine Gedanken absichtlich auf eine Fährte gesetzt, die ihn von ihrer Mutter trennen mußte.

Er war zu anständig – er würde nicht um Mutter kämpfen. Er würde ihr die freie Wahl lassen.

Er würde verzichten, um Mutter glücklich zu sehen.

Warum habe ich das getan, dachte Petty, warum? Ich habe Mami damit vielleicht den einzigen wahren Freund genommen, den sie hatte.

Sie sah ihr Gesicht in dem kleinen Barockspiegel, der über dem Schreibtisch hing.

Sah ihr langes hellbraunes Haar, sah ihre großen grauen Augen, sah, wie sie sich mit Tränen füllten.

Warum habe ich das getan? fragte sie ihr Gesicht. Und sie dachte an die letzten Monate, dachte an die letzten Wochen, in denen sie jedes Vergnügen daran verloren hatte, mit gleichaltrigen Freunden auszugehen, zu tanzen und Cocktails zu trinken und sich ihr albernes Geschwätz anzuhören. Und sie konnte nicht begreifen, daß es ihr überhaupt einmal Spaß gemacht hatte, auf dem Rücksitz eines Wagens Zärtlichkeiten auszutauschen. Das war doch nur verlogenes Getue.

Sie blieb jetzt lieber zu Hause, lernte für die Uni und paukte nebenher noch Englisch und Französisch.

Und wenn es abends spät wurde und ihre Mutter noch nicht zu Hause war, lauschte sie auf jeden Wagen, der unten in der Straße näher kam – bis Rossius' Wagen vorfuhr und Mutter ausstieg.

Das erstemal hatte sie im Schutz der Vorhänge gestanden und gesehen, wie er Mutter die Hand küßte. Mehr hatte sie gar nicht sehen wollen. Aber danach hatte sie sich jedesmal krampfhaft zwingen müssen, nicht mehr ans Fenster zu gehen, die beiden nicht mehr zu beobachten.

Dann die Nacht, als Mutter überhaupt nicht nach Hause gekommen war, als sie erst morgens kam, als es schon hell wurde. Und sie hatte noch gesagt: »Na, war's wenigstens schön?« Und dabei hätte sie am liebsten geheult.

Und plötzlich wurde Petty klar, daß sie auf ihre Mutter eifersüchtig war.

Dax stürzte seiner Mutter und Rolf entgegen, als sie die Eingangshalle des Heiligkreuz-Krankenhauses betraten.

»Mami, sie wollen mich nicht zu Vati lassen! Sie sagen, er wäre überhaupt nicht hier! Mami, sag doch der blöden Schwester ...«

»Still, Dax«, sagte Gisela, »ich werde mit der Schwester sprechen.« Sie warf Rolf einen Blick zu. »Geh mit Dax eine Weile im Park spazieren, ich bin gleich wieder bei euch.«

»Aber dann darf ich zu meinem Vati, nicht wahr? Dann darf ich doch zu ihm?« verlangte Dax.

»Ja«, versprach Gisela, »ja, wir werden sehen.«

Die Schwester am Empfang lächelte. »Sie haben aber einen hartnäckigen Sohn, Frau Camberg.«

»Das kann man wohl sagen«, seufzte Gisela.

»Der Herr Oberarzt erwartet Sie schon. Bitte, gehen Sie hier den Flur entlang, es ist die letzte Tür.«

Gisela betrat das Vorzimmer der Ordination. Eine schlanke blonde Frau meldete sie an und führte sie in den Nebenraum.

»Bitte, gnädige Frau, nehmen Sie doch Platz.« Der Oberarzt war ein Mann Ende der Vierzig, sehr gepflegt, sehr gut aussehend, und sehr verbindlich.

»Es hat ein wenig Aufregung gegeben mit Ihrem kleinen Sohn«, erklärte er. »Nun, die Schwester am Empfang befolgte nur meine Anweisungen. Sehen Sie, Ihr Gatte hat uns dringend gebeten, nichts über seinen Aufenthalt in unserem Hause verlauten zu lassen. Er sagte, daß Sie in Scheidung leben?«

»Ja«, sagte Gisela einfach.

»Nun Ihr Gatte meinte, er wolle keinesfalls in irgendeiner Form Ihnen, das heißt seinen Angehörigen, zur Last fallen. Unter den gegebenen Umständen sehr verständlich, und ich möchte sagen – rücksichtsvoll.«

»Was ist mit meinem Mann, was genau fehlt ihm?« fragte Gisela.

»Er hat gebeten, auch darüber Stillschweigen zu bewahren.«

»Wir sind noch nicht geschieden, Herr Doktor«, sagte Gisela. »Noch habe ich – das Recht zu erfahren, was mit meinem Mann ist.«

»Nun ja – es ist –«

»Bitte«, sagte Gisela, »es ist in keiner Weise nötig, Schonung zu üben.«

»Nun gut.« Etwas wie Bewunderung war in den Augen des Arztes zu lesen. »Ihr Gatte ist erblindet, aber das wird vorübergehen.«

Gisela krampfte ihre Hände um den Bügel der Handtasche, daß er zerbrach.

»Und weiter?« fragte sie tonlos; sie erkannte ihre eigene Stimme nicht. »Das ist doch nicht alles?«

»Nein, leider nicht«, sagte der Arzt. »Die Beine Ihres Mannes sind gelähmt.

»Geht das – auch vorüber?«

»Es tut mir leid, gnädige Frau ...«, der Arzt verstummte, schüttelte langsam den Kopf.

»Darf – mein Mann – schon Besuch empfangen?«

»Zur Zeit wäre es nicht ratsam.«

»Wollen Sie mich benachrichtigen, wenn es ratsam ist?«

»Ich weiß nicht, ob ich befugt bin –«

»Herr Doktor, muß ich wiederholen, daß wir noch nicht geschieden sind? Muß ich wiederholen, daß meine Kinder und ich noch ein Recht darauf haben, uns um meinen Mann zu kümmern?«

Gisela erhob sich. Sie entnahm ihrer Handtasche ihre Visitenkarte. »Ich bin tagsüber in meinem Geschäft zu erreichen, abends zu Hause. Ich bin jederzeit zu erreichen, Herr Doktor.«

Sie empfand nichts, als sie durch den langen Flur zurückging, in die Halle hinaus, in den Park.

Birken warfen gefiederte Schatten auf die Kieswege, letzter Ginster blühte noch und die ersten flammendroten Rosen.

Die Sonne schien, Tauben pickten gurrend Krumen auf, die eine alte Frau vor einer Parkbank streute.

Gisela fand Dax und Rolf an dem kleinen Fischteich.

Rolf erklärte ausführlich und geduldig die verschiedenen Arten der Fische, soweit er sie kannte, und Dax lauschte mit angestrengter Aufmerksamkeit, die seine sommersprossige Stirn furchte.

»Da bin ich wieder«, sagte Gisela und trat zwischen ihre Söhne; sie schlang ihre Arme um die beiden.

»Heute können wir Vater noch nicht sehen«, sagte sie ruhig, »er ist zu erschöpft von dem langen Rückflug von Amerika. Aber morgen, morgen darfst du deinen Vater sehen, Dax.«

»Ist das auch bestimmt wahr?« fragte Dax. Seine Augen hingen an ihrem Gesicht.

»Natürlich ist das wahr«, sagte sie. »Warum sollte ich dich belügen?«

»Ach, ich weiß nicht«, sagte er und zuckte mit den Schultern. »Erwachsene nennen das ja gar nicht lügen, sondern Diplomatie.«

Gisela und Rolf starrten sich verblüfft an.

»Das ist die beste Definition von Diplomatie, die ich je gehört habe«, sagte Rolf trocken.

»Na seht ihr«, sagte Dax zufrieden. »Blöde bin ich nicht.«

Auch im Park von Paradise Grove warfen Birken gefiederte Schatten. Auch hier, auf dem Landsitz der Martins – zwanzig Meilen von New York –, blühten die Rosen.

»Es ist schon einen Monat her«, sagte John Martin. »Du wirst ihn vergessen. Du bist noch so jung.« Er hielt Jills Hand, die zitterte.

»Tue ich nicht für dich, was ich kann?« fragte er. »Bleibt dir ein Wunsch unerfüllt?«

Er fragte es kleinmütig, er fragte es wie jemand, der sicher ist, keine Verzeihung zu finden. »Du bist doch alles, was ich habe, Jill.«

Sie sah ihn nicht an. Seit jenem Morgen, an dem er zu ihr gekommen war und gesagt hatte, daß Georg verlangt habe, nach Deutschland zurückgebracht zu werden und nun schon auf dem Wege dorthin sei, seither konnte Jill ihrem Vater nicht mehr in die Augen sehen.

Ja, es war schon lange her, es war schon mehr als einen Monat her. Und sie war wieder in Paradise Grove. Sie war wieder in dem Haus, von dem sie gehofft hatte, es würde einmal Georgs und ihr Heim sein, es würde einmal das Leben mit Georg und dem Kind umschließen.

Aber sie hatte das Kind verloren.

Und sie hatte Georg verloren.

Es war ihr nichts geblieben. Nichts als Geld, das ihr alle Wünsche und doch nicht den einen einzigen Wunsch erfüllen konnte. Nichts als ein Vater, den sie nicht mehr liebte, obwohl er nur das Beste – wie er glaubte – für sie getan hatte.

»Du mußt wieder unter Menschen gehen«, sagte John Martin. »Wir werden eine große Gesellschaft geben. Ich werde Ferien machen, und wir beide werden auf eine Weltreise gehen.«

Jill sagte nichts. Sie blickte aus dem Fenster in den

abendlichen Garten, wo sich die Rasensprenger endlos um die eigene Achse drehten, silbriges Naß versprühten, das diesen trockenen heißen Sommer bekämpfen sollte.

»Jill, du kannst nicht Tag aus Tag ein, Woche um Woche hier sitzen und nichts sagen und nichts tun und nur zum Fenster hinausstarren. Mein Gott, du lebst doch. Du mußt doch irgend etwas tun!«

»Du regst mich auf«, sagte sie kalt und verspürte nicht einmal Mitleid mit ihrem Vater. »Ich möchte allein sein.«

Sie entzog ihm ihre Hand und fuhr fort, aus dem Fenster zu starren.

Sie sah nicht, welch ein müder gebeugter alter Mann ihr Vater war, als er ihr Zimmer verließ.

Später kam Amy, die dicke, robuste, immer fröhliche Pflegerin.

»Zeit fürs Abendessen, Miß Jill«, rief sie und rollte klirrend den Servierwagen heran.

»Ja, was gibt es denn heute abend? Ein zartes Hühnerbrüstchen auf Artischockenböden in Sauce Vinaigrette, und ein Glas Champagner ist erlaubt. Das wird Ihnen schmecken!«

»Ich habe keinen Appetit«, sagte Jill.

»Aber Sie müssen etwas essen, Sie werden ja immer dünner, Männer lieben so was nicht.«

»Amy, was würden Sie tun«, fragte Jill nachdenklich, »wenn Sie einen Mann liebten und wüßten, er liebt sie auch und braucht Sie, will es aber aus Stolz nicht zugeben und verläßt Sie deshalb?«

»Ich, Miß Jill? Ich würde ihm die Flausen austreiben, Miß Jill!« Amy lachte hell auf. »Ich würd' zu ihm hingehen und sagen, spiel dich nicht auf, mach keinen knallharten Helden aus dir!«

»Das würden Sie tun?«

»Ja, ganz sicher. Sehen Sie, Miß Jill. Da war ein Mann, den hab' ich wirklich geliebt. Das war Bill. Den wollte ich heiraten. Er wollte nicht, er hatte nämlich 'n Augenleiden aus dem Koreakrieg. Er konnte sich ausrechnen, wann er gar nichs mehr sehen würde. Ich hab' Bill dennoch rumgekriegt, und wir wollten heiraten. Bloß dann —«, das fröhliche Gesicht zerbrach, plötzlich sah man Amy ihr Alter, ihre vierzig Jahre an, »dann ist Bill verunglückt. Er war in dem Flugzeug, das damals über New York runtergekommen ist, erinnern Sie sich? Aber geheiratet hätte er mich, ja, das hätte Bill getan.« Amy rieb sich energisch die Augen. »Entschuldigen Sie, Miß Jill. Ich hätte gar nicht davon sprechen sollen, aber wo Sie mich doch danach gefragt haben. Und überhaupt so 'ne Liebe, 'ne richtige Liebe, kann man nun mal nicht vergessen, auch nach Jahren nicht.«

»Ja, Amy, das glaube ich Ihnen«, sagte Jill leise. Sie lehnte den Kopf zurück, gegen das weiche Polster des Sessels. Sie schloß die Augen.

Ich muß nach Deutschland fliegen, dachte sie, und eine große Ruhe kam über sie. Ich muß nach Deutschland fliegen und das tun, was Amy getan hat.

Die Zeit verging schnell.

Viel geschah in diesen nächsten Wochen bei den Cambergs. Petty wurde krank, bekam Mumps, war todunglücklich, weil es sie so häßlich machte.

Dax verschlechterte sich in der Schule. Der Klassenlehrer ließ Gisela zu sich kommen, sagte ihr, daß Dax oft ein verstörtes und dann wieder bockiges Benehmen an den Tag legte. Waren etwa die häuslichen Verhältnisse nicht in Ordnung?

Gisela versprach mit Dax zu reden. Versprach, daß er sich wieder bessern würde.

Sie redete mit Dax. Er reagierte verstockt. Sie richtete nichts bei ihm aus. Seine Versetzung wurde in Frage gestellt.

Sorgenvoll lag Gisela nachts wach, mußte Schlaftabletten nehmen, um wenigstens für wenige Stunden Ruhe zu finden.

Und dabei brauchte sie soviel Kraft – um ihre Familie zusammenzuhalten, um im Geschäft Erfolg zu haben.

Sorgen machte ihr vor allem auch Rolf, der wieder seine eigenen Wege ging, nach denen sie nicht zu fragen wagte.

Und dann die Boutique: In den ersten Wochen hatte sie sich so gut angelassen. Gisela hatte einige der wertvollsten und teuersten Komissionsstücke verkauft, aber kaum etwas von der Ware, die sie selbst finanziert hatte, das heißt, für die Rechnungen fällig wurden. Und da war außerdem die hohe Miete für den Laden und für die Wohnung zu zahlen. Doch die Kunden blieben aus. Sommerflaute, die Urlaubszeit hatte begonnen.

Urlaubszeit? Dieses Jahr würden nicht einmal die Kinder Ferien machen können. Und sie hatten nicht einmal mehr den Garten wie früher, wo sie Luft und Sonne schnappen, sich austoben konnten; Dax beim Indianerspielen und Petty und Rolf bei ihren Beatpartys mit Freunden.

Das Geld war knapp geworden. So knapp, daß Gisela vor jedem Bankauszug Angst hatte. Sie konnte sich schon ausrechnen, wann sie in den roten Zahlen stehen würde.

Natürlich – da war noch der Scheck von der Firma Martin aus New York. Zwanzigtausend Dollar, das waren achtzigtausend Mark.

Aber sie wollte das Geld nicht anrühren.

Natürlich stand es ihr zu, es war kein Almosen; schließlich hatte Georg den Unfall auf der Baustelle des Staudamms gehabt. Aber sie wollte dieses Geld nicht.

Sie zahlte den Scheck auf ein Sonderkonto ein. Wenn es ganz schlimm kam, konnte sie ihn als Sicherheit benutzen und beleihen.

Vor allem aber sollte das Geld da sein, wenn Georg aus dem Krankenhaus kam. Mein Gott, er würde es brauchen.

Würde er jemals wieder seinen Beruf ausüben können? Wenn ja, dann doch wohl nur in der Planung, niemals mehr aktiv auf einer Baustelle, was ihm das liebste gewesen war.

Vielleicht würde er aber auch nie wieder arbeiten können – was dann?

Sie hatte Georg noch nicht gesehen. Immer noch hieß es, ein Besuch bei ihm sei nicht angebracht.

Und das seit anderthalb Monaten. Seit Ende Mai, jetzt war der Juli fast schon herum.

Und da war noch etwas! Sie hatte ihre Probleme vor ihrer Schwiegermutter verheimlicht, hatte es nicht fertiggebracht, ihr von der bevorstehenden Scheidung zu schreiben und erst recht nichts von Georgs Unfall. Und in letzter Zeit kamen immer häufiger schüchterne und doch drängende Briefe der alten Frau: »... ich danke Dir für das schöne Päckchen, liebe Gisela, und für Deine lieben Worte. Ich hoffe, es geht Euch allen gut. Im Sommer werdet Ihr mich doch sicher endlich wieder einmal besuchen, weil es doch Weihnachten und Ostern nicht geklappt hat? Bitte, ich würde mich so sehr freuen. Ich denke in Liebe an Euch. Und auf ein recht frohes Wiedersehen!«

Auch das belastete Gisela sehr.

Sie hatte mit Horst Rossius darüber gesprochen. Sie hatte ihn um Rat gefragt.

Aber zum erstenmal seit sie ihn kannte, verweigerte der junge Anwalt seinen Rat.

Ruhig hatte er sich alles angehört, sie mit keinem Wort unterbrochen, dann aber geantwortet: »Gisela, ich möchte Ihnen raten, aber ich darf es nicht tun. Nicht in dieser Situation. Denn was sollte ich Ihnen raten als ihr Anwalt? Ich müßte sagen, lassen Sie sich so bald wie möglich scheiden, lassen Sie sich nicht vom Mitleid mit Ihrem Mann verführen; denken Sie an Ihre Kinder und an sich selbst.«

»Und als Freund?«

»Als Freund bin ich nicht mehr objektiv.« Das war vor vierzehn Tagen gewesen, und seither hatten sie sich nicht mehr gesehen.

Horst Rossius fehlte ihr, sie vermißte ihn. Aber Gisela wußte, sie hatte kein Recht, ihn zu sich zu bitten, denn das hieße, das, was er für sie empfand, auszunutzen.

Gisela dachte an all dies, während sie dabei war, den Laden aufzuräumen und fürs Wochenende zu schließen. Es war Samstagmittag, zwei Uhr. Da kam Rolf angetrabt, ganz außer Atem.

Seine Augen blitzten. »Hi, Mami!«

Er zog sie in den Laden hinein, schwang sie herum, hob sie hoch und setzte sie mitten auf die Theke.

»Rolf!« Gisela wehrte ihn ab und wußte nicht, ob sie lachen oder böse sein sollte. »Rolf, wie siehst du denn aus?«

Er trug einen schmutzigen blauen Overall und Schuhe, die lehm- und dreckverkrustet waren.

»Ich weiß«, lachte er, »ich hätte mich in Schale werfen sollen für diesen großen Augenblick. Hatte ich auch eigentlich vor. – Aber weißt du, ich konnt's einfach nicht mehr erwarten! Ich konnt's einfach nicht länger für mich behalten!«

Er zerrte einen Umschlag aus seiner Brusttasche, drückte ihn ihr in die Hände, feixte. »Mach ihn auf!«

»Rolf, aber das ist ja –«

»Nun mach schon«, drängte er und hatte große Ähnlichkeit mit Dax, wie er da ungeduldig von einem Fuß auf den anderen trat.

Gisela zog mit zitternden Händen einen Lohnstreifen aus dem Umschlag hervor und zwölf Hundertmarkscheine. Das Geld brannte geradezu in ihrer Hand.

»Rolf«, flüsterte sie, »Rolf, hast du ...« Die Stimme versagte ihr.

»Ich habe es verdient«, sagte er, und seine Stimme war ganz heiser. »Ich hab' 'ne Menge Überstunden gemacht, daher ist es eine ganz schöne Stange geworden, was? – Weißt du«, und er tat gespielt selbstverständlich, »ich mache mein Praktikum, und im nächsten Jahr fang' ich dann an zu studieren. Aber auch dann arbeite ich nebenbei weiter, das geht ganz gut. Ich hab' einen Kumpel auf der Baustelle, der macht das jetzt schon. Ich meine, ich will Architekt werden. Ich hab' mir gedacht, Häuser werden immer gebaut, nicht wahr? Ich meine, du findest das doch richtig? Ich meine, du hast doch nichts dagegen?«

»Ich – ich weiß gar nicht, was ich sagen soll«, flüsterte Gisela. »Wirklich nicht, ich weiß gar nicht – o Rolf.«

»Jetzt fang bloß nicht an zu heulen«, sagte er, aber als er sie in die Arme nahm und an sich drückte, spürte sie, wie jeder Muskel seiner Arme zitterte.

»Wir werden es schon schaffen«, sagte er, »wir lassen uns doch nicht unterkriegen, Mami.«

»Ja, wir werden es schaffen.« Gisela lachte unter Tränen.

Rolf sah als erster die Frau, die vor dem Schaufenster stand. Sie war zerbrechlich dünn, und obwohl es Sommer war, trug sie einen Pelzmantel. Silbriges Haar fiel auf die zarten Schultern, und die Augen in dem blassen schmalen Gesicht waren groß und tiefschwarz.

Langsam ließ Rolf seine Mutter los, trat einen Schritt zurück.

»Was ist?« fragte Gisela und suchte, wie immer vergeblich, nach einem Taschentuch.

»Da, nimm meins«, sagte Rolf und fügte hinzu: »Ich glaube, da draußen steht noch eine Kundin?«

Gisela folgte seinem Blick. Ihr war, als fließe alles aus ihr weg, alles Leben.

Warum es so war, hätte sie später nie zu erklären vermocht, aber sie wußte sofort, daß diese junge Frau Jill Martin war.

Sekundenlang sahen sie sich wie gebannt an.

Dann war es, als schiebe ein Unsichtbarer Jill vorwärts. Sie legte die Hand auf die Klinke, öffnete die Tür.

»Guten Tag«, sagte sie mit weichem, singendem Akzent. »Frau Camberg, nicht wahr?«

»Ja«, sagte Gisela.

»Ich bin Jill Martin.« Kaum hörbar murmelte sie es.

»Bitte, kommen Sie doch herein«, sagte Gisela. Und dann rasch, zu Rolf gewandt: »Geh du schon nach Hause, ich komme bald nach.«

In seinen Augen war ein kalter Glanz. »Ich sehe nicht ein –«

»Bitte, Rolf«, unterbrach Gisela ihn und zwang sich zu einem beruhigenden Lächeln.

»Na gut.« Er ging, ohne Jill noch einen Blick zu geben, rasch hinaus.

»Isch hätte vielleicht nischt kommen sollen«, sagte Jill.

»Sie werden denken, es ist eine Bosheit, nischt wahr? Aber isch – bitte, isch brauche Ihre Hilfe.«

Das also ist Jill Martin, dachte Gisela. Dieses schmale Kindergesicht, diese traurigen, hungrigen schwarzen Augen. Und sie ist nach Deutschland gekommen, hierher nach Frankfurt. Hierher in meinen Laden, hierher zu mir.

»Wir können – in mein Büro gehen«, sagte sie, »dort können wir uns setzen.« Sie ging Jill Martin rasch voran, räumte einen Ballen chinesischer Seide von dem einen, eine alte Kupferkanne von dem anderen Stuhl.

»Ich bin mir bewußt, daß ich eigentlich kein Recht habe, hierzusein«, sagte Jill in dem langsamen, singenden Tonfall und mit amerikanischem Akzent. »Aber ich wußte mir keinen Rat mehr.« Sie umklammerte die kleine Handtasche aus perlfarbenem Leder in ihrem Schoß. »Ich bin schon seit einer Woche hier. Ich bin jeden Tag zum Krankenhaus gegangen, aber man will mich nicht zu – zu Mr. Camberg lassen.«

»Nennen Sie ihn ruhig Georg«, sagte Gisela und zündete sich eine Zigarette an. Sie wunderte sich, wie sicher ihre Hände waren. »Ja, er will keinen Besuch«, fügte sie dann hinzu.

»Sie – haben ihn auch noch nicht gesehen?« fragte Jill leise.

»Nein. Er will nicht einmal seine Kinder sehen.«

»Es muß schrecklich für Sie sein«, sagte Jill. Ihr Gesicht war ohne jede Farbe; selbst ihre Lippen unterschieden sich nicht mehr von der Haut.

»Aber es ist auch für mich schrecklich. Es ist – es war keine, wie sagt man in deutsch? – Spielerei. Ich weiß, ich tue Ihnen damit weh, aber ich muß es sagen, damit Sie Georg und mich verstehen. Wir waren nicht leichtfertig. Er hat Sie nicht einfach vergessen, und auch seine Kinder nicht. Er hat gekämpft. Aber es war stärker als wir. Es war – ich habe nie jemanden so geliebt. Keinen Mann. Ich kann – nicht ohne ihn leben.«

»Das habe ich auch einmal gedacht«, sagte Gisela. »Vor einem halben Jahr habe ich auch gedacht, ich kann nicht weiterleben.«

»Sie haben Ihre Kinder. Sie haben seine Kinder. Sie sind so reich. Bitte – bitte helfen Sie mir, Georg nur einmal noch zu sehen. Ich – ich muß noch einmal mit ihm sprechen. Nur ein einziges Mal.«

»Ich kann Ihnen nicht helfen. Ich habe keinen Einfluß mehr auf ihn.«

Und da sind Sie schuld, hätte Gisela am liebsten hinzugefügt. Aber sie tat es nicht, konnte es nicht, weil sie nichts als Mitleid für Jill empfand. Keinen Haß, keinen Zorn, nur Mitleid mit dieser Kindfrau, die noch so verletzlich war.

»Ich will Georg nicht mehr für mich«, flüsterte Jill. Ich will nur noch – ihm helfen. Ich habe Geld, viel zuviel Geld. Ich kann die besten Ärzte für ihn beschaffen, die es gibt. Ich kann helfen, daß er wieder gesund wird. Ich kann –«

»Sagen Sie das seinem Arzt«, unterbrach Gisela sie.

Jill blickte auf. »Sie glauben mir nicht?«

Gisela sagte nichts.

»Ich verstehe«, flüsterte Jill. »Ja, ich verstehe Sie sehr gut. Ich würde ja dasselbe tun.«

Jill stand auf, mit einer schwerfälligen müden Bewegung, die so gar nicht zu ihrer zarten Gestalt paßte. »Verzeihen Sie mir.«

Ihre Absätze klackten über das honiggelbe Parkett des Ladens, die Türglocke ließ ihr melodisches Läuten ertönen, dann war Jill Martin nur noch ein undeutlicher Schemen vor dem Schaufenster.

Gisela wußte später nicht zu sagen, wie lange sie einfach so dasaß, die Ellbogen auf die Schreibtischplatte gestützt, eine Zigarette an der anderen anzündend, einfach vor sich hinstarrend.

Sie wußte, daß die Kinder es verurteilten, daß die Kinder Georgs Unglück sozusagen als Strafe ansahen für das, was er ihnen allen antat, als er sie verließ; sie wußte, daß Angela und niemand von ihren Freunden es guthieß – und dennoch hatte sie einen winzigen Keim der Hoffnung in sich genährt, Georg zurückzugewinnen. Er war krank, schwer krank, vielleicht für den Rest seines Lebens durch die Lähmung gezeichnet, aber wenn man einen Mann liebt, macht das nichts aus. Man kann einen Weg finden, damit zu leben.

Jill hatte gesagt: »Es war keine Spielerei. Er hat gekämpft, aber es war stärker als wir.«

Und das war es, was jetzt noch, im nachhinein, weh tat. Sehr weh.

Aber hätte es mir nicht auch geschehen können? dachte Gisela. Kann es nicht jedem Menschen geschehen, daß eine Liebe stirbt, von heute auf morgen, und eine andere beginnt, der man nicht ausweichen kann und will?

Hätte es mir nicht auch geschehen können?

Ich weiß es nicht, dachte Gisela, ich weiß überhaupt nichts mehr. Aber wofür lebt man eigentlich, wenn alle Fragen ungelöst bleiben?

10

Er erkannte sie zuerst nicht. Sie hatte einen lachenden, hellgeschminkten Mund, und die Augen waren tiefschwarz umrandet. Sie hatte ihr hellbraunes Haar hochgebunden, und es fiel in Kaskaden auf ihre Schultern. Sie trug weiße Stiefel und ein minikurzes grünes Kleid.

Ihre Schenkel zuckten im Takt des Beat, ihre Hände waren abwehrend und lockend zugleich gegen ihren Partner ausgestreckt.

Und ihr Partner war ein pickelgesichtiger junger Kerl, der eben diese Pickel mit einem dichten Schnurrbart und lockigen Koteletten zu verbergen suchte.

Die Gitarren steigerten sich zu einem ohrenbetäubenden Kreischen, sie übertönten selbst das Stampfen der Tänzer auf der runden, bläulich erhellten Tanzfläche des ›Mikado‹.

Horst Rossius saß an der Bar, nippte an seinem Whisky.

Er ließ Petty nicht mehr aus den Augen.

Er verglich sie mit ihrer Mutter, mit Gisela.

Ob Gisela wußte, daß Petty hier war – im ›Mikado‹, wo man die Mädchen für einen Drink ihren Kavalieren ausspannen konnte, im ›Mikado‹, der Spielwiese junger und älterer Männer, die Abwechslung suchten?

Und warum bin ich hier, dachte er. Weil ich es abends allein zu Hause nicht mehr aushalte. Weil ich keine wirklichen Freunde in Frankfurt habe. Weil ich aber abends nicht auch noch über Akten hocken will, bloß um mich abzulenken. Er wußte genau, daß er seit der Rückkehr Georg Cambergs unter einer Depression litt. Es war nicht das erstemal in seinem Leben. Er hatte als Halbwüchsiger darunter gelitten, als seine Eltern sich scheiden ließen, er es nicht aushielt, zwischen ihnen hin- und hergezerrt zu werden, das Internat vorzog und schließlich auch jede finanzielle Unterstützung ablehnte, als er alt genug war, sich sein Studium selbst zu verdienen. Gisela war es ähnlich ergangen, auch ihre Eltern hatten sich scheiden lassen, aber sie war damals schon verheiratet gewesen, sehr jung noch und sehr unerfahren, wie sie ihm in jener langen Nacht erzählt hatte, aber schon dabei, ihre eigene Familie zu gründen – beschützt von Georg.

Horst hatte seinen Eltern nie verzeihen können, daß sie sich scheiden ließen, und Gisela war es ebenso ergangen. Auch ihre Kinder würden es ihr und Georg nie verzeihen, wenn sie im Augenblick auch noch anders darüber dachten.

Der Beat versickerte in einem Wimmern.

Die Tanzfläche leerte sich.

Petty bewegte sich unter den anderen jungen Leuten wie ein Kind, das sich verirrt hat; während des Tanzens war sie ihrer noch sicher gewesen, jetzt war sie es nicht mehr.

Horst Rossius sah es genau. Er sah, wie der junge Kerl sie zum Trinken drängte, schal gewordener lauwarmer Sekt wahrscheinlich.

Er sah auch, daß der Pickelgesichtige seine Hände nicht bei sich behielt.

Horst Rossius zahlte und verließ die Bar.

Petty sah ihn erst, als er vor ihrem Tisch stand.

»Petty, hast du unsere Verabredung vergessen?« fragte er und ignorierte den Pickelgesichtigen.

»Nein – ja – ich – «, stotterte Petty.

Horst Rossius streckte die Hand aus. Zögernd, und dann eifrig, hastig beinahe, nahm Petty seine Hand und stand auf.

»He, was soll 'n das?« Der Pickelgesichtige sprang auf. »Sie können doch nicht einfach meine Biene abstauben!«

Horst Rossius schob ihn mit einer Handbewegung zur Seite.

»Komm, Petty«, sagte er ruhig, »das ›Mikado‹ ist kein Lokal für dich.«

Draußen in seinem Wagen machte sie sich ganz klein auf dem Sitz. Sie zog die Beine unter sich wie ein Kind, das friert.

»Ich – ich hab' mich so gelangweilt«, sagte sie. »Meine Freundinnen sind alle im Urlaub. Ich – ich wollte einmal was erleben.«

»Das ›Mikado‹ ist ein ulkiger Schuppen«, sagte er in dem Versuch, sich dem Jargon ihrer Jugend anzupassen. »Dolle Typen sieht man da.«

»Ja, nicht wahr?« fragte Petty eifrig. »Rolf hatte mir davon erzählt. Und auch, daß Mädchen allein dahin kommen. Und da dachte ich –« Ihre Stimme verlor sich. Sie blickte zum Fenster hinaus, wo ein feiner Nieselregen den Staub der Straße band. »Es ist nicht mehr schön bei uns zu Hause«, sagte sie dann leise, wie zu sich selbst. »Mami gibt sich so viel Mühe um uns, aber es ist einfach nicht mehr wie früher. Manchmal wünschte ich, ich könnte einfach weggehen und nicht mehr wiederkommen.« Sie wandte sich Rossius zu. »Kann ich eine Zigarette haben?«

»Natürlich.« Er zündete eine für sie an, reichte sie ihr.

»Danke«, sagte Petty leise, als habe er ihr ein Geschenk gemacht, das sie gar nicht verdient habe.

»Wenn es Ihnen recht ist, fahren wir irgendwohin zum Essen. In eine ruhige Weinstube?«

»Ja, gern. Aber –«, sie blickte an sich herunter, versuchte vergeblich, ihren Rocksaum über die bloßen Knie zu ziehen, »– wenn ich da so rein kann?«

»Man wird Sie für meine Tochter halten«, sagte er.

»O nein! Bestimmt nicht«, sagte sie mit Verve. »Sie sind doch selbst noch so jung.«

Bin ich das, dachte er, bin ich das wirklich?

»Warum kommen Sie nicht mehr zu uns?« fragte sie unvermittelt.

Sekundenlang wußte er nicht, was er antworten sollte. Dann entschied er sich für die Wahrheit. »Ihr Vater ist zurückgekehrt, Petty. Ihre Mutter braucht mich nicht mehr.«

»O doch!« Petty schüttelte heftig den Kopf. »Mein Vater ist nicht *so* zurückgekehrt. Und Mami wird ihn nie wieder aufnehmen. Sie darf es einfach nicht tun.«

»Petty, Ihre Mutter hat die Scheidungsklage zurückgezogen.«

»Was?« entfuhr es Petty.

»Ja, heute nachmittag hat sie mich angerufen.«

»Nein«, sagte Petty, »nein, das ist nicht wahr.«

»Sie müssen versuchen, Ihre Mutter zu verstehen. Sie liebt Ihren Vater noch immer, auch wenn sie es sich selbst nicht eingestehen will.«

»Aber Sie haben meine Mutter doch auch lieb. Warum kämpfen Sie nicht um sie? Warum tun Sie nichts?«

»Petty, man kann Gefühle nicht erzwingen.«

»Ja, das ist wahr«, sagte Petty ganz leise.

Er blickte sie rasch an und sah, wie traurig, wie unendlich traurig ihre Augen waren.

»Petty«, sagte er – und dann wußte er nicht weiter.

Er fuhr statt dessen rascher, konzentrierte sich ganz auf die Straße, den Samstagabendverkehr, der mit auf- und abflackernden weißen und roten Lichtern die Große Bokkenheimer Straße füllte.

Später, als sie schon aus der Stadt heraus waren, unter

dem dichten Laubdach von Bäumen fuhren, fragte Petty: »Warum tun Sie das? Warum fahren Sie hier mit mir? Warum haben Sie mich aus dem ›Mikado‹ herausgeholt? Warum wollen Sie mit mir zu Abend essen?«

»Weil ich Sie gern mag, Petty«, sagte er, »und weil ich es nicht mit ansehen mochte, daß Sie Ihre Zeit mit einem pickelgesichtigen Jüngling vergeuden.«

»Danke«, sagte Petty mit einem tiefen Seufzer, »das ist ein großes Kompliment für mich.«

In der ›Traube‹, einer althessischen Weinstube, wo man aus Zinnbechern trank und von Zinntellern aß, war Petty dann ausgelassen und lustig wie ein Kind.

Sie fand den Wein einfach wunderbar, die auf Holzkohle gegrillte Kalbsleber einfach himmlisch, und ihre Augen strahlten und waren Sterne, die nur für ihn allein zu glänzen schienen.

Doch dann, als sie wieder im Wagen saßen, um nach Frankfurt zurückzufahren, begann Petty plötzlich bitterlich zu weinen.

»Petty«, sagte er verblüfft, »was ist denn passiert?«

»Nichts«, schluchzte sie, »gar nichts. Es war einfach so schön, und das ist es eben.«

Er hielt den Wagen an. Sie parkten unter hohen Bäumen, durch die blasses Mondlicht fiel.

»Petty, wenn du willst, können wir es ja wiederholen«, sagte er und streckte die Hand nach ihr aus, streichelte tröstend ihr Haar.

Mit einer einzigen heftigen Bewegung warf sie sich herum und gegen ihn. Preßte ihr Gesicht an seine Brust.

»Petty?« murmelte er verwundert und dann wissend: »Petty!«

»Ja ja ja«, sagte sie, »ich habe es mir so gewünscht. Ich hab's mir schon die ganze Zeit gewünscht. Ich war so eifersüchtig auf Mami. Ich habe sie richtig gehaßt, und alles bloß, weil – weil – ich dich lieb habe.«

Petty war noch ein Kind. Sie war trotz ihrer zwanzig Jahre noch ein Kind. Aber war sie nicht auch ein Versprechen? War nicht in ihr das Versprechen, das Gisela nie einlösen konnte?

Gisela –

Er hielt die Tochter in den Armen und sehnte sich nach der Mutter.

»Du denkst jetzt an sie«, flüsterte Petty, »nicht wahr, du denkst jetzt an sie? Warum es nicht Mami ist, die jetzt bei dir ist?«

»Red nicht so viel«, sagte er heiser, »zerred es nicht.«

Aber es war die Wahrheit, und er dachte, was soll nur daraus werden?

»Mir ist es egal«, sagte Petty, »ich werd' schon dafür sorgen, daß du sie vergißt.«

Sie blickte zu ihm auf, ein entschlossener Zug lag um ihren sonst so weichen, kindlichen Mund. »Ich werde dafür sorgen, daß du meine Mutter vergißt«, sagte sie.

Georg konnte nicht schlafen.

Er konnte die Nächte kaum noch zählen, in denen er nicht mehr geschlafen hatte.

Jeden Abend bekam er eine Tablette Modagan. Er sammelte sie, bis es drei oder vier waren, und dann konnte er schlafen.

Die Tage und Nächte rannen ineinander wie Falten eines Tuches, das zu glätten sich niemand die Mühe gibt.

Zuerst waren die Falten schwarz gewesen, dann wurden sie grau, und schließlich hatten sie wieder die Farben der Morgendämmerung, des Tages und des Abends angenommen.

Georg konnte wieder sehen. Aber er durfte bisher weder Lesen noch Schreiben oder sonst etwas tun, das seine Sehkraft anstrengte.

Er konnte also nichts anderes tun, als seine Gedanken wandern zu lassen.

Die Gedanken. Sie gingen zurück in die glücklichen Jahre mit Gisela und den Kindern, wenn er abends nach Hause gekommen war und Gisela auf ihn gewartet hatte. Manchmal war er zu müde gewesen, um zu essen, dann war er gleich hinauf ins Schlafzimmer gegangen, und während er sich noch auszog, hörte er schon, wie Gisela das Bad einließ. Und er wußte, daß später ein großes Glas mit frisch gepreßtem Orangensaft auf ihn warten würde mit einem winzigen Schuß Gin darin. An solchen Abenden hielt Gisela auch die Kinder von ihm fern.

Die Kinder. Erst Petty und Rolf und dann noch Dax. Er dachte an ihre frischen Gesichter beim Frühstück am Sonntagmorgen, er dachte an all die Fragen und Erlebnisse, die sie während der ganzen Woche aufgespart hatten, um ihn am Sonntagmorgen damit zu überfallen. Manchmal dauerte das Frühstück bis zum Mittag, und dann setzten sie sich in den Wagen und fuhren irgendwohin in den Taunus, gingen spazieren und sangen, was die Lungen hergaben.

Zwanzig Jahre eines prallen runden Lebens. Er war zufrieden gewesen, und sehr oft glücklich.

Und dann kam Amerika, und die große Chance einen Super-Staudamm zu bauen, und die große Chance, das Traumgeschöpf Jill zu besitzen.

War Amerika und alles, was damit verbunden gewesen war, es wirklich wert gewesen, zwanzig Jahre seines Lebens über Bord zu werfen?

Hatte er Jill wirklich geliebt? Er wußte es nicht mehr.

Er konnte sich nicht einmal mehr ihr Gesicht richtig vorstellen. Nur in seinen Träumen kam sie zu ihm.

Aber das alles, die ganze Vergangenheit, war ja jetzt gleichgültig.

Er mußte an die Zukunft denken. An seine Zukunft als Krüppel.

Er wußte, daß sie ihn bald aus dem Krankenhaus entlassen würden.

Und was würde dann sein?

Vielleicht gab es eine Möglichkeit, zu Weininger zurückzugehen, einen neuen Vertrag abzuschließen. Er konnte etwas, das wußte Weininger, und für einen guten Architekten gab es immer zu tun. Vielleicht ließ man ihn vom Rollstuhl aus an Entwürfen arbeiten.

Aber wie sollte er ins Büro kommen und wieder zurück in ein möbliertes Zimmer oder eine Wohnung, die er ja auch erst einmal mieten mußte?

Und wie sollte er sich überhaupt versorgen? Er konnte es doch gar nicht!

Ich brauche eine Pflegerin oder einen Pfleger, jemanden, der sich ständig um mich kümmert, dachte er. Ich brauche jemanden, der immer für mich da ist.

Gisela – natürlich dachte er dabei an Gisela.

Wenn das Unglück hier in Deutschland passiert wäre, wenn ihr Leben noch intakt gewesen wäre – aber so?

Nein. Niemals. Er konnte und wollte nicht zu Gisela und den Kindern zurück.

Im Gegenteil. Er mußte dafür sorgen, daß die Scheidung jetzt so schnell wie möglich ausgesprochen wurde, damit Gisela frei war. Sie war noch jung. Sie konnte noch einmal von vorn anfangen. Dr. Holbein, sein Anwalt, hatte ihm erzählt, daß Gisela eine Boutique eröffnet hatte und Antiquitäten verkaufte. Sie hatte also schon mit ihrem neuen

Leben begonnen. Und die Kinder kamen in ein Alter, in dem sie ihre Mutter unterstützen konnten.

Er durfte nicht jetzt auch das noch zerstören.

Aber was konnte er tun?

Das beste war, zu seiner Mutter nach Remagen zu gehen. Sie war einsam seit Vaters Tod, den sie nie verwunden hatte, sie war allein. Sie würde froh sein, ihn wieder bei sich zu haben – auch oder gerade, wenn er ihre Hilfe brauchte.

Georg entschloß sich, ihr gleich morgen zu schreiben.

Es klopfte an die Tür. Er dachte, es sei die Nachtschwester, die an ruhigen Abenden hin und wieder zu einem Plausch hereinschaute, wandte den Kopf und rief: »Herein!«

Er hätte alles erwartet, er hätte mit allem gerechnet, nur nicht mit Jill.

Aber sie war es, die zögernd die Tür aufschob; sie trug den perlmuttschimmernden Breitschwanzmantel, in dem er sie zum erstenmal gesehen hatte, ihr Haar fiel glatt und silbrig auf die Schultern.

Sie schloß die Tür hinter sich, lehnte sich sekundenlang nach Atem ringend dagegen, wie jemand, der zu lange und zu weit gelaufen ist.

Dann kam sie rasch an sein Bett. »Schimpf nicht, George, bitte.« Sie fing seine Hand auf, die instinktiv nach der Klingel am Kopfende greifen wollte. »Ruf niemanden herbei. Ich bin heimlich hereingekommen. Ich habe jeden Tag auf diese Chance gewartet, seit einer Woche schon. Man hat einen Verunglückten hierhergebracht, alle waren damit beschäftigt im Empfang. Das habe ich ausgenutzt. Ich mußte dich noch einmal sehen.«

Sie ließ seine Hand los, trat einen Schritt von seinem Bett zurück, als habe sie selbst Angst vor einem Ausbruch ihrer Gefühle.

»Du kannst wieder sehen, nicht wahr?« fragte sie.

»Ja«, antwortete er.

»Ich freue mich für dich«, sagte sie. »Und ich bin sicher, auch das andere, ich meine – die Lähmung wird wieder in Ordnung kommen.«

»Da bin ich gar nicht so sicher«, sagte er.

Ihre dunklen Augen hingen an seinem Gesicht. Er wollte, daß es blank war, nicht zeigte, was er empfand.

»George, ich bin nicht gekommen, um dich zu bitten, zu mir zurückzukehren«, sagte sie leise, aber bestimmt. »George, ich habe eingesehen, daß – das mit uns nur ein Zwischenspiel in deinem Leben war. Es war eine Weihnachtskugel, nach der wir gegriffen haben. Ich weiß das alles jetzt. Ich war auch bei deiner Frau. Ich habe sie kennengelernt. Ich weiß, wie immer auch alles gekommen wäre, du hättest sie und deine Kinder bestimmt nie vergessen können. Ich sehe das alles ein, und ich bin nur aus einem einzigen Grund hier. Mein Vater hat sich dir gegenüber so schäbig benommen. Er hat dich – obwohl es dich auch noch dein Leben hätte kosten können – einfach nach Deutschland zurückverfrachtet.«

»Erster Klasse«, sagte Georg ohne Sarkasmus.

»Ja, erster Klasse«, wiederholte Jill tonlos. »Alles, was mein Vater tut, ist first class. – Aber er hat eines nicht verhindern können. Die Versicherung, bei welcher der Bau des Staudamms gedeckt war, hat eine unabhängige Untersuchungskommission eingesetzt und herausgefunden, daß dich keinerlei Schuld an dem Unglück trifft.«

Sie öffnete ihre Handtasche, zog einen dicken Umschlag hervor. »Hier sind die Unterlagen, Fotokopien der Untersuchungsergebnisse. Ich nehme an, du wirst sie bei deiner weiteren beruflichen Laufbahn brauchen.«

»Danke«, sagte Georg.

Er griff nach dem Umschlag und ihre Hände berührten sich.

Es war wie ein elektrischer Schlag. Georg griff nicht nach dem Umschlag, er griff nach Jills Hand.

»Jill, daß du gekommen bist!« brach es aus ihm heraus. Es war wie ein Sturzbach all der angestauten dunklen Gedanken, der Verzweiflung, der Qual, des Elends, die er in den letzten Wochen durchlitten hatte. Ein Aderlaß der Sehnsucht nach einem Menschen, einem einzigen Menschen, der zu einem gehört.

Hier war Jill. Jill war da.

Er flüsterte ihren Namen in ihr Haar, er stammelte: »Jill, Jill, Jill«, während sein Hals naß von ihren Tränen wurde.

»Bleib hier. Geh nicht wieder fort.«

Und sie flüsterte: »Isch bleibe ja bei dir, mein lieber Georg. Isch bleibe ja bei dir.«

Er küßte ihren Mund, ihre Wangen, ihr Haar, er ließ seine Hände unter ihren Mantel, über ihren Rücken gleiten.

Und er dachte, alles andere ist egal. Jill ist zu mir gekommen, und ich lasse sie nicht mehr fort. Wenigstens ein Mensch, der noch zu mir gehört.

Und im gleichen Moment, als er das letzte dachte, spürte er, wie es kalt aus seinem Magen in seine Brust hochkroch.

Im gleichen Moment erkannte er, daß er sich nur an Jill klammerte, weil sie hier war, weil sie den Ring der Einsamkeit, den er selbst um sich geschaffen, aus eigenem Antrieb durchbrochen hatte.

Aber es hätte genauso Gisela sein können, eines seiner Kinder, oder seine Mutter.

Er hätte sich an sie genauso geklammert.

Er liebte Jill nicht mehr. Nein, er liebte sie nicht mehr.

Es war plötzlich Gewißheit.

Sanft schob er sie von sich.

»Verzeih mir«, sagte er. »Entschuldige, daß ich mich so gehenließ.«

»Ich verstehe es«, sagte sie, »und es macht nichts.«

»Jill, du hast geträumt. Wir beide haben geträumt.«

»Ich möchte, daß ich dir wenigstens helfen darf«, sagte sie. »Finanziell, meine ich. Du sollst die besten Ärzte der Welt aufsuchen. Einer von ihnen wird dich wieder gesund machen.«

»Ich muß das aus eigener Kraft und mit eigenen Mitteln tun«, sagte er. »Niemand darf mir dabei helfen. Und wenn ich dann gesund bin —«, er zögerte. Es wäre so leicht gewesen, jetzt zu lügen, ihretwegen, aber er fuhr fort: »Ich kann nicht zu dir zurückkehren, nach Amerika, Jill. Ich muß hierbleiben, wo ich hingehöre. Ich muß mir selbst beweisen, daß ich wieder ein Mann bin. Kein Träumer, der goldenen Sternen nachjagt.«

»Ja, ich verstehe es«, sagte Jill. Sie lächelte sogar. »Dann ist dies ein Lebewohl.«

»Ja«, sagte er, und da kamen doch wieder Zweifel. Da kam doch wieder die Stimme des Egoismus: Behalt sie hier, scher dich nicht um morgen, scher dich um nichts, denk nur an dich, halte sie fest. Aber er sagte: »Leb wohl, Jill. Es war wunderschön, dich zu kennen.«

Jill nickte ganz leicht. »Ja, das war es, George.«

Dann ging sie hinaus.

Er schloß die Augen, als sich die Tür hinter ihr schloß. Sekunden später war er eingeschlafen – ein Mann, der endlich einen Entschluß gefaßt hat und sich jetzt Ruhe gönnen kann.

Ruhelos lief John Martin in dem Salon seines New Yorker Penthouses auf und ab. Er hatte die Hände zu Fäusten geballt. Er spürte, wie heiß und gespannt die Haut seines Gesichtes war.

»Warum haben Sie das nicht früher herausgefunden, Roy!« Zornig starrte er seinen Sekretär und Chauffeur an, der neben dem offenen Kamin stand. »Mein Gott, seit einer Woche ist Jill schon in Deutschland. Wer weiß, was inzwischen passiert ist? Wer weiß, was der Kerl ihr inzwischen wieder angetan hat? Womöglich wieder ein Kind angedreht!«

»Mister Camberg ist ein schwerkranker Mann«, sagte Roy und setzte sich endlich in einen der tiefen, daunenweichen weißen Ledersessel. Er war müde, hundemüde. »Das sollten Sie nicht vergessen, Sir.«

John Martin hörte es überhaupt nicht.

»Wo bleibt denn der Anruf!« Er hieb mit der geballten Faust durch die Luft. »Wieso melden die Kerle von der Lufthansa sich nicht?«

»Die Abendmaschine ist total ausgebucht, Sir. Man konnte nichts anderes tun, als Sie auf Warteliste setzen.« Roy blickte auf seine kostbare Armbanduhr – hauchdünn, aus Platin – wie alle Geschenke, die von John Martin kamen, von Tiffany's. Aber nicht wegen dieser kostbaren Geschenke und nicht wegen des außergewöhnlich hohen Gehalts, sondern aus einer seltsamen, nie geschmälerten Bewunderung für den Selfmademan John Martin hielt Roy nun schon seit zehn Jahren den Wutausbrüchen, den Temperamentssprüngen, dem jähen Wechsel von Heiß und Kalt in ihren Beziehungen stand. »Es ist erst vier Uhr. Die Maschine geht sowieso erst in vier Stunden, Sir. Sie täten gut daran, einen Drink zu nehmen.«

»Okay, okay, Sie Alleswisser, ich nehme einen Drink!« John Martin goß sich an dem niedrigen, gläsernen Sideboard einen zweidaumenhohen Whisky ein.

Er leerte das Glas auf einen Zug.

»Übrigens, Roy«, seine Stimme klang mit einemmal gelassen und fast ruhig, »wieso haben Sie plötzlich heute, quasi im Handumdrehen, herausgefunden, daß meine Tochter in Frankfurt ist?«

»Sie wollte nach Nevada, Sir, sie sagte, sie fliege nach Nevada.«

»Das haben Sie mir schon mal erzählt.«

»Ich habe in allen in Frage kommenden Hotels in Nevada nachgeforscht, aber Miß Jill war nirgendwo.«

»So!«

»Ja, Sir. Und dann hatte ich plötzlich die Idee, daß sie nach Deutschland geflogen sein könnte. Aber ich erhielt bei den Fluggesellschaften keine Auskunft.«

»Auch das haben Sie mir schon mal erzählt.«

»Ja, Sir. Und dann, heute morgen, dachte ich mir, fahr doch mal zum Flughafen raus. Vielleicht hast du Glück, daß jemand sich an Miß Jill erinnert.«

»Und siehe da, so geschah's?« fragte John Martin, jetzt deutlichen Hohn in der Stimme.

»Ja, Sir. Das Mädchen am Lufthansa-Schalter erinnerte sich an Miß Jill, weil sie ihren Breitschwanzmantel trug und es doch an dem Tag, als sie abflog, so heiß war. Aber Miß Jill hatte unter falschem Namen gebucht. Deswegen – «

»Sie lügen, Roy«, sagte John Martin und drehte sich abrupt um. »Sie und die Pflegerin haben die ganze Zeit gewußt, daß meine Tochter nach Deutschland geflogen ist. Was hat Jill Ihnen dafür bezahlt, daß Sie bis jetzt den Mund gehalten haben?«

»Nichts, Sir«, sagte Roy.

»Und warum haben Sie Ihren Mund gehalten?«

»Ich meine, daß jeder Mensch in seinem Leben eine zweite Chance verdient.«

»So, das meinen Sie.« John Martin nickte. Sein Gesicht war hart verkantet, hatte Buckel, ungewohnte Falten. »Komisch, nicht wahr, daß alle so etwas besser zu wissen scheinen als der eigene Vater.«

»Sir – ich –«

»Halten Sie Ihren Mund«, herrschte John Martin ihn an.

Im gleichen Moment klingelte das Telefon.

John Martin stand den Bruchteil einer Sekunde wie erstarrt, dann stürzte er zu dem lederüberzogenen Telefonpult, riß den Hörer hoch.

»Martin? Ja – ja, ich habe verstanden. Danke.« Er legte langsam den Hörer auf die Gabel zurück.

Als er sich umwandte, waren Zorn und Wut aus seinem Gesicht verschwunden.

»Ich habe noch einen Platz in der Abendmaschine nach Deutschland bekommen«, sagte er. »Gnade Ihnen Gott, Roy, wenn ich zu spät nach Frankfurt komme.«

11

Es war immer noch Samstagabend. In New York war es 20.00 Uhr, als die Boeing, an deren Bord sich John Martin befand, zu ihrem Transatlantikflug abhob.

In Frankfurt war es längst nach Mitternacht.

Rolf saß noch immer in der luxuriösen Halle des ›Intercontinental‹. Er fühlte sich ziemlich fehl am Platz in seinem offenen Sporthemd und den verwaschenen Jeans; aber er hatte sich inzwischen an die mehr oder weniger flüchtigen, mehr oder weniger erstaunten oder auch indignierten Blikke gewöhnt, mit denen andere Gäste ihn streiften.

Frauen in eleganten Abendroben glitten lachend am Arm ihrer Begleiter vorbei.

Die Atmosphäre des internationalen Hotels mit seinen Luxusbars und Restaurants, den lautlosen Lifts, den smart gekleideten Liftboys und Kellnern, dem pompösen Empfang zog Rolf an und stieß ihn zugleich ab.

Ich bin noch zu jung dafür, dachte er mit heimlicher Selbstironie. In ein paar Jahren, wenn ich es selbst erst mal zu etwas gebracht habe, werde ich wahrscheinlich anders darüber denken und es ganz angenehm finden.

Er saß in einem der tiefen Clubsessel, von denen aus man die gläserne Eingangstür ständig im Auge behalten kann.

Sie öffnete sich inzwischen seltener. Immer weniger Gäste kamen und gingen; es war ja auch schon sehr spät.

Bisher hatte Rolf vergeblich auf Jill Martin gewartet.

Aber er mußte sie sprechen. Er war überzeugt davon, daß es wichtig war.

Rolf dachte zurück an den Nachmittag, als Mutter aus dem Geschäft gekommen war; sie war heiter gewesen, fast ausgelassen – und dann plötzlich, als er es schon gar nicht mehr erwartet hatte, war sie zusammengebrochen, hatte bitterlich geweint.

Sie hatte Jill Martin angeklagt: »Warum mußte sie auch noch hierherkommen? Warum kann sie auch jetzt noch keine Ruhe geben? Aber ich werd's ihr zeigen. Ich werd's euch allen zeigen. Ich werde um Georg kämpfen. Ja, ich will meinen Mann zurückhaben. Ob er krank ist oder nicht. Ich will Georg zurückhaben!«

Rolf hatte die Mutter beruhigt, und dann war er hierhergekommen, um mit Jill Martin zu sprechen. Aber am Empfang hatte man ihm gesagt, daß sie außer Haus sei.

Seither wartete er auf sie – und wenn es die ganze Nacht dauern würde.

Rolf stützte sein Kinn in die Hand, er starrte auf die gläserne Eingangstür.

Jill mußte kommen, irgendwann mußte sie doch kommen.

Und Jill kam.

Der Kragen ihres hellen Pelzmantels war hochgeschlagen, ihr silbriges Haar umschloß Schläfen und Stirn wie ein Kappe.

Sie ging unsicheren Schrittes, ohne einen Blick nach rechts oder links zu werfen, zum Empfang, verlangte ihren Schlüssel.

Rolf stand rasch auf, er folgte ihr zum Lift.

»Miß Martin«, und jetzt war er doch nervös, und seine Stimme klang danach, »ich bin Rolf Camberg, kann ich Sie einen Moment sprechen?«

Sie wandte sich ohne ein sichtbares Zeichen der Überraschung zu ihm um.

»Ja, bitte?« sagte sie leise.

»Ich – ich bin gekommen, um Sie zu bitten, möglichst bald wieder abzureisen. Bitte, versuchen Sie nicht mehr, meinen Vater zu sehen. Meine Eltern könnten wieder zueinanderfinden, wenn Sie nicht wären. Mein Vater braucht meine Mutter. Nur sie kann es auf sich nehmen, für einen gelähmten Mann dazusein. Sie – Sie sind noch so jung, Miß Martin. Sie finden bestimmt einen anderen Mann. Gehen Sie wieder zurück nach Amerika. Vergessen Sie meinen Vater!«

Jills dunkle Augen verließen keine Sekunde lang sein Gesicht, sie hörte ihm aufmerksam zu, er sah es genau.

»Sie hätten sich den Weg sparen können«, sagte sie dann leise, es klang nicht abweisend, nicht ärgerlich, nichts von alledem, was Rolf erwartet hatte. »Ich habe Ihren Vater heute abend gesehen, und es war das letzte Mal. Ich kehre morgen schon nach Amerika zurück. Gute Nacht.« Damit trat Jill an Rolf vorbei in den Lift. Die Tür glitt lautlos zu, die kleinen Lampen, welche die einzelnen Stockwerke anzeigten, glühten auf, erloschen wieder.

Rolf hätte erleichtert sein müssen, daß alles so glattgegangen war – aber seltsam, er fühlte sich nur beschämt.

Jill betrat den Salon ihres Appartements. Nur die silbernen Leuchten zu beiden Seiten der Couch brannten. Niemand wartete auf sie, es war sehr still – und das Summen der Klimaanlage verstärkte noch diese menschenlose Stille.

Jill knöpfte ihren Mantel auf, zog ihn aus, ließ ihn einfach zu Boden fallen. Sie schlüpfte aus ihren Pumps, ging auf flachen Füßen zum Schreibtisch, setzte sich davor. Sie stützte die Arme auf, legte ihr Gesicht in die Hände.

Da bin ich gelaufen und gelaufen, dachte sie, bin in dieser fremden Stadt herumgeirrt und habe doch keine Antwort auf meine Fragen gefunden.

Ich bin so jung, sagen alle, ich bin so jung, daß ich noch einmal einen neuen Anfang machen kann.

Aber wo ist dieser Anfang? Wie findet man ihn?

Ich weiß es nicht, dachte sie, ich weiß nur, daß ich immer und immer wieder in ein leeres Haus, in ein leeres Zimmer zurückkehren werde, weil es Georg nicht mehr für mich gibt.

Fast ein Jahr lang habe ich einen Traum gelebt. Fast ein Jahr lang habe ich geglaubt, daß dieser Traum Wirklichkeit sei.

Aber die Wirklichkeit ist: Ich bin allein. Und ich werde es bleiben. Nichts und niemand wird mich davon erlösen können.

Jill stand auf. Sie ging ins Schlafzimmer, öffnete ihren Kosmetikkoffer.

Sie verwahrte eine Flasche Bourbon darin; sie hatte sie gekauft, weil Georg Bourbon getrunken hatte. Sie hatte sie gekauft, um wenigstens etwas zu haben, was sie an ihn erinnerte.

Sie zog den Korken heraus, schnupperte an dem Whisky, dem rauchigen Karamelgeruch.

Jill sah sich und Georg wieder in Purpleheart, sah sich und Georg an jenem ersten Abend in der strohgedeckten Bauernkate in Purpleheart, als er sie geliebt hatte.

Ja, in dieser Stunde hatte Georg sie geliebt. Niemand konnte ihr diese Gewißheit nehmen.

Jill begann zu trinken. Bourbon – Whisky, den Georg immer getrunken hatte.

Jill fiel aufs Bett. Sie begann zu weinen und lauschte ihrem eigenen Schluchzen wie dem einer Fremden, eines Kindes, das sich verirrt hat.

Wie kann man sich selbst wiederfinden?

Jill Martin wußte es nicht.

Sie trank von dem Bourbon, bis sie schließlich trunken einschlief. Sie erwachte erst wieder, als die Sonne sie weckte.

Eine Sonne, die Silber und Gold über die Dächer von Frankfurt goß. Eine Sonne, die Eltern und ihre Kinder und junge, verliebte Paare aus der Stadt lockte, zu einem Sonntagsspaziergang, zu einer Sonntagstour in den Taunus.

Klein wie Ameisen waren die Menschen unten auf der Straße vor dem ›Interkontinental‹. Klein und fern wie Insekten; unerreichbar, taub und blind für ihre Sorgen und Qual.

Sie war allein. Georg hatte sie fortgeschickt. Niemand brauchte sie.

Jill ging ins Bad, mischte Bourbon mit Wasser aus der Leitung in ihrem Zahnputzglas. Sie kehrte ins Schlafzimmer zurück und nahm die Schlaftabletten aus ihrem Kosmetikkoffer.

Jill hoffte nur, daß es genug sein würden.

Gisela sagte es ihren Kindern an diesem Sonntagmorgen am Frühstückstisch: »Ich habe mich entschlossen, mich nicht von eurem Vater scheiden zu lassen.«

Dax stieß ein Freudengeheul aus. Er sprang auf, tanzte um den Tisch.

Er schoß wie eine Rakete hinaus, kam ebenso behende wieder zurück, fix und fertig angezogen. »Los, beeilt euch, wir gehen Vati gleich holen. Los, so macht doch schon«, drängte er.

Gisela mußte lachen, ob sie es wollte oder nicht. »So schnell geht das nicht, Dax. Ich fahre erst einmal allein zu Vati ins Krankenhaus. Wir wissen ja noch gar nicht, ob die Ärzte ihn überhaupt schon entlassen wollen. Aber ich verspreche dir, ich bringe Vati so bald wie möglich zu uns zurück.«

»Ist das auch wirklich wahr? Ist das auch endlich mal die ganze Wahrheit?«

»Ja«, sagte Gisela. »Es ist die Wahrheit.« Sie zog Dax auf ihren Schoß, wandte sich an ihre beiden anderen Kinder. »Rolf und Petty, wie steht es mit euch, seid ihr mit meinem Entschluß einverstanden?«

»Nun ja«, sagte Rolf und hob die Schultern. »Du hast es mir ja gestern schon gesagt. Ich habe auch nichts dagegen. Ich meine, ich habe ja auch kein Recht, etwas dagegen zu haben. Eigentlich geht es ja nur dich und Vater etwas an.«

»Und du – Petty?« fragte Gisela.

»Ich?« Petty strich sich das Haar hinter die Ohren zurück und schob ihr kleines rundes Kinn vor, wie immer, wenn sie ein bißchen unsicher war. »Ich denke – ja, ich denke, du mußt das tun, was du für richtig hältst. Übrigens, Horst Rossius meint das auch.«

»Horst Rossius?« wiederholte Gisela überrascht.

»Ich habe gestern abend mit ihm gegessen. Wir haben natürlich auch über Vati und dich gesprochen. Und er meinte, na ja, du hättest ihn eben immer noch gern – Vater, meine ich.«

Horst Rossius und Petty – es war ein ganz neuer, überraschender Gedanke.

Aber warum eigentlich nicht? Ja, warum nicht? dachte Gisela.

Petty war jung, aber nicht zu jung für Rossius. Und er wiederum konnte Petty einen Halt geben, was nur gut für ein Mädchen ihres Alters war.

Petty und Rossius, dachte Gisela und lächelte; sie spürte nichts als eine freudige Erleichterung.

»Gut«, sagte sie, »wenn ihr alle also nichts dagegen

habt, werde ich gleich zum Heiligkreuz-Krankenhaus fahren. Und ich hoffe, daß ich euren Vater endlich sprechen darf.«

John Martin fuhr mit dem Lift in das zehnte Stockwerk des ›Interkontinental‹ hinauf. Er durcheilte den Flur mit Riesenschritten.

Die Ungeduld, die Angst, die ihn seit seinem Abflug aus New York erfüllte, hatte sich verstärkt, war noch unerträglicher geworden.

Vor der Tür zu Jills Apartment blieb er schwer atmend stehen. Er klopfte an.

Nichts antwortete ihm. Weder ihre Stimme noch ihr leichter Schritt.

Er umkrampfte den Türknopf, drehte ihn mit aller Kraft. Die Tür sprang auf.

Jills Breitschwanzmantel lag gleich im Eingang zum Salon auf dem Boden, ein paar Meter weiter ihre Pumps aus sandfarbenem Schlangenleder.

Die silbernen Tischleuchten zu beiden Seiten der Couch brannten, wetteiferten vergeblich mit dem strahlenden Sonnenlicht.

Die Tür zum Schlafzimmer stand offen.

John Martin sah eine Flasche auf dem Boden liegen, umgeben von einem dunkelfeuchten Fleck.

Bourbon, registrierte er den Geruch, der in der Luft hing, ausgelaufener Bourbon.

Er starrte auf die Flasche und hatte Angst, seinen Blick zu heben, hinüber zum Bett zu sehen. Stand sekundenlang regungslos.

Das Bett war leer, zerwühlt aber leer.

John Martin stieß die halboffene Tür zum Bad ganz auf.

Und da lag Jill vor der Wanne, ihre rechte Hand hielt

noch den Rand umkrampft, als habe sie haltsuchend sich noch einmal aufrichten wollen.

John Martin kniete neben ihr. Mit Händen, die ihm kaum gehorchen wollten, drehte er Jill auf den Rücken, bettete ihren Kopf auf den Frotteeläufer.

Ihr Gesicht war fahl, die Nase scharf gemeißelt, die Augen waren halb geschlossen, nur das Weiße schimmerte zwischen den Lidern hervor.

»Jill!« Er flüsterte es nur.

Er legte seinen Kopf an ihre Brust. Er hörte den Schlag ihres Herzens, dumpf und wie von ganz, ganz weit her.

Sie lebt noch. Mein Gott, sie lebt noch.

Er war wieder hoch, lief zurück ins Schlafzimmer.

Das Telefon. »Den Empfang, Fräulein, schnell den Empfang.«

Er sah das Röhrchen auf der Bettdecke liegen. Schlaftabletten, stark barbitursäurehaltig.

»Den Hotelarzt, bitte! Jawohl, sofort! Und eine Ambulanz. Nein, keine Zeit für Erklärungen. Später. Jetzt schnell den Arzt. Sofort!«

Wenige Minuten später kam der Arzt.

»Ein Selbstmordversuch«, sagte John Martin. »Meine Tochter – sie ist im Bad.«

Der Arzt schloß die Tür des Bades hinter sich.

Die Minuten des Wartens wurden unendlich lang.

Erst als John Martin sah, daß Blut aus mehreren Schnittwunden in seiner Rechten quoll, wurde ihm bewußt, daß er das Tablettenröhrchen in der Hand zerdrückt hatte.

Der Arzt kam zurück. Er hob die Schultern, blickte auf seine Armbanduhr, sagte nur: »Die Ambulanz muß jeden Moment eintreffen.«

Gisela wählte für ihren Besuch bei Georg eines der schlichten, reinseidenen Kostüme, die sie sich fürs Geschäft hatte anfertigen lassen. Es war mattgelb und vertiefte das satte Honigbraun ihres Haares.

Sie zog hauchdünn die Lider nach, tuschte die Wimpern, puderte die Nase.

Die Kinder begutachteten sie in der Diele.

»Du siehst prima aus«, sagte Rolf.

»Ja, stimmt«, nickte Petty. »Gelb steht dir wirklich gut.«

»Kann ich nicht doch mitkommen, Mami?« fragte Dax. Sein Gesicht glänzte rot, als habe er es mit Kernseife geschrubbt. Er hielt ihr die ausnahmsweise sauberen Fingernägel zur Prüfung hin. »Ich bin auch piekfein.«

Gisela küßte ihn schnell auf die Nasenspitze. »Ich muß erst mal allein die Lage peilen.«

»Na schön«, sagte Dax. »Aber ich glaube, Vati fände es bestimmt besser, wenn ich gleich mitkäme.«

»Ich nehme dich mit ins Kino«, lenkte Rolf den kleinen Bruder ab.

»Nee, heute nachmittag gibt's ›Bonanza‹ im Fernsehen.« Dax winkte ab. »Aber du kannst mir 'n Eis spendieren«, setzte er gönnerhaft hinzu.

»Also, Mami, jetzt geh schon«, sagte Petty ungeduldig. »Und toi, toi, toi.«

Gisela kaufte gelbe Rosen, wie früher an jedem Hochzeitstag.

Es muß einfach alles wieder gut werden, dachte sie. Es muß einfach. Nach zwanzig Jahren Ehe, nach all diesen Jahren haben weder Georg noch ich eine andere Wahl.

Die Schwester am Empfang sagte ihr wie schon so viele Male zuvor, daß Herr Camberg keinen Besuch zu empfangen wünsche. Aber wenn sie dennoch darauf bestehe, könne sie ja mit dem Herrn Oberarzt sprechen.

»Ja, ich bestehe darauf«, sagte Gisela liebenswürdig.

Und es war wieder wie es vor fast zwei Monaten gewesen war, an jenem Tag, als sie von Georgs Unglück erfuhr.

Wieder saß sie dem Oberarzt gegenüber.

»Ich weiß, daß von meinem Mann und damit auch von Ihnen aus die Situation sich nicht geändert hat«, sagte sie. »Mein Mann will keine Besuche empfangen, und Sie respektieren natürlich diesen Wunsch. Aber, Herr Doktor – für mich hat sich die Situation geändert. Ich weiß, daß es sich nur noch um einige Tage, höchstens wenige Wochen, handeln kann, und dann werden Sie meinen Mann entlassen müssen. Wohin? Haben Sie sich schon einmal Gedanken darüber gemacht? Ich bin seine Frau, ich möchte, daß er – notfalls auch gegen seinen Willen – zu mir und unseren Kindern zurückkehrt. Es ist für alle Beteiligten die normalste und vernünftigste Lösung.«

»Ihr Mann befindet sich in Zimmer vierunddreißig«, sagte der Oberarzt nach einer langen Pause nachdenklichen Schweigens.

»Danke.« Gisela lächelte. »Vielen Dank.«

»Viel Glück«, sagte der Arzt.

Georg wandte Gisela das Gesicht zu, als sie eintrat.

Es war ein mager und älter gewordenes Gesicht, und seine Haare waren jetzt nahezu weiß.

»Guten Tag, Georg«, sagte sie leichthin. »Ich weiß, du willst niemanden sehen, aber ich dachte, vielleicht machst du doch eine Ausnahme?«

Sie ging zum Bett, streckte die Hand aus.

Zögernd hob er seine Hand, legte sie in die ihre. Seine Finger waren sehr trocken und heiß.

»Die Rosen sind von den Kindern und mir. Was glaubst

du, was für eine Mühe ich hatte. Dax nicht mitzubringen.«

»Wie – wie geht es ihm?« fragte Georg heiser.

»Gut«, sagte Gisela.

»Ist er gewachsen?«

»Und ob. Er geht mir bis zur Schulter. Kein Wunder bei dem Appetit, den er entwickelt. Stell dir vor, gestern mittag hat er zwölf Reibekuchen verputzt.«

»Und in der Schule?« fragte Georg.

»Eine Weile lang war Dax nicht besonders gut, aber jetzt hat ihn Rolf an die Kandare genommen. Jeden Abend kontrolliert er Dax' Hausaufgaben.«

»Und Petty?«

»Petty hat sich zum erstenmal ernsthaft verliebt.« Und im gleichen Moment hätte Gisela sich die Zunge abbeißen können; sie hatte sich doch so fest vorgenommen, nichts zu erwähnen, was an irgendwelche Gefühle rühren konnte.

»Schön hast du's hier. Ein hübsches Zimmer«, sagte sie hastig. »Ist das Essen gut, die Pflege?«

»Ja«, sagte Georg, »ja, ich bin zufrieden.«

Und dann fragte er es: »Warum bist du gekommen?«

»Ich wollte dich besuchen, ganz einfach.« Gisela versuchte, den leichten Ton beizubehalten.

»Gisela – ich habe einen Entschluß gefaßt.«

»Ich auch«, unterbrach sie ihn schnell. Sie tat ein paar Schritte vom Bett weg, stützte ihre Hände auf das Fensterbrett. »Georg, ich habe die Scheidungsklage zurückgezogen. Ich will nicht von dir geschieden werden. Ich will, daß du zu uns zurückkommst. Zu den Kindern und zu mir. Ich will, daß wir es noch mal versuchen.«

»Ich bin ein Krüppel, Gisela.«

»Es gibt viele Männer, die als Krüppel, wie du es nennst, aus dem Krieg zurückgekommen sind. Wenn es dir damals passiert wäre, glaubst du, daß ich dich dann verlassen hätte?«

»Ich habe dich betrogen«, sagte er. »Du hast auf meinen Wunsch hin in die Scheidung eingewilligt.«

»Willst du – zu Jill Martin nach Amerika zurückgehen?«

»Nein«, sagte er.

»Wo willst du dann hin?«

»Zuerst nach Remagen. Zu meiner Mutter. Und dann wieder arbeiten.«

»Wenn du in Frankfurt bleibst, kannst du wieder bei Weininger anfangen. Weininger ist sogar bereit, dich morgens und abends von einem Betriebswagen abholen zu lassen.«

»Woher weißt du das?«

»Ich habe gestern nachmittag mit ihm telefoniert – nachdem Jill bei mir war. Sie hat mich etwas gelehrt, was ich bisher nicht wußte. Daß man um den Menschen kämpfen muß, den man liebt.«

Gisela holte tief Atem. »Ja, ich liebe dich noch, Georg. Und ich glaube, du kannst tun, was du willst, du wirst das nie ändern. Aber versteh mich nicht falsch. Das hat zur Zeit keine Bedeutung. Wichtig ist, daß wir beide, du und ich, unseren Kindern beweisen, wie man mit schwierigen Situationen fertig wird. Du brauchst Hilfe, Georg, ich will sie dir geben. Es ist nur die Hilfe, die ich auch einem Bruder geben würde. Du brauchst dich deswegen nicht zu schämen oder zu genieren. Ich verlange nicht, daß wir da wieder anfangen, wo wir vor fast einem Jahr aufgehört haben. Aber ich glaube, um deinet- und unserer Kinder willen, daß es nur einen Platz gibt, wohin du jetzt gehörst – und das ist zu uns. Wenn du wieder gesund bist, und ich bin sicher, daß du eines Tages wieder gesund sein wirst, bist du frei, kannst du tun, was du willst.«

»Weißt du, daß das fast eine Erpressung ist?« fragte er.

»Ja«, sagte sie.

»Zwanzig Jahre lang habe ich immer die Entscheidungen für uns getroffen«, sagte er, »und jetzt mit einemmal bist du es.«

»Nur vorübergehend«, sagte Gisela.

»Würdest du einmal zu mir kommen?« fragte er.

»Ja, natürlich.« Lächelnd ging sie zu ihm.

Er nahm ihre Hand, als sei sie zerbrechlich, als sei sie aus Glas, und küßte sie.

»Ich danke dir«, sagte er, »aber ich kann es nicht annehmen. Gisela – ich werde vielleicht später eines Tages zurückkommen, wenn du mich dann noch willst.«

»Georg, du verstehst immer noch nicht. Du sollst nur zu uns zurückkommen, als wärest du mein Bruder, mein Vater oder ein Freund der Kinder, der zeitweilige Hilfe braucht. Du wirst dein eigenes Zimmer haben, du wirst so unabhängig sein, wie du es willst.«

»Als Krüppel«, sagte er bitter, »den man von hinten und vorne bedienen muß. Nein Gisela!«

»Ich hätte einen Unfall haben können, oder eines der Kinder. Einer von uns könnte gelähmt oder taub oder blind sein. Hättest du dann auch verlangt, daß wir in ein Heim gehen oder zu irgendwelchen Fremden?«

»Du verstehst es nicht, Gisela. Die Kinder würden mich letzten Endes nur verachten.«

»Ach was«, sagte sie bestimmt, »im Gegenteil. Wenn du bei uns lebst, hast du alle Gelegenheit, in ihrer Achtung nur noch zu steigen.«

»Als eine Drohne? Du arbeitest in deiner Boutique, ich sitze faul zu Hause.«

»Hör auf, Georg«, sagte Gisela heftig. »Es gibt nichts Häßlicheres als Selbstmitleid.«

»Wir streiten uns jetzt schon«, sagte er. »Wie, glaubst du, wird es in ein paar Wochen oder Monaten sein?«

»Ich weiß es nicht«, sagte sie. »Ich weiß nur, daß – ich habe geglaubt, gehofft –«

»Ich weiß Gisela, und ich dank' dir dafür. Aber es würde nicht funktionieren.«

»Willst du es dir nicht wenigstens noch überlegen?« Gisela merkte gar nicht, daß sie ihre Handschuhe zu formlosen Lederlappen knetete.

»Willst du – wenigstens Dax noch einmal sehen?«

Georg wandte rasch das Gesicht ab, und dennoch sah sie, wie plötzlich Tränen seine Wangen hinunterliefen.

»Nein!« Es war wie ein Aufschrei.

»Georg –«

»Bitte, geh jetzt«, sagte er, »bitte – du hörst von mir.«

Gisela ging. Sie schloß leise die Tür hinter sich, schritt langsam den Flur hinab.

Draußen schien die Sonne. Hellgelbe Sonne auf grünem Laub und weißen Kieswegen.

Mädchen in bunten Sommerfähnchen flanierten vorbei.

Sommer, Sonne, Leben. Für die anderen. Nicht für sie.

Gisela ging zum nächsten Taxistand. Der Fahrer des ersten Wagens las eine Zeitung.

›Millionärstochter begeht Selbstmordversuch‹, lautete die schwarzrote Balkenüberschrift.

›Tragödie einer Liebe – amerikanische Millionärstochter von deutschem Liebhaber verschmäht.‹

»Dürfte ich einen Blick in die Zeitung werfen?« fragte Gisela mit zitternder Stimme.

»Aber ja –«

Sie hielt die Zeitung in bebenden Händen, und ihre Augen vermochten kaum den Zeilen der Meldung zu folgen.

›In der vergangenen Nacht hat die blutjunge Jill M. aus New York einen Selbstmordversuch in ihrem Appartement im ›Interkontinental‹ verübt. Ihr Zustand ist sehr ernst.‹

Wenn Georg das zu Gesicht bekommt, ist alles aus, dachte Gisela. Wenn er das liest, habe ich ihn für immer verloren.

Aber wie es verhindern, was dagegen tun?

Nichts, sie konnte nichts mehr tun.

Zu Hause stürmten die Kinder ihr in der Diele entgegen.

»Nun, was ist?« riefen sie wie aus einem Mund.

»Euer Vater will sich alles noch einmal überlegen«, sagte Gisela und wich ihren Augen aus.

Petty folgte ihr ins Schlafzimmer. Sie setzte sich aufs Bett, sah zu, während Gisela sich abschminkte.

»Mutti, ich habe es in der Zeitung gelesen«, sagte sie nach einer Weile leise.

Gisela antwortete nicht. Sie zerknüllte die benutzten Kleenex-Tücher, warf sie in den dafür bestimmten Behälter.

»Mami, nimm's dir nicht so zu Herzen«, bat Petty. »Wir alle werden dir helfen, auch ohne Vater wieder glücklich zu sein.«

Gisela senkte den Kopf. Sie begann, am Ende jeder Hoffnung, zu weinen.

12

Sie hielten Kriegsrat.

Petty und Dax waren zu Rolf ins Zimmer gekommen und berieten, wie sie ihren Eltern helfen konnten.

Petty hockte auf dem Bett im Schneidersitz. Aus den Pyjamahosen guckten ihre schmalen gebräunten Füße heraus. Um ihr Haar, sie hatte es wie jeden Abend gewaschen, war ein Frotteetuch zu einem Turban gewunden.

Dax saß mit unter das Kinn gezogenen Knien auf dem weißen Schaffell vor dem Bett; er bohrte in der sommersprossigen Nase, wie immer, wenn er besonders nachdenklich war.

Rolf wippte auf den Hinterbeinen seines Schreibtischstuhls, die Füße gegen die Tischplatte gestemmt.

»Vor allem darf Vater nicht erfahren, was mit Jill Martin passiert ist«, sagte er. »Aus Ehrgefühl bringt er es fertig und rennt wieder zu ihr zurück.«

»Kann er ja gar nicht, weil er ja gar nicht laufen kann«, sagte Dax mit kindlich mitleidloser Logik.

»Trotzdem darf er es nicht erfahren«, sagte Petty.

»Vielleicht stirbt sie?« fragte Dax hoffnungsvoll.

»Wie wär's, wenn Rossius den Oberarzt vom Heiligkreuz-Krankenhaus anriefe und ihn bäte dafür zu sorgen, daß Vater keine Zeitungen zu Gesicht bekommt und auch nicht durch irgendein vorlautes Gerede davon erfährt?«

»Das ist die Idee!« sagte Petty begeistert.

»Na, dann übernimm du das, ruf Rossius gleich morgen früh an.«

»Bis dahin kann es schon zu spät sein.«

»Dann tu's jetzt.«

Petty kam dem Vorschlag nur zu gerne nach.

Als sie nach etwa einer Viertelstunde zu ihnen zurückkehrte, konnten ihre Brüder auch in dem matten Licht der Nachttischlampe sehen, daß ihr Gesicht rosig glühte und ihre Augen glänzten.

»Horst erledigt das«, sagte sie. »Wir können uns ganz auf ihn verlassen. Und morgen abend geh' ich mit ihm ins Theater.«

»Ist der jetzt dein Freund?« fragte Dax.

»Quatsch!« sagte Petty hochmütig.

»Heirate ihn man ruhig«, sagte Dax großzügig. »Dann läßt er wenigstens unsere Mami in Ruhe.«

Petty würdigte den kleinen Bruder keiner Antwort. Sie setzte sich wieder aufs Bett. »Also, was weiter?«

»Ich schlage vor, wir lassen Vater ruhig, wie er es will, nach Remagen zu Oma fahren«, meinte Rolf. »Inzwischen kümmern wir uns darum, wer der beste Arzt in Deutschland ist, der ihm vielleicht helfen könnte. Womöglich kann das auch Rossius für uns herausfinden?«

»Na klar«, sagte Petty. »Ich bitte ihn gleich morgen darum.«

»Dann bleibt noch die Frage, was eine mögliche Operation kostet«, sagte Rolf. »Mutter hat Schulden – im Geschäft natürlich nur.«

»Aber da ist doch noch das Geld aus Amerika«, sagte Petty. »Das gehört doch Vater – und der weiß womöglich nichts davon.«

»Ja, das müßte eigentlich reichen«, nickte Rolf. »Wenn Vater damit einverstanden ist.«

»Wird er schon«, sagte Petty. »Schließlich geht es ja um seine Gesundheit. – Aber nehmen wir einmal an, er wird wieder gesund, was tut er dann? Wie ich ihn kenne, wird er dann trotzdem nicht so einfach zu uns zurückkommen.«

»Wir dürfen den Kontakt zu ihm nicht verlieren«, sagte Rolf. »Das ist das wichtigste.«

»Also?« fragte Petty.

»Ich weiß was«, sagte Dax. »Ich fahre in den Ferien zu Oma nach Remagen. Dann bin ich die ganze Zeit bei meinem Vati, und er ist bei mir. Das ist doch ein Kontakt.«

Rolf konnte sich ein Grinsen nicht verkneifen. »Du bist ein schlauer Fuchs«, sagte er und fuhr seinem kleinen Bruder liebevoll durch den roten Haarschopf. »Na klar, so machen wir's.«

»Na ja«, sagte Dax großspurig, »einer muß ja mal einen guten Einfall haben, nicht?«

In der Nacht dieses Sonntags wich John Martin nicht aus dem Wartezimmer der Privatstation der Städtischen Krankenanstalten.

Die Ambulanz hatte Jill hierhergebracht, und John Martin hatte den Oberarzt aus seinem Landhaus im Taunus herbeitelefonieren lassen.

Seither bemühte sich ein ganzes Ärzteteam um seine Tochter.

Aber wie die Bemühungen ausgehen würden, vermochte bisher niemand zu sagen.

Jill lag unter dem Sauerstoffzelt. Ihr ohnehin labiler Kreislauf war äußerst geschwächt.

Und John Martin wußte, daß diese Nacht die Krise bedeutete.

Wenn Jill diese Nacht überlebte –

Wenn Jill das Bewußtsein wiedererlangte –

Er stand am Fenster und starrte zu dem sternenlosen Himmel hinauf.

Er konnte nicht beten. Er konnte sich an keines der Gebete erinnern, die seine Jugend in einem streng katholischen Elternhaus begleitet hatten.

Zu viel war seither geschehen.

Sein Aufstieg – vom Sohn eines Bauarbeiters, der mittellos um die Jahrhundertwende nach Amerika einwanderte und mittellos während des schwarzen neunundzwanziger Jahres im New Yorker Slum Sunbrow starb, zu einem der mächtigsten Hoch- und Tiefbauunternehmer Nordamerikas – hatte John Martin unter anderem die Fähigkeit zu beten gekostet.

Wenn man sich aus der Gosse hocharbeiten, um jeden Dollar kämpfen mußte, um jede Sprosse auf der Leiter des Erfolges, dann verlernte man so vieles.

Man verlernte Mitleid und Selbstbesinnung. Man verlernte Vertrauen zu allem und allen anderen, verließ sich nur noch auf sich selbst. Man verlernte Atem zu schöpfen und zurückzudenken und aus der Vergangenheit Kraft für die Zukunft zu schöpfen.

Man vermochte nur noch eines, vorwärtszublicken.

Aber was bedeutete die Zukunft, wenn Jill starb?

Was blieb ihm, wenn die einzige Tochter, der einzige Mensch, der wirklich zu ihm gehörte, von ihm ging?

Nie mehr ihr Silberlachen hören. Nie mehr ihren leichten Schritt. Nie mehr ihren Kuß morgens zum Frühstück, Daddy, hast du gut geschlafen?

Nie mehr, Daddy, ich hab' dich lieb. Daddy, wenn ich dich nicht hätte ...

All das hatte er schon verloren in den letzten Wochen, nachdem er Georg Camberg zurück nach Deutschland geschickt hatte. Den Krüppel Camberg, wohlgemerkt.

Aber hätte das nicht jeder Vater getan, der das Wohl seiner einzigen Tochter im Auge hat?

War es wirklich so falsch gewesen? Hatte er wirklich damit Jills Verachtung und Jills Haß verdient?

Ich konnte es doch nicht ahnen, dachte er und preßte die Knöchel seiner Hände in die brennenden Augen.

Ich habe doch nur dein Bestes gewollt, Jill. Du mußt es doch wissen, Kind, du mußt es doch spüren.

Aber sie hatte es nicht gewußt, und sie hatte es nicht verstanden, denn sie hatte versucht, sich das Leben zu nehmen.

John Martin riß das Fenster des Wartezimmers weit auf. Er versuchte tief, tief Atem zu holen, den Ring der Angst und Verzweiflung zu sprengen, der um seine Brust lag.

Erhalte mir Jill, dachte er, Gott, erhalte mir Jill.

Es war die einzige Form des Gebetes, die John Martin noch zustande brachte.

Hin und wieder schaute die Nachtschwester zu ihm herein, fragte, ob er etwas brauche; entfernte auch wortlos das Schild, welches das Rauchen verbot.

Aber John Martin rauchte nicht, und er nahm nichts zu sich. Er wollte sich durch nichts von seinen Gedanken um Jill ablenken lassen.

Endlich, es war schon Morgen, kam der Oberarzt. Er wirkte nervös und übernächtigt, aber er sagte: »Ich glaube, wir schaffen es. Der Kreislauf Ihrer Tochter stabilisiert sich.«

»Wann kann ich Jill sehen?« fragte John Martin.

»Im Lauf des späteren Tages. Ich schlage vor, Sie gehen jetzt in ihr Hotel, schlafen ein paar Stunden und kommen nach dem Mittag zurück.«

»Aber wenn irgend etwas Unvorhergesehenes –«

»Das glaube ich zwar nicht«, sagte der Arzt, »aber wir können Sie dann ja in Ihrem Hotel erreichen.«

»Ja, im ›Interkontinental‹«, sagte John Martin.

»Gut.« Der Oberarzt lächelte flüchtig. »Und machen Sie sich keine Sorgen mehr.«

Zum darauffolgenden Wochenende durfte Jill das Krankenhaus verlassen. Die Ärzte hatten Ruhe und Erholung verordnet, und John Martin mietete einen bequemen großen Wagen mit Chauffeur, der sie beide in ein komfortables Sanatorium in der Schweiz bringen sollte, das sich den Anstrich eines Hotels gab.

Jill war nur noch ein Schatten ihrer selbst. In ihr Haar mischten sich schon weiße Fäden. Sie war still und in sich gekehrt, sprach nur das Notwendigste. John Martin hielt auf der ganzen langen Fahrt ihre Hand.

Als sie die Schweizer Grenze passierten, weinte sie.

»Es war nur ein Abenteuer, Daddy«, sagte sie. »Nur ein deutsch-amerikanisches Abenteuer.«

Er dachte, er könne den Schmerz nicht ertragen, mit dem sich sein Herz zusammenkrampfte, und dennoch wußte er, daß es wieder Hoffnung gab, daß er wieder hoffen durfte.

Jill hatte ihn seit Wochen, ja seit Monaten, zum erstenmal wieder Daddy genannt.

Und sie fügte leise hinzu: »Das Leben geht weiter, nicht wahr?«

Das Leben ging weiter.

Für die Cambergs – für Gisela, Petty, Rolf und Dax.

Und auch für Georg.

Georg wurde in der Woche darauf aus dem Heiligkreuz-Krankenhaus entlassen. Eine Ambulanz brachte ihn nach Remagen.

Seine Mutter erwartete ihn in dem alten kleinen Haus mit

den niedrigen Zimmern, in denen nicht einmal die elektrischen Leitungen unter Putz lagen; wie oft in den vergangenen Jahren hatte Georg sie zu überreden versucht, umzuziehen, in eine helle moderne Wohnung mit Heizung und Bad.

Doch Anna Camberg hatte sich stets ruhig und bestimmt dagegen gewehrt. Alte Leute verpflanzt man nicht, pflegte sie zu sagen. Ich habe hier mein ganzes Leben verbracht. Du bist hier geboren worden, dein Vater ist hier gestorben. Alle meine Erinnerungen sind hier.

Und so war sie in dem kleinen Haus wohnen geblieben, schleppte im Winter jeden Morgen die Kohlen aus dem Keller und bestellte im Sommer den kleinen Gemüsegarten hinter dem Haus.

Dr. Bastian – dick und kurzatmig und mit Zigarrenasche auf den Revers seines grauen Tweedjacketts wie eh und je, seit dreißig Jahren Hausarzt der Cambergs – gab betont knappe, sachliche Anweisungen, die halfen, die ersten Minuten des Wiedersehens und die leichte Verlegenheit zwischen Mutter und Sohn zu überbrücken.

Georg wurde zum erstenmal in den Rollstuhl gehoben. Der Arzt erklärte ihm, wie er zu betätigen war, und Georg stellte fest, daß er sich überraschend wendig darin fortbewegen konnte.

Währenddessen brühte die Mutter den Kaffee auf, dem sie aus Sparsamkeit, die sie wohl nie ablegen würde, ein bißchen Kathreiners beimischte, und trug die Stachelbeertorte auf, den Lieblingskuchen seiner Kindheit.

Das Porzellan mit Goldrand und Vergißmeinnicht stand auf der weißen Tischdecke mit dem roten Kreuzstichmuster, die von Jahr zu Jahr ein bißchen fadenscheiniger wurde.

Georg Camberg kehrte nach zwanzig Jahren in die unveränderte, dumpfe Umgebung seiner Jugend zurück, der er sich für immer entronnen geglaubt hatte.

Die Mutter erzählte von den Tanten und Onkeln und von den Leuten aus der Nachbarschaft, an deren Namen er sich kaum noch erinnerte, die aber alle darauf brannten, ihn bald zu besuchen.

Mutlosigkeit überkam ihn mit einer Welle der Übelkeit. Hier sollte er also bleiben? Hier sollte seine Zukunft sein?

Und er dachte: Ich wünschte, ich wäre in Purpleheart draufgegangen.

»Aber du hörst mir ja gar nicht mehr zu«, sagte seine Mutter vorwurfsvoll. »Interessiert es dich denn nicht, was aus Lenchen geworden ist?«

»Doch, natürlich«, murmelte er und hätte sie am liebsten angeschrien, nein, es interessiert mich nicht. Es interessiert mich überhaupt nicht mehr! Mich interessiert gar nichts mehr!

Aber er fügte statt dessen nur hinzu: »Ich bin ziemlich abgespannt, Mutter, entschuldige ...«

»Aber dann leg dich doch hin. Ein paar Stündchen Schlaf werden dir guttun.«

»Nein, nein«, wehrte er hastig ab und dachte mit Entsetzen daran, wie es sein würde, wenn er sich aus dem Rollstuhl hieven und ins Bett abrollen mußte.

»Ach, das ist gar kein Problem«, sagte seine Mutter, als habe sie seine Gedanken erraten. »Ich helfe dir dabei.«

Resolut, diesen Zug kannte er gar nicht an ihr, schob sie ihn in das ehemalige Büro seines Vaters. Es war in ein Schlafzimmer verwandelt worden. Unter dem Fenster stand sogar eine elektrische Heizung.

»Weil du doch keine Treppen steigen kannst«, sagte die Mutter. »Hier hast du's bequem.«

Sie klappte die Armlehne des Rollstuhls herunter, schob

ihn dicht an das Bett heran. Sie half Georg, sich über die linke Seite hinweg aufs Bett zu rollen.

»Siehst du, es geht ganz leicht.«

Und da geschah etwas, das Georg aufschreien ließ: Ein Schmerz wie ein Messerstich durchfuhr seine Hüften. Seine leblosen, gelähmten Hüften!

»Mutter«, keuchte er, »Mutter, es hat weh getan.«

»Wo, in den Beinen?« fragte sie.

»Nein, in den Hüften!«

Er sah, wie Lachen und Weinen zugleich über ihr Gesicht zuckte, aber dann hatte sie sich wieder in der Gewalt.

»Das bildest du dir nur ein, Junge«, sagte sie. »Aber ich will es trotzdem Dr. Bastian sagen.«

Sie schob seine Füße auf dem Bett zurecht, half ihm, sich auszukleiden.

Sie verlor kein Wort mehr über den Schmerz, der ihn mit Hoffnung und Angst zugleich getroffen hatte.

Und sie hatte ja recht: Es war sinnlos zu hoffen. Ganz und gar sinnlos.

Die Mutter knöpfte ihm die Schlafanzugjacke zu.

»Laß das«, wehrte er ab, »das kann ich selbst.«

Sie zuckte unter dem scharfen Ton zusammen, lächelte aber und sagte: »Ich mach' dir jetzt eine heiße Milch mit Honig. Dann kannst du gut schlafen.«

Das verhaßte Getränk seiner Kindheit. Mußte denn alles, alles wieder auferstehen?

»Nein, ich will keine Milch!«

»Dann lieber einen Kamillentee?«

»Nein, auch keinen Tee! Ich will gar nichts. Bloß allein sein.«

»Ist ja schon gut, Junge. Ist ja schon gut.« Sie fuhr ihm mit der Hand übers Haar, küßte ihn auf die Stirn.

Er preßte die Lippen zusammen und schloß die Augen

und hätte am liebsten vor Hilflosigkeit, vor ohnmächtigem Zorn und gleichzeitig vor Scham geheult.

Anna Camberg hatte das Telefon erst kürzlich oben im ersten Stock in ihrem Schlafzimmer installieren lassen.

Sie war noch ein bißchen ungeschickt damit, und es schüchterte sie immer noch ein bißchen ein.

Aber nach zweimaligem Wählen der Nummer erreichte sie Gisela doch noch in der Boutique.

»Ich bin's Kind«, sagte sie. »Es ist alles so gelaufen, wie wir es geplant haben.« Sie mußte tief Atem holen vor lauter Nervosität und sich rasch die Nase schneuzen.

»Ja, also Georg ist heute nachmittag hier eingetroffen. Und er platzt jetzt schon vor Wut. Ich hab' alles so gemacht, wie wir es besprochen hatten. Ja, Stachelbeertorte gebacken und ihn gezwungen, zwei Stück zu essen, und Kaffee mit Kathreiners drin. Ja, und Dr. Bastian hat seine Rolle auch gut gespielt. Wenn du mich fragst, hält Georg es keine vier Wochen bei mir aus.« Sie lachte befriedigt. »Du hättest sein Gesicht sehen sollen, als ich ihm vorschlug, noch heiße Milch mit Honig zu trinken. Ja, und dann, als er das alte Geschirr mit dem Vergißmeinnichtmuster sah. Weißt du, es hat mir ja richtig ein bißchen leid getan, aber es mußte ja wohl sein.«

»Du bist einfach fabelhaft, Mutter«, sagte Gisela.

»Ach Kind, ich kenne Georg eben. Ich weiß, daß man alles bei ihm erreichen kann, wenn man seinen Trotz reizt. Wenn's mir auch leid tut, ich werd' ihm so auf die Nerven gehen, daß er es keine vier Wochen bei mir aushält. Und dann bist du natürlich dran.«

»Du rufst mich an, wenn ich dir Dax schicken soll?«

»Ja, natürlich. Und du vergiß nicht, so bald wie möglich einen Arzt zu finden, der Georg operieren will.«

»Ich habe Georgs Krankheitsberichte schon vervielfältigen lassen und an ein halbes Dutzend der besten Chirurgen geschickt.«

»Weißt du, ich glaube, das ist das wichtigste. Georg hat nämlich Schmerzen gehabt. Eben, als er zu Bett ging. In den Hüften.«

Jetzt war es Gisela, die den Atem anhielt.

»Wirklich?« fragte sie dann.

»Ja«, sagte Anna Camberg. »Und gebe Gott, daß er es sich nicht nur eingebildet hat.«

Später, als sie den Hörer aufgelegt hatte, saß Anna Camberg noch eine Weile regungslos da.

Sie war ganz und gar keine einfältige alte Frau. Sie wußte genau, was sie tat. Sie hatte, seit Georg aus dem Haus war, immer ein wenig Komödie gespielt: eine alte Frau, die sich nicht aus ihrem eingefahrenen Leben hatte lösen wollen, ein bißchen einfältig, ein bißchen greinerlich – und sie hatte damit vermieden, was sie hatte vermeiden wollen, eine Schwiegermutter zu werden, die, oft nur, weil die Kinder es gut meinen, zu sehr in ihren Lebenskreis gerät und zwangsläufig Spannungen schafft.

Sie hatte die Bindung nicht zu eng werden lassen, sich nie eingemischt. Und die Enkel hatten sich immer gefreut, wenn sie bei ihr die Ferien verbringen durften.

Ja, das war schon richtig gewesen, und was sie jetzt tat, war auch richtig: Georg mußte erfahren, daß ein Mann Mitte der Vierzig nicht wie ein Halbwüchsiger in sein Elternhaus zurückkehren kann.

Und er sollte lernen, daß er zu seiner Familie gehörte. Daß er wieder oder noch immer Verantwortung für Gisela und die Kinder trug – trotz seines amerikanischen Abenteuers oder gerade deswegen.

Befriedigt ging sie hinunter in die Küche und machte sich ans Spülen.

Als sie damit fertig war, goß sie sich eine Tasse starken Kaffee der besten Marke auf. Der Duft erfüllte die Küche, und Anna Camberg trank mit Genuß.

Und wieder verging Zeit, vergingen zwei Wochen, drei Wochen.

Manchmal verlor Anna Camberg fast den Glauben daran, daß es das Richtige war, was sie tat: Die enge, betuliche, kleinbürgerliche Umgebung, die sie mit Absicht um Georg schuf, weckte nicht seinen positiven Trotz, den Willen, dies zu ändern, sondern führte dazu, daß er abmagerte, wortkarger wurde, das Interesse an seiner Umgebung vollends verlor.

In den ersten Tagen hatte er, um sich abzulenken, gearbeitet, sich mit neuen Bauprojekten beschäftigt, die er Weininger vorschlagen wollte, doch jetzt brütete er nur noch vor sich hin, war deprimiert, mürrisch, und manchmal ließ er sich zu bösartigen Bemerkungen hinreißen.

Die Mutter konnte ihm nichts mehr recht machen, aber sie ertrug es stumm, geduldig, sagte sich immer wieder, daß der Tag, an dem er die Konsequenz ziehen und zu seiner Familie nach Frankfurt zurückkehren würde, nicht mehr fern sein konnte.

Doch sie schien vergeblich darauf zu warten.

Und die Berichte, die sie aus Frankfurt von Gisela erhielt, waren auch nicht gerade ermutigend.

Bisher hatten alle Chirurgen, denen Gisela Georgs Krankheitsgeschichte gesandt hatte, eine Operation – weil nicht erfolgversprechend – abgelehnt.

Dazu kam, daß Giselas Geschäft schlecht ging und sie wohl oder übel auf einen Teil des Geldes der Martin Inc.

zurückgreifen mußte, um wenigstens den drückendsten Verpflichtungen nachzukommen.

Mutlosigkeit kennzeichnete diese Zeit. Und selbst Petty konnte sich nicht einmal mehr davon freimachen, wenn sie mit Horst Rossius zusammen war, mit ihm zum Abendessen ausging.

»Ich fürchte, es war und ist alles falsch«, sagte sie traurig an diesem Abend; sie nippte an ihrem Wein, rührte die chinesischen Riesenkrabben kaum an.

»Ich glaube beinahe nicht mehr daran, daß sich das zwischen meinem Vater und meiner Mutter jemals wieder einrenken läßt. Ich weiß überhaupt nicht, wie das alles weitergehen soll. Du solltest Mami sehen. Sie wird von Tag zu Tag magerer. Die Sorgen um Vater und ums Geschäft, und jetzt macht Dax ihr auch noch Kummer. Gestern ist er schon wieder ausgerissen, und wir haben ihn in letzter Minute auf dem Bahnhof aufgespürt, ehe er in den Zug nach Remagen steigen konnte.«

Horst Rossius erwiderte nichts.

Er zog einen Umschlag aus seiner Jackettasche, schob ihn Petty zu.

»Was ist das?« fragte Petty.

»Mach' auf«, lächelte er.

Sie nahm den Brief aus dem Umschlag und entfaltete ihn.

Ihr Blick fiel auf den Namenszug: Winkler. Sie las den Briefkopf. »Professor Winkler in Genf?«

Horst Rossius nickte. »Lies den Brief.«

Petty las, und dann verschwammen die Buchstaben vor ihren Augen.

»Er – er erklärt sich bereit – er will Vater operieren?« Sie brach in ungehemmtes Schluchzen und Lachen zugleich aus. War hoch, um den Tisch herum, fiel Horst Rossius um den Hals.

Die Gäste des eleganten China-Restaurants starrten sie an, manche indigniert, andere amüsiert.

Petty war es egal. Sie bedeckte Horsts Gesicht mit raschen, feuchten Küssen.

»Du bist ein Schatz! Wie hast du das bloß geschafft! O Horst, ich weiß überhaupt nicht, was ich sagen soll.«

»Du brauchst gar nichts zu sagen!« Er nahm ihre Hand in seine Hand, und sie rückte ihren Stuhl nahe neben ihn, rieb ihre Schulter an seiner Schulter.

»Ich habe auch schon mit Winkler telefoniert«, sagte er. »Er ist wirklich bereit, deinen Vater zu operieren. Aber die Erfolgschancen stehen nur zwanzig zu achtzig. Wenn es so ist, daß die Lähmung von einer Quetschung des Rückenmarks durch Wirbelverletzung stammt, ist unter Umständen eine Heilung möglich. Sind aber das Rückenmark und damit die Nervenstränge quasi – leihenhaft ausgedrückt – durchschnitten, dann ist es irreparabel.«

»Aber Winkler will's wenigstens versuchen. Er hat wenigstens den Mut dazu!«

»Ja«, sagte Horst Rossius. »Aber auch nach einer möglichen Operation wird der Heilungsprozeß noch Monate dauern.«

»Horst, es ist ein Hoffnungsschimmer! Nicht wahr, das ist es doch?«

»Ja, das ist es«, sagte Horst Rossius ernst. »Aber mehr nicht, Petty.«

»Bitte, können wir gleich zu uns nach Hause fahren? Bitte, ich möchte, daß Mami es sofort erfährt.«

Sekundenlang zögerte Horst Rossius. Es lag ihm auf der Zunge zu sagen, ich bringe dich nach Hause, aber ich komme nicht mit hinauf.

Er hatte Angst, Gisela zu begegnen. Er wußte, daß sie für ihn immer noch die unerreichbare Liebe seines Lebens war.

Aber hier war Petty. Petty, die einmal eine Frau wie Gisela zu werden versprach.

Petty, die ihm vertraute und für die er Liebe empfand, wenn auch nüchterner, ein bißchen weniger romantisch.

»Ja, wir fahren zu dir nach Hause«, sagte er.

Petty lief wie ein Kind vor ihm die Treppe hinauf.

»Mami, Mami!« schrie sie in der Diele, und nicht nur Gisela, sondern auch Dax und Rolf kamen herbeigestürzt.

»Horst hat Antwort von Professor Winkler in Genf. Er wird Vater operieren!«

Es wurde ein langer Abend des Pläneschmiedens, und in ihrer aller Augen glänzte die Hoffnung.

Und Dax wurde dazu ausersehen, seinem Vater die gute Nachricht nach Remagen zu bringen.

Dax konnte vor lauter Glück und Stolz gar nicht schlafen. Und er konnte vor lauter Ungeduld den anderen Morgen kaum erwarten.

Gisela, Petty, Rolf und Horst Rossius brachten den Jungen zum Zug.

Er trug einen neuen, hellgrauen Anzug mit langen Hosen, in dem er sich gleichzeitig doof, aber auch prima vorkam.

Die schottisch-karierte Fliege nahm Dax allerdings sofort ab, als er im Abteil war und der Zug aus der Halle fuhr und er den anderen nicht mehr zu winken brauchte.

Im Speisewagen legte er einen beträchtlichen Teil seines Taschengeldes mit der Miene eines Weltmannes in Schokoladentorte und Coca Cola an.

Schließlich schrieb er noch eine Ansichtskarte mit einer tollen Elektrolok drauf an seine Freunde aus der Schule – Dax kam sich im wahrsten Sinne wie ein Weltreisender vor.

Er hatte sich übrigens ausbedungen, daß Oma ihn nicht am Bahnhof in Remagen abholen würde, und gelangte so in den Genuß, seinen Koffer selbst zu tragen.

Vor dem Haus seiner Großmutter zog Dax die karierte Fliege wieder an und fuhr sich noch rasch mit allen zehn Fingern durch den roten Haarschopf.

Aber ein bißchen mulmig war's ihm doch, nach so langer Zeit seinen Vati wiederzusehen.

Deswegen klingelte er bloß ganz schüchtern.

Die Oma machte ihm auf. Sie hatte Tränen in den Augen und schloß ihn so fest in ihre Arme, daß er kaum noch Luft bekam.

»He, du zerdrückst meinen Anzug«, protestierte er und schob sie zurück.

»Wo ist Vati?«

Aber er wartete die Antwort gar nicht ab, lief in die Küche, von da ins Wohnzimmer.

Und da saß er, da saß Vati in seinem Rollstuhl.

Benimm dich anständig, und sei nicht zu wild, hatte Mami noch beim Abschied gesagt.

Aber er stürzte auf seinen Vater zu und warf sich in seine Arme und hielt ihn so doll fest, wie's eben die Oma mit ihm gemacht hatte.

»Vati, Vati, Vati!« Zum Teufel, jetzt kriegte er auch noch einen Schluckauf. Aber trotzdem brachte Dax es zustande, alles der Reihe nach zu erzählen, was wichtig war. Er gab seinem Vater den Brief des Professors aus der Schweiz, ließ ihm keine Zeit, in Ruhe zu lesen, verkündete energisch: »Und ich fahr mit dir«, und fühlte sich geborgen in den Armen seines Vaters. – Eigentlich komisch, er war doch so gewachsen, behauptete die Mami immer, aber er paßte noch immer auf Vatis Schoß. – »Ich fahr mit dir in die Schweiz und geh nie, nie wieder von dir fort ...«

Vierzehn Tage später reiste Georg Camberg, begleitet von Gisela und Dax, in die Schweiz.

Er hatte dagegen aufbegehrt, er hatte diesen Weg allein gehen wollen, aber er war von der ganzen Familie, einschließlich Horst Rossius, der sich mit Petty verlobt hatte, überstimmt worden.

Das wichtigste Argument war: Georg könne es Dax nicht antun, daß er schon wieder von ihm getrennt würde. Denn dies könne einen tiefen seelischen Schaden bei dem Kind auslösen.

Und Dax wiederum konnte ihn nicht allein begleiten, also fuhr Gisela mit.

Gut war, daß Dax Ferien hatte und also in der Schule nichts versäumte, und Petty Semesterferien, so daß sie sich um die Boutique kümmern konnte.

Das tat Petty mit Begeisterung, und sie tat etwas, von dem sogar Horst erst erfuhr, als alles perfekt war: Sie stellte den Laden von heute auf morgen in eine Boutique für junge Leute um, verkaufte Beatplatten und Minikleider und Poppullover, die sie nach eigenen Entwürfen in einer nahen kleinen Strickfabrik anfertigen ließ.

Der Absatz war reißend – die hohe Miete für das Ladenlokal entsprach, wie Petty bald stolz feststellen konnte, nur noch drei Tageseinnahmen.

Rolf arbeitete weiter mit Spaß und Fleiß auf dem Bau. Die beiden Geschwister hatten das Gefühl, ihre Eltern könnten zu Recht zufrieden mit ihnen sein.

Und dann kam der Tag, an dem Georg in Genf operiert wurde.

Früh um sieben bekam er die erste beruhigende Spritze, die ihn auf die Operation vorbereitete.

Das letzte, was er sah, war Dax; waren die großen, vertrauensvollen Augen eines Jungen, der endlich seinen Vater wiedergefunden hat.

Und dann begann für Gisela und alle anderen das lange Warten.

13

Fünf Stunden brannte die rote Lampe über dem Eingang zum Operationssaal.

Fünf Stunden, in denen Gisela und Dax – der Junge hatte darauf bestanden, bei seiner Mutter zu bleiben – sich nicht aus dem Warteraum fort wagten.

Sie saßen Hand in Hand, sprachen kein Wort miteinander – es waren für beide die längsten Stunden, die ein Mensch erleben kann. Alles hing von ihnen ab. Ihre ganze Zukunft.

Endlich rollten die Türen des Operationssaals lautlos zurück.

Der Professor, umgeben von seinen Assistenten, verließ den Raum.

Gisela und Dax hatten sich erhoben, erwarteten ihn regungslos. Der Professor blieb stehen, sah sie an.

»Die Operation ist zu unserer vollen Zufriedenheit verlaufen«, sagte er.

»Danke«, flüsterte Gisela, »vielen Dank.«

Dax nahm ihre Hand und preßte sie vor sein Gesicht.

Später, viel später wanderten sie beide am Ufer des Genfer Sees entlang.

Das Laub der Bäume färbte sich golden im ersten Herbst. Der Himmel war hoch und von tiefer, schwärzlicher Bläue. Weiße Segel blähten sich weit draußen auf dem See im Wind.

»Mami«, fragte Dax, »jetzt wird doch alles gut, nicht?«

Und sie legte den Arm um seine Schultern und drückte ihn an sich und sagte: »Ja, jetzt wird alles gut.«

Sie blieben noch eine Woche in Genf, dann bat Professor Winkler sie, nach Hause zurückzukehren.

Der Patient, so sagte er, müsse sich jetzt ganz auf sich selbst konzentrieren, er benötige alle Kraft, um das zu vollenden, was die Operation ja nur eingeleitet hatte – seine volle Gesundung.

Dax schenkte seinem Vater zum Abschied ein Bild, das er vom Genfer See gemalt hatte, Gisela brachte ihm gelbe Rosen.

Er sah sie mit tiefumschatteten, aber nicht mehr mutlosen Augen lange an, doch so sehr er es auch versuchte, er bekam nur ein Wort heraus: »Danke.«

So vieles hätte er sagen wollen, so vieles, aber vielleicht würde später dazu die Zeit kommen?

Als der erste Schnee fiel, wurde Georg zum zweitenmal der Gips abgenommen, der ihn für drei Monate zu totaler Bewegungsunfreiheit verurteilt hatte.

Professor Winkler war selbst anwesend, überwachte alles genau.

Sein Gesicht trug scharfe Falten, seine Augen waren sehr ernst. Behutsam schob er seine Hände in Georgs Achselhöhlen.

»Bitte richten Sie sich auf, Herr Camberg«, sagte er, und seiner Stimme war deutlich eine Spannung anzuhören.

»So, ja – und nun, ganz langsam, stellen Sie ganz langsam die Füße auf den Boden.«

Georg brach der Schweiß aus. Er spürte ihn kalt in seinen Nacken rinnen.

»Tun Sie, was ich sage. Stellen Sie die Füße auf den Boden.«

Und wenn es nicht geht, wenn ich es doch nicht kann, dachte Georg in der letzten dunkelsten Sekunde der Panik.

Aber seine Hüften gehorchten ihm, seine Beine glitten die schräge Liege hinab, seine Füße berührten den Boden.

»Und jetzt stehen Sie auf, Herr Camberg!«

Es war ein Befehl, er gehorchte.

Und er stand.

Schmerz schoß aus seinen Füßen hoch in seine Lenden, aber er biß die Zähne zusammen und stand.

»Und nun gehen Sie die drei Schritte bis zum Sessel.«

Er ging.

Die Schmerzen waren Flammen, die durch seine Beine rasten, aber er ging.

Und der Professor stützte ihn nicht mehr. War plötzlich vor ihm, fing ihn auf, ehe er neben dem Sessel zusammenbrach.

Schwarze Kreise vor seinen Augen, graue Nebel.

Aber Georg wußte, es war nur der Kreislauf. Wußte, es war nur, weil er so lange keine Bewegung gehabt hatte.

Jedem konnte das passieren, jedem, der lange Zeit im Bett hatte liegen müssen.

Was dann kam, waren Wochen peinvoll langsamer Gehübungen und Gymnastik, ergänzt von einer ausgewogenen Medikamentierung und Diät; nichts durfte überstürzt werden. Nur keine Überanstrengung.

Und obwohl Georg manchmal Ungeduld mit kaum bezähmbarer Nervosität überfiel, hielt er sich strikt an die Anweisungen des Professors. Georg wußte, ein Fehler, und alles konnte umsonst gewesen sein.

Aber schließlich kam der Tag, an dem er die Klinik verlassen durfte.

»Passen Sie auf sich auf«, sagte Professor Winkler und

wehrte jeden Dank beim Abschied ab, »dann brauchen Sie auch bald den Stock nicht mehr.«

Georg fuhr allein nach Deutschland zurück; so hatte er es gewollt.

Gisela und die Kinder würden ihn in Frankfurt erwarten.

Über Nacht war auch in Frankfurt der erste Schnee gefallen; die Räumfahrzeuge türmten ihn zu hohen Wällen beiderseits der Straßen auf. Es war der erste offene Samstag vor Weihnachten; in den Straßen herrschte dichter Verkehr, als das Taxi Georg nach Hause brachte.

Der Himmel dunkelte schon über der Stadt, und der festliche Straßenschmuck erhellte die Gesichter der eiligen Passanten.

Einmal sah Georg ein Mädchen mit langflatterndem Silberhaar – und da war es nicht mehr Frankfurt, sondern New York im Dezember. New York in der Weihnachtszeit, und Jill, die auf ihn zugelaufen kam in weißen Stiefeln und mit Schnee auf den Schultern wie einen weißen Pelz.

Sehnsucht nach dem, was er kaum besessen und wieder verloren hatte, erfüllte ihn. Sehnsucht nach dem Unerreichbaren. Sekundenlang schloß er die Augen.

Und dann hielt das Taxi. Und er sah oben im Haus die plattgedrückten Nasen seiner Kinder am Fenster.

Sie kamen die Treppe heruntergepoltert; er konnte es hören, obwohl die Haustür noch zu war.

Petty so erwachsen und hübsch – mein Gott, ihm war, als habe er sie jahrelang nicht gesehen; und ein Verlobungsring blitzte an ihrem Finger.

Rolf noch ein bißchen größer und schlaksiger, mit nackten Füßen in Sandalen – und das mitten im Winter.

Und Dax natürlich – sein Gesicht vor Aufregung so feuerrot wie sein Haar.

»Vati, Vati, Vati!« Dax umklammerte seine Taille.

»Hallo, Paps«, sagte Petty und gab ihm einen ihrer raschen Küsse auf die Wange.

»Na, wie geht's«, murmelte Rolf ein bißchen verlegen und wollte gar nicht aufhören, seine Hand zu schütteln.

»Schön, euch wiederzusehen«, sagte Georg heiser und dachte: Verflucht, fällt mir denn nichts Besseres ein?

»Ich nehm' Vatis Koffer!« schrie Dax und zerrte ihn aus Rolfs Hand und schleppte sich damit ab, wankte die Stufen hinauf.

»Willst du dich auf meinen Arm stützen?« fragte Petty und machte ein Gesicht, als sei sie eine gelernte Krankenpflegerin.

Georg nahm ihren Arm und drückte ihn.

Rolf bezahlte den Taxichauffeur, der schon ein paarmal dazwischengebrummelt hatte: »Na, wird's bald? Ich möcht' auch noch zu 'ner anderen Fuhre kommen. Heute ist Samstag, Leute ...«

Langsam, Schritt für Schritt die Treppe hinauf. Nicht nur wegen der möglichen Überanstrengung, sondern auch, um Zeit zu gewinnen.

Zeit – denn Gisela wartete ja auf ihn.

Und sie stand in der Wohnungstür. Schlank und schmal in einem zartgrauen seidigen Jerseykleid.

Sie lächelte mit zitterndem, ungeschminktem Mund, ihre Augen waren groß und leuchtend.

»Willkommen zu Hause«, sagte sie, und er nahm ihre Hand, und die zitterte wie ihr Mund und war ganz heiß.

»Danke, Gisela«, sagte er. Und da stand er plötzlich mit ihr allein. Die Kinder waren verschwunden.

»Aber komm doch herein«, sagte Gisela und machte eine kleine hilflose Bewegung mit ihrer Hand. Sie trat einen Schritt zurück, und er ging an ihr vorbei, betrat die

Wohnung, an der er keinen Teil gehabt hatte, betrat das neue Heim, das sie für die Kinder und sich geschaffen hatte.

»Hast du eine gute Bahnfahrt gehabt?« fragte Gisela.

»Danke«, sagte er. »Professor Winkler läßt dir seine Grüße ausrichten.«

»Danke – ich – er war sehr nett.«

»Ja, das war er.«

»Aber zieh doch deinen Mantel aus«, sagte Gisela, und sie hob die Hände, als wolle sie ihm dabei behilflich sein.

»Danke, es geht schon.« Er schlüpfte schnell aus den Ärmeln, hängte den Mantel an die Garderobe.

»Du wirst hungrig sein – ich habe –«

»Mami, das Roastbeef brennt an«, schrie Petty aus der Küche.

»Entschuldige.« Gisela stürzte davon.

Und er stand allein in der Diele – die Wände waren grün, die Türen weiß – und er wußte nicht einmal, wo das Wohnzimmer war.

Er stützte sich auf seinen Stock, tat ein, zwei unschlüssige Schritte, spürte die Schmerzen im Rücken, plötzlich nagend dumpf.

Aber da sprang die Tür, die gerade vor ihm war, auf, und Dax erlöste ihn.

»Hereinspaziert, hereinspaziert!« schrie er mit der markerschütternden Stimme eines Jahrmarktausstellers.

Aber auch das war nicht echt, war nur ein Teil eines sorgfältig inszenierten Spiels, das ihm das Gefühl geben sollte, wieder zu Hause zu sein.

Petty rückte ihm den bequemsten Sessel zurecht, brachte ihm ein Kissen, seinen Rücken zu stützen. Rolf ließ den Korken einer Sektflasche herausploppen, goß flache Schalen voll mit nicht ganz sicherer Hand.

Dax plapperte darauflos, als müsse er ein Wettreden gewinnen.

Gisela kam aus der Küche, und sie alle hatten nach dem ersten Glas Sekt einen deutlichen Schwips.

Sie tranken auf Georgs Wohl, und er trank auf ihrer aller Wohl, und sie taten, als sei nichts geschehen.

Aber später, während des Essens, spürte er plötzlich Giselas Blick auf sich ruhen, nachdenklich prüfend – und irgendwie enttäuscht.

Da wußte er, daß sie das gleiche dachte wie er: Noch war er nicht heimgekehrt.

Und er wußte, er hatte Angst wie sie vor der ersten Stunde, die irgendwann kommen mußte, in der er mit ihr allein sein würde.

Die Stunde kam an diesem Abend nicht.

Nach dem Essen sagte Petty, daß er müde aussehe. Es war keine Lüge, als Georg es bejahte.

»Dein Zimmer ist fertig«, sagte Dax. »Du weißt ja, du schläfst in meinem Zimmer, solange du noch nicht ganz gesund bist. Übrigens, muß ich die elektrische Eisenbahn wirklich abräumen? Mami sagt, ja, aber was sagst du?«

»Du darfst sie stehenlassen«, sagte Georg. Er blickte Petty an, Rolf, Gisela – keiner von ihnen erwiderte seinen Blick.

»Ja, ich geh' dann wohl zu Bett«, sagte er unbeholfen und erhob sich.

»Komm, ich zeig' dir das Bad.« Dax zupfte an seiner Hand.

Und so kam es, daß sein kleiner Sohn ihn mit der Wohnung vertraut machte, ihn schließlich in sein Zimmer brachte.

»Wenn du im Bett liegst, darf ich dann nochmal zu dir

kommen? Für eine kleine Geschichte?« Dax blies sich die rote Haartolle aus der Stirn und sah flehentlich zu ihm auf. »Weißt du, solange du weg warst, hat mir keiner mehr richtig eine Geschichte zum Einschlafen erzählt.«

»Ja«, sagte Georg heiser, »ja komm bitte nochmal zu mir.«

Und dann war es dunkel, und er lag im Bett, und Dax hockte im Pyjama am Fußende und lauschte, während er ihm von Afrika erzählte, von einem Film, den er einmal gesehen, von Löwen und Hyänen und Elefanten und einer kleinen Giraffe, die einen Negerjungen zum Freund hatte.

Dax nickte ein und schnarchte ein bißchen, und Georg nahm den Jungen zu sich unter die Decke.

Erst in diesem Augenblick hatte er das tiefe, erlösende Gefühl, wieder zu Hause zu sein.

»Vati«, murmelte Dax im Schlaf, »es wird doch alles wieder gut.«

Aber Georg war nur ein Gast in seiner eigenen Familie.

Niemand ließ es ihn absichtlich spüren – und doch, alles, was geschah, ließ es ihn nicht vergessen.

Petty und Gisela verließen jeden Morgen schon früh das Haus; sie hatten jetzt, in der Weihnachtszeit, alle Hände voll in der Boutique zu tun.

Rolf hatte einen Kurs für technisches Zeichnen belegt und verbrachte die übrige Zeit in einer Schreinerwerkstatt, da wegen des Frostwetters die Arbeit auf dem Bau eingestellt worden war.

Dax ging natürlich zur Schule.

Zweimal in der Woche kam eine Zugehfrau für die grobe Arbeit; das andere taten Gisela und Petty, wenn sie abends nach Hause kamen.

Georg war sich den ganzen Tag selbst überlassen – war

zur Untätigkeit verurteilt. Der Professor hatte ihm geraten, noch mindestens ein Vierteljahr lang nicht zu arbeiten.

Aber nach acht Tagen hielt Georg es nicht mehr aus. Er rief Weininger an und bat ihn um einen Termin.

»Ich kann ja mal zu Ihnen kommen, irgendwann abends. Wissen Sie, im Augenblick ist sowieso nicht viel zu tun«, meinte Weininger.

»Weininger, wollen Sie mich überhaupt zurücknehmen?« fragte Georg ohne Umschweife.

Weininger zögerte, es war deutlich zu hören.

»Ja, also, nein – ich meine ja, wenn Sie wieder ganz hergestellt sind.«

»Ich bin wieder gesund. Ich muß noch ein paar Wochen langsam treten, aber ich könnte schon an irgendwelchen Plänen arbeiten. Wann darf ich denn bei Ihnen vorbeikommen?«

»Also gut«, sagte Weininger, »ich erwarte Sie morgen früh um elf.«

Um Punkt elf Uhr war Georg in Weiningers Büro.

Die Unterredung war kurz und knapp.

Georg fing zu den alten finanziellen Bedingungen wieder bei Weininger an.

Es war ungerecht, aber Georg wußte, es blieb ihm keine andere Wahl. Und er dachte, ich werde es schon schaffen. Wenn ich erst wieder einmal in der Arbeit drinstecke ...

»Übrigens«, sagte Weininger, und sein Lächeln war nicht zu deuten, »Ihr Haus steht immer noch zum Verkauf.«

»Aber Gisela hat es doch schon verkauft?« fragte Georg verblüfft.

Weininger schüttelte den Kopf. »An einen Makler, ja, aber der hat es bisher noch nicht losgekriegt. Liegt an der allgemeinen Wirtschaftslage, nehme ich an ...«

Georg spürte, wie ein fast schwindelerregendes Gefühl der Freude ihn ergriff.

»Wer ist der Makler?« fragte er. »Geben Sie mir bitte Name und Adresse.«

Weininger gab sie ihm, und eine Viertelstunde später war Georg bei dem Makler.

Zwei Stunden harter Verhandlungen folgten, dann hatte Georg den Makler nahezu auf den Preis gedrückt, den Gisela für das Haus erhalten hatte.

Fünfzigtausend in bar, das andere lief sowieso noch auf Hypotheken.

Der nächste Weg führte Georg zu seiner Bank.

Und schließlich, nachmittags um fünf, war es geschafft; er hatte erreicht, was er erreichen wollte.

Georg mußte sich fest auf den Stock stützen, als er Giselas Boutique betrat; sein Rücken schmerzte wieder.

Minutenlang bemerkten ihn weder Petty noch Gisela, sie waren dabei, vier jungen Mädchen unter plärrendem Beat eine Auswahl von Miniröcken und Pullovern vorzulegen.

Georg räusperte sich, da erst blickte Gisela auf.

Er sah, wie das Lächeln in ihre Augen sprang und sogleich wieder erlosch.

Sie kam hastig um die Theke herum. »Georg, was ist passiert? Wieso läufst du in der Stadt herum? Du sollst dich doch schonen.«

»Hast du Zeit für eine kleine Spazierfahrt? Ich habe draußen ein Taxi warten«, sagte er statt einer Erwiderung.

»Aber wieso? Warum?«

»Frag nichts, bitte. Zieh dir einen Mantel an und komm.«

Sie saß stumm neben ihm im Taxi, ihre Hände im Schoß

verkrampft. Hin und wieder warf sie einen Blick nach draußen, aber sie konnte kaum etwas erkennen; es hatte wieder zu schneien begonnen, und der Schnee pappte weiß gegen die Scheiben.

Nur vorne an der Windschutzscheibe, wo die Wischer blanke Halbmonde malten, war ein wenig von der Straße zu sehen; rotblitzende Rücklichter, entgegenkommende Scheinwerfer, eine rote Ampel, Menschen, die über eine Kreuzung hasteten.

Dann weniger Straßenlichter, schließlich gar keine mehr.

»Wo fahren wir hin?« fragte Gisela, und ihre Stimme war tonlos.

Georg griff nach ihrer Hand.

»Georg, bitte –«

»Wir sind gleich da«, sagte er.

Das Taxi hielt. Georg öffnete die Tür an seiner Seite, stieg aus.

Der Anblick des wohlvertrauten Hauses, wenn auch dunkel und unbewohnt, gab ihm wieder dieses schwindligmachende Gefühl der Freude.

Er ging um den Wagen herum, half Gisela beim Aussteigen.

»Bitte –«, sie richtete sich auf, sah ihn an, und dann an ihm vorbei, und ihre Lippen öffneten sich wie zu einem Schrei.

Er sah, wie sie schwankte. Er mußte seinen Arm um sie legen.

»Komm«, sagte er, »ich habe den Schlüssel.«

»Unser Haus«, flüsterte sie, »es ist doch unser Haus?«

Er behielt seinen Arm um ihre Schulter, während sie durch den Vorgarten gingen. Er schloß die Haustür auf, und sie betraten die Diele.

Und erst da merkte er, daß er seinen Stock vergessen

hatte, daß er zum erstenmal wieder ohne Stock gegangen war.

»Gisela«, sagte er und griff in das Dunkel und bekam ihre Schultern zu fassen. »Gisela, es kann wieder unser Haus sein, wenn du mir vergibst, und wenn du es willst.«

»Unser Haus?« Er spürte ihren Atem auf seiner Wange. »Wirklich unser Haus, Georg?«

»Wenn du vergessen kannst, daß ich dich verlassen habe? Wenn du vergessen kannst, daß ich eine Zeitlang nicht mehr gewußt habe, daß ich dich liebe? Wenn du es willst?«

»Wenn ich es will?« flüsterte sie. »Georg, wenn ich es will?«

»Ja«, sagte er. »Ich bitte dich um Verzeihung, und ich weiß, daß du Zeit brauchst, ich meine, bis du wieder Vertrauen zu mir haben kannst. Aber bitte, versuch es noch einmal, ja? Ich glaube, wir können wieder da anfangen, wo wir aufgehört haben.«

Sie kam den einen Schritt, der sie trennte, auf ihn zu, legte ihren Kopf an seine Brust.

Sie standen eine lange Weile so, wieder in ihrem eigenen Haus, wieder zu Hause.

Dann gingen sie Hand in Hand zum Taxi zurück.

Zu Weihnachten erhielt Anna Camberg in Remagen einen langen Brief ihres jüngsten Enkels.

Sie hob ihn auf bis nach der Messe, öffnete ihn erst, als sie die Kerzen an dem kleinen Baum angezündet und die Geschenke von Gisela, Georg, Rolf und Petty ausgepackt hatte.

Dabei war ein Brieföffner, den Rolf selbst geschnitzt hatte, damit schlitzte sie den dicken Briefumschlag auf.

»Liebe Omi«, las sie,

»ich sende Dir kein Weihnachtsgeschenk, weil ich keine Zeit gehabt habe, mir auszudenken, was Dir Freude macht. Du mußt das verstehen. Wir sind doch wieder in unser altes Haus eingezogen. Mann – das war vielleicht eine Schau, alles so auf die Schnelle, und ich habe natürlich Vati eine Menge helfen müssen.

Und nun habe ich mir gedacht, es freut Dich mehr als ein Geschenk, wenn ich Dir schreibe, daß bei uns alles wieder beim alten ist. Vati arbeitet wieder bei Weininger, Mami fährt noch für halbe Tage in ihre Boutique – Petty könnte das zwar alleine machen, aber ich glaube, Mami traut ihr das nicht ganz zu. Na ja, das ist aber auch nicht so wichtig, denn Petty heiratet ja bald. Den Horst Rossius, den Du nicht kennst. Ich finde, es ist prima, daß er die Mami nicht mehr will und jetzt mit der Petty zufrieden ist, obwohl ich finde, daß Petty manchmal reichlich frech zu ihm ist. – Aber das Wichtigste, was ich Dir sagen wollte, der Papi und die Mami haben sich wieder ganz doll lieb. Also ganz richtig mit Küßchen und so. Und das macht mir Riesenfreude, Dir auch?

Liebe Omi, also feier schön Weihnachten, Deine Printen schmecken prima, bis bald, Dein Dich doll liebhabender

Dax.